有爱的青春陪伴者

百分百喜欢你

三倍糖 著

花山文艺出版社
河北·石家庄

图书在版编目（CIP）数据

百分百喜欢你 / 三倍糖著. -- 石家庄 : 花山文艺出版社, 2020.3

ISBN 978-7-5511-2339-6

Ⅰ. ①百… Ⅱ. ①三… Ⅲ. ①长篇小说－中国－当代 Ⅳ. ①I247.5

中国版本图书馆CIP数据核字(2020)第003648号

书　　名：百分百喜欢你
著　　者：三倍糖

策　　划：张采鑫
责任编辑：卢水淹
特约编辑：廖小霞
美术编辑：胡彤亮
责任校对：董　舸
装帧设计：Inscet
封面绘制：Apr.田
出版发行：花山文艺出版社（邮政编码：050061）
（河北省石家庄市友谊北大街330号）
销售热线：0311-88643221/29/35/26
传　　真：0311-88643225
印　　刷：长沙鸿发印务实业有限公司
经　　销：新华书店
开　　本：880×1230 1/32
印　　张：9.5
字　　数：267千字
版　　次：2020年3月第1版
2020年3月第1次印刷
书　　号：ISBN 978-7-5511-2339-6
定　　价：36.80元

目录

目录

BAIFENBAI
XIHUAN
NI

Chapter 01
学仙找上门

在这样的环境中，只有路漫漫听清楚祁远在她耳边说的话。

他说：“路漫漫，你是不是给我下了什么蛊？要不然我怎么会一直想到你。”

（1）

高二期末考试前一天，凌晨四点，路漫漫正躺在一辆农用拖拉机上，数星星。

“师傅，麻烦您快点儿，我怕赶不及！”路漫漫的老妈，周雅女士的话刚出口，就被轰隆轰隆的引擎声给碾碎了。

“活受罪，干吗不开车来嘛！”路漫漫裹紧了防风衣，小声嘟囔。

“咱们是去拜佛！心诚则灵！要心诚！”周雅女士耳朵实在尖，咆哮着秒回。

路漫漫有个奇葩的妈。

期末考试前一天，黑灯瞎火的，鸡都没叫，周雅女士拔萝卜似的把路漫漫从被窝里拽出来，身体力行“临时抱佛脚”这个项目，还是徒步的！

然而，周雅女士一向以车代步，早已失去了正常人步速的正确认知。两人拖拖拉拉走了一小时还没走出市区。

远山寺是千年古刹，有个规矩，每天只接待一千名香客，现场排队，不能预约——这可愁坏了周雅女士，起了个大早，赶了个晚集。

周雅女士都快急哭了！还好遇上个住在远山寺底下的菜农，刚去菜市场送完菜回家，愿意捎“心诚”的香客一程。

母女二人感天谢地，爬上了满是菜叶的拖拉机。

“心诚，心诚……”路漫漫瞌睡上来了，跟着拖拉机的节奏，点头如捣蒜。

闭上眼的前一秒，她瞄了周雅女士一眼，有点发愁地想，都这么大人了，不知道十几公里的地要走三四个小时吗？都怪老路，把她宠坏了！

周雅帮路漫漫掖好衣角，摸摸自家女儿平凡无奇的小脸蛋，想起她平凡无奇的成绩，更愁，这姑娘到底随了谁啊？她当年和老路读书的时候，拿第一跟喝白开水似的，难道是基因变异？

周雅是真冤枉基因了，要是她能花个把小时认真围观一下路漫漫的学习过程，她就会明白她和老路的基因是多么强大。

从小到大，路漫漫的课后作业时间始终维持在一小时之内。

打头两分钟，装模作样写几笔。

五分钟一过，翻出一袋虾条，就着作业本底下的漫画下肚。

虾条吃完了，嘴里有点燥，从冰箱里翻出一瓶娃哈哈，换一本漫画继续。

娃哈哈喝完了，肚子有些凉，转头吃掉一包辣条，从漫画转战明星海报。

辣条味儿太重了，随手剥几粒泡泡糖，在糖纸上画两个小人。

泡泡糖嚼到发白，一看时间——还剩五分钟了！

得嘞！撸起袖子加油干！

从小学到高中，虾条换成可比克薯片，娃哈哈换成可口可乐，泡泡糖换成口香糖，漫画换成武侠小说，不变的唯有那最后5分钟“暴风式学习”。

在青蒲高中这样学神集中的中学，路漫漫通过每天5分钟，还能保持这样中不溜秋的水平，周雅的确得去感谢一下佛祖。

（2）

“路漫漫，醒一醒！快点！”

路漫漫正梦见一个翩翩美少年冲自己笑呢，脸还没看清楚，就被周雅一巴掌拍醒了。

天已经蒙蒙亮，路漫漫伸了个懒腰，一看时间，才凌晨五点。

饶是这个时间，上香的人已经自觉地从寺庙门口呈蛇形排到山下。

“天哪，这群人昨晚是在这儿搭帐篷睡的吗？”路漫漫看着山顶的黑点，发出灵魂质疑。

九百九十九层石阶，石阶左边是满山的桃花，右边是漫山的松林，中间是乌泱泱的人群。一层石阶一位香客，路漫漫和周雅刚好攀上倒数第二层阶梯，成功晋升第九百九十九名香客，好歹赶上了！

路漫漫在左道，靠桃花的那边。放眼望去，朝阳已经在层层叠叠的桃花背后露了个半脸，晨雾氤氲着半山粉红，美得不像话。

人群里一阵阵赞叹声，手机咔嚓咔嚓作响。

路漫漫叹了一口气，打算干一件煞风景的事。

要知道，这位“每天五分钟”同学的考试成绩全靠突击。偏偏路漫漫的“临时抱佛脚”学习攻略被“真·临时抱佛脚”活动给打乱了，还好她留了一手——

路漫漫麻溜地从防风衣兜里掏出一沓小卡片，默默背起了英语重点词汇。

正当她背到“persist（坚持）”这个词时，周雅女士一记如来掌拍下：“干什么呢？拜个佛都不专心，难怪你学习不好！”

路漫漫：“……”

“心诚才灵！”周雅强迫着路漫漫跟她一样双手合十，愣是冲着远远的山顶揖了一揖。

路漫漫的手一松，满手的卡片跟着一路卷上山的南风，骨碌骨碌爬了好几层台阶。

作为一名坚定的无神论者，路漫漫立马蹿出了队伍，一边捡卡片，一边背单词。

“Pride（傲慢）！”

“Prejudice（偏见）！”

“Inevitable（不可避免的）！”

……

到“destiny（命运）”时，路漫漫的手顿住了。

这张卡片堪堪靠在某个相当漂亮的脚踝上。是少年的脚踝，白皙，瘦削却有力。

路漫漫顺着脚踝往上看去，一截整整齐齐卷着的墨色牛仔裤腿，长腿，窄腰，修长的指骨，白T恤，宽肩，然后——

脖子往上本来是能看清楚的，偏偏那一刻，朝阳从桃花林一跃而出，漫山遍野的桃花像是被点燃了，少年的脸笼上一层金粉的光，刺痛了路漫漫的眼。

山钟敲响，松涛阵阵，鸟鸣啾啾。

少年的身影就这样，映着桃红松绿，混着鸟语花香，烙进路漫漫心底。

如此良辰，周雅女士的河东狮吼应景而来：“路漫漫，你还不给我死回来！要是这次高三分班，你还考不上实验班，看我不薅了你的毛，送去庙里当尼姑！”

阶梯上下投过来一拨一拨能淹死人的目光。

路漫漫捂住脸麻溜地滚回去了，脚踝的主人却弯下腰捡起了那张卡片。

（3）

路漫漫此人，简而言之，一个大写的平庸。

小学三年级时，周雅带她去亲戚家吃饭。

亲戚仔细一瞧，小姑娘脸蛋白白，眉眼细细，当场夸了一句：“小丫头长得挺清秀的啊！”

八岁的路漫漫从来没听过这样的形容词，她日常接触的无外乎

“小赤佬”“白眼狼”“死丫头”这类词。

“清秀”这个词，路漫漫只在金庸的小说里看过，是形容周芷若的，说她“清丽秀雅”。周芷若长什么样儿，路漫漫当然没见过，但她知道高圆圆长什么样儿，因此心里乐开了花。

等另一个小姑娘到场，那位亲戚又说：“哎呀呀！瞧瞧这小姑娘，长得跟一朵花儿似的！大眼睛水汪汪的，漂亮得没魂了！”

路漫漫也看了人家小姑娘一眼，显然，她比自己长得更像高圆圆。

路漫漫这才明白了“清秀”的含义：清秀=客套的普通。从此，她对审美无师自通。

美有各式各样，大眼睛双眼皮是美，小眼睛单眼皮也是美，有古典美、现代美、慵懒美，甚至丑美——只要有存在感的就是美。

隔壁胖妞小时形如发糕，长大了，爱美了，努力减肥一年，终于成了一个小美女，成功收获情书数封。

路漫漫努力了十多年，拉拉眼皮，捏捏鼻子，终于成了一个扔在人堆，爸妈也没法儿一眼认出来的零存在感生物。

尽管如此，路漫漫还是很小强地保留了一双善于发现美的眼睛，比如刚刚那位——那身影，那侧脸，那轮廓——标准的“撕漫男”哪！

可惜，一直到大雄宝殿，路漫漫都没能看到男生的正脸。

队伍一点点往前挪，男生忽然矮下去，虔诚跪拜。

拜完肯定会转身——路漫漫已经屏息等待那一刻了！

偏偏，背影的主人停在香案前，跟一个大和尚闲聊起来了！

“往回看！往回看！往回看！”路漫漫气急念道，学起《美丽人生》里的男主人公圭多的意念法。叔本华说：意念决定一切，我想怎样，就怎样。所以，嘿！眼前那个背影，请你回头看一看！

不断念着，路漫漫此时的心情很像一只被人一直用一块排骨吊着胃口的哈巴狗，排骨一直在眼前转悠，偏偏吃不到。

于是，在周雅女士再度伸手干预，把自己女儿脑袋摁向蒲团的时候，路漫漫狗急跳墙了！她果断抛弃了什么期末考高分的愿望，而是极其真挚地许了如下愿望：

“佛祖啊佛祖，我路漫漫要成为一个百分之百存在感的人！我想让谁想到我，谁就得想到我！我想让谁回头，谁就必须回头！如果您答应了，我一周来给您添一次香油钱！”许罢，偷偷在蒲团底下塞了一枚一元钢镚儿。

如果路漫漫许愿时能稍微抬一下头，她会惊讶地发现，身影的主人正回头盯着她看。

女孩把头叩得死死的，蒲团柔软，眨眼就见坑了，祁远觉得这女孩是在斗牛。

“别费劲了，把脑袋磕破了，他都不会答应你的。”祁远在心底对女孩的背影说。

“小施主，您母亲让我转述，她这次上山修行，并不打算见客，包括您。”

福裕和尚有些为难地开口，眼前这个高个儿少年的母亲是远山寺最大的香客。和尚也难逃世俗账，尤其是这年头，不仅要学佛法，还要学MBA，学着到处拉投资。

祁远漫不经心地回头看了福裕和尚一眼，和尚有些讨好地笑着，两颊间八字纹加深，一脸苦相。

“算了，她什么时候把我放在心上过呢？”祁远冲福裕和尚拜了一礼，大跨步出了正殿，带着刻意过头的潇洒和慷慨。

路漫漫就这样错过了那个背影。

大雄宝殿的另一个偏门，心满意足的周雅拖着一脸狗气腾腾的路漫漫，花了十块钱抽了个签。

黄布小桌后的和尚又是问生辰，又是看手相的，最后给了一个“考上大学绝对没问题，要是努力一把，说不准清华北大都能奔上”的开放式回答。

“说了等于没说嘛！”回家的路上，路漫漫实在受不了周雅女士的时隔半分钟的“努力一把”，回嘴道，“摆明了骗你们这些中年妇女的钱！”

“我的钱，我乐意！”周雅女士见事实真相被揭穿，依旧满面红光沾沾自喜，好像已经把北大录取通知书攥在手里了一样。

周雅眼里放着光，那光让路漫漫想起周雅年轻时候拍的一张军装照：长顺的直发，清秀的容颜，大而漆黑的眼，那眼里的光，自由、清澈、新奇，仿佛能装下整个世界。

二十年过去了，整个世界缩小成一个不争气的、又㞞又懒、整天让她操心的路漫漫。

路漫漫认栽似的收起猎艳美男的心，踏踏实实地读了一周末的圣贤书，风萧萧兮易水寒地上了高二期末考场。

（4）

路漫漫的注意力集中极限是5分钟。

于是，此人以“答卷5分钟，休息5分钟”的速度熬过了漫长的考试时间。而在最后一个“休息5分钟”里，路漫漫发现了新大陆。

考场一排三桌的男生，那张侧脸，那个轮廓，怎么这么熟悉呢？

考试结束铃响，卷子从最后一排被接力到第一排。

路漫漫没像往常一样收拾书包，她把草稿纸捏成一个团，扔到男生座位底下。

正想来个偶遇，男生突然站起身，路漫漫恍然——就是前天寺庙里的那个身影！

男生收拾着几张草稿纸，夕阳的余晖透过窗户打在扬起的稿纸上。纸上的字力透纸背，公式算法井然有序，干净整洁，俨然另一份答卷。

路漫漫迫切想看背影正面的心，突然就被稿纸上那几列整齐的公式戳破了。

时光恍若倒流，回到路漫漫小学毕业典礼的那个下午。

离别在即，女孩鼓足勇气向男孩表白，男孩一脸迷茫：“同学，你叫什么名字？”

围观同学A惊讶：“她可是路漫漫哎！你竟然不认识她？”

围观同学B补充：“就是每次考年级第一的那个！”

吃瓜女生C表示：“夏寒开玩笑呢，漫漫可是课代表，每天来来回回收作业呢，怎么可能不认识？”

吃瓜女生D补刀：“成绩好有什么用？长得丑，同学了六年，不也一样不认识！”

……

那天下午，路漫漫耳朵里只剩下嗡嗡声。

路漫漫长得绝不丑，她眼是眼，鼻是鼻，眉清目秀，可慰人心，然而绝不出众。

不出众的人就不该干出众的事，比如考第一，比如向全校最帅的男生告白。

同学，你叫什么名字？

那个叫夏寒的男孩，那个漂亮得像洋娃娃的男孩，那个同学了六年叫不出路漫漫名字的男孩，用一记陌生的目光教会了路漫漫这些。

电视电影里的青春大男孩可以观赏，可是一旦真正的百分之百男孩出现在身边，他的百分之百存在感和她的零存在感——鲜明的对比下，一股阴凉的自卑流遍了路漫漫全身。

路漫漫抄起书包，胡乱地把剩下的草稿纸揉进去，头也不回地离开了教室。

等她离开了教室，她刚刚注视的少年突然转身弯腰，拾起她扔的草稿团，摊开。

一样角度的夕阳打在不一样的稿纸上，晕红了“路漫漫”三个字。

“路漫漫……”少年轻声念出女孩的名字。

（5）

整个暑假，路漫漫在一股浓得呛人的自卑中刷题。

于是，她错过了她身上某些细微的变化，譬如偶尔出去时别人看她的频率和眼神。她现在要操心的仅仅是青春期某点别扭的少女情怀。

偶尔，她也想起凌晨四五点的时候，太阳一跃而出，想起半山松绿半山粉，想起钟声、石阶上的桃花瓣和松针，想起那个青葱的背影。

然而，所有的这些，都被路漫漫用一沓沓草稿纸给埋葬了。

“从明天起，我要面朝黑板，努力学习。”路漫漫在高三开学前一天许下如上诺言。

周雅女士终于如愿以偿，路漫漫以吊车尾的成绩挤进了青蒲高中唯一一个文科实验班，开启了苦逼的高三生涯。而这苦逼生涯中最苦逼的头件事，就是在开学典礼上，猝不及防被剧透了她心心念念的背影的主人。

背影主人正作为优秀学生代表发言。

路漫漫在考场上的直觉没有错，只是她没想到背影的主人是这样一尊闪闪发光体——

高三一班祁远，历届考试的年级第一，学神已经不能形容此人的无敌了，大家都尊称此人为“大仙儿”。

路漫漫以前只闻其名，第一次和大仙儿会面竟然是在远山寺。他也去求高分？远山寺这么灵？

路漫漫突然被自己的想法给气笑了。她再看一眼台上的人，不知道是不是她的错觉，她觉得祁远的目光正往她的方向扫来。

“算了，算了，年轻人最忌讳自作多情。”路漫漫彻底埋下了头，眼不见心不烦。

（6）

新生开学典礼上，祁远作为高三代表发言，都是老一套：先回顾历史，再脚踏现在，展望未来，最后致谢动员。

祁远四平八稳地念着班主任骆一济塞给他的演讲稿，脑海中突然浮现出一个女孩垂着脑袋踢石子的画面。

又是她！

祁远觉得整个人着魔了！

自从远山寺回来之后，他脑海里总是不时冒出有关这个叫“路漫漫”的女孩的日常生活画面，就像开了上帝视角一样。

明明在考场上好好答着题呢，祁远脑中却有女孩盯着自己背影瞧的画面。

明明在自己家里打游戏呢，他脑中却突然出现女孩泡在肯德基刷题的画面。

明明在国旗下讲话，隔着几百米看不清其他人的脸，他却独独看清了这个女孩——

操场东南角，女孩深深埋着头，短马尾高高翘着，娇小的身形一晃一晃的。

祁远甚至能看见女孩鼻尖上一颗小巧的灰痣！

祁远有些头疼，然而嘴里还是念着稿子：“……在人生的第一个岔路口前，让我们义无反顾、勇往直前，让我们决战高考、制胜高考。”

一句激情饱满的话，愣是被祁远念得干巴巴的。

教导主任隔着老远，冲一班班主任骆一济微微抬了抬他尊贵的双下巴，骆一济赶紧小跑过去赔笑：“主任，您见谅，理科班的孩子没有艺术细胞，很难有激情。这不，本来定的也不是他，谁知道电视台来人拍，又要长得好又要成绩好的，那……”

（7）

在激昂的进行曲中，早会终于散了。一个高个儿圆脸的男生一把钩住祁远的肩：“小远子，就你刚刚念的那稿子，草丛里的蟋蟀都听睡着了。”

偌大一个青蒲高中，也就只有梁文康这个二百五敢叫祁远这个大学神“小远子”了。这都多亏了他俩从小一起长大的交情。

祁远并没有给他日常一“滚”，他目光紧紧跟随着那个女孩，长腿快迈，一步一步缩短着他们间的距离。

“嘿！你看到济公了吗！地中海那边给你擦屁股呢！”梁文康力气大，扳过祁远的肩。

祁远将目光从女孩身上收回，绕过大半个操场，落到班主任骆一济身上。

骆一济正点头哈腰聆听教导主任的教诲，祁远想见女孩的心情被骆一济搞得有点打折。他大步跑到骆一济身边："骆老师，班里梁文康的家长来找你。"

接着，祁远又对教导主任鞠了一躬："钱老师好，我这次演讲准备得不是很好，但我真的尽力了。如果有下次，我一定会加倍努力！以钱老师为榜样，好好学习！"

说得那叫一个声情并茂。

人们对于美的事物总是格外宽容。

教导主任钱书熙的口头禅是"追求完美"，祁远最拿手的功夫是"装完美"，于是，刚刚还颇有微词的主任在见到完美本尊后，立马化干戈为玉帛，恨不能附赠一片冰心。

骆一济暗暗捂住手背上的鸡皮疙瘩，给祁远一个"够意思"的眼神。

"那……主任，我先走了啊！"

"学生要紧！学生要紧！去忙吧！"教导主任大手一挥，骆一济恢复了人身自由。

（8）

梁文康躲在人群里，亲眼见证了某人一秒变脸的功力：跟教导主任告别后，就转身的工夫，祁远上一秒还是满面春风，下一秒脸上就写满了爱搭不理。

"我爸的出场费！"梁文康路见妖孽一声吼。

祁远刚和教导主任聊完理想和人生，实在不想再浪费一丝唾沫星子。

操场的进行曲突然被截断，流行音乐的前奏通过广播传遍校园。

高三生活中一天最奢侈的20分钟休息时光伴着"只是因为在人群里看了你一眼——"徐徐展开，人群里一阵抱怨声。

“怎么老是这首曲子啊！耳朵都听出茧来了！”梁文康歪脑袋掏了掏耳朵，粗嗓门突然变得讨好，“祁大仙儿，上学期广播站一朵花不是给你送过情书嘛。你要不要代表我们广大劳苦群众传达一下心声啊？”

祁远被歌声一惊，猛然回头，女孩已经匿在人群中，不知所终。

梦想着偶然能有一天再相见

从此我开始孤单地思念

想你时你在天边

想你时你在眼前

想你时你在脑海

想你时你在心田……

歌声沙沙传来，撞击着祁远的耳膜。当听到“脑海”这个词被唱出来时，他恶寒地抖了一抖，开始怀疑是不是自己脑袋出问题了。

他脑海里为什么会一直浮现有关那个叫路漫漫的女生的生活画面呢？是他哪里不正常吗？

正常的男生不应该像梁文康那样吗？

祁远仔细看了梁文康一眼，那二百五正对着他，倒着走路，跟着自己刚刚吐槽过的曲子吹着口哨，一副智障儿童欢乐多的模样。

算了，这样正常的男生，不当也罢。

“梁小康，你脑海里会不会突然出现一个人的模样？”快到教室门口时，祁远终于忍不住问出口，他花了好长时间才找到形容词，“就是好像电影镜头特写一样，活生生的，你以为是你脑海里想象的画面，可是现实生活中的确存在这么一个人……”

智障儿童的口哨戛然而止，立马换上一副严肃的表情。

祁远紧张地等着他的高见。

梁文康不负所望地开口：“你思春啦，啊哈哈哈！”

祁远有一巴掌拍死他的冲动，然而想到正常人很可能有这样的误解，又耐心解释道：“不是，我都不认识她！”

“哦……”梁文康若有所思地拍拍自己的圆脑袋，灵光乍现，

"一见钟情？"

"傻！"祁远真是觉得自己脑袋被驴踢了才会去问梁文康。他三步并作一步，连蹿了两楼台阶。

按传统，实验班的学生基本上安排在一层，为了节省上下楼的时间来学习。可是今年也不知道是谁给校长吹了风，说成绩越好的孩子越需要锻炼，身体素质不能落下。于是，校长索性一下子把三个实验班，二理一文都搬到五层去了，最顶楼，上面就是天台。

（9）

新学期第一堂课就是高二期末考卷讲解课。

上课铃响，语文老师踩着恨天高，天女散花般哗啦啦连发了一沓复印纸。教室里嗡嗡一片，所有人都抓紧时间在老师上课前多说几句。

路漫漫把复印纸传给后座，一个瓜子形脑袋的男生谄媚笑道："漫漫啊，好巧啊，我们又分到一个班了。"

是郭才，一个专门搜集各种小道消息以及作业答案，以便转卖的同学。此人的长相完美地阐释了"尖嘴猴腮"四个字，最擅长凭空套近乎。和不认识的人，两秒呼兄唤弟，三秒能两肋插刀，然而谈到钱，一秒翻脸。

"你好。"路漫漫面无表情地转回身，心想自己造了什么孽，何德何能与此奇葩同班三年。

"要不要暑假作业答案啊，语数外物化生都有，五块一份。"郭才压低了声音，像是兜售毒品一样鬼鬼祟祟。

路漫漫假装没有听见，她一心一意盯着发下来的复印纸，原来是优秀答卷。

厚厚一沓复印纸里，头一张，左手边的考生信息区，龙飞凤舞地印着两个字——祁远。

真是阴魂不散哪！

路漫漫抄起底下其他人的复印卷往上一盖，继续眼不见心不烦。

"这么快就收起来了？我对比了一下，发现祁远的考卷是答得最好的哎，填空选择全对，阅读理解也很有逻辑，作文写得更好！”同桌庄棣棠轻声细语说道，一一把相应答题区指给路漫漫看。

庄棣棠是班长兼学习委员，原来就是文科实验班的，成绩好，没架子，跟谁说话都一副春风化雨的模样。路漫漫却难得地起了逆反心理，她随便抓了一张卷子：“我觉得这位同学答得更好！”

庄棣棠愣了一下，尴尬而不失礼貌地冲她笑了笑，埋头学习去了。

路漫漫后知后觉地发现自己随手抓的一张，竟然是自己的卷子……

（10）

不管路漫漫怎样忽视祁远的存在，对方总是不断地在刷他强大的存在感。现在，语文老师竟然逐字逐句地分析起祁远的作文来了！

“大家看好了，人家是拿谁举例子的啊！三岛由纪夫、陀思妥耶夫斯基、乔治·奥威尔！再看看你们，都什么年代了还李白、杜甫、居里夫人，点名点多了你信不信人家晚上来找你啊……”

路漫漫突然来了精神，三岛由纪夫是她最喜欢的作家，他所有的文字她都看过。然而，她却在祁远的笔下看到了她从来没看过的话：

……关于自由之于人生的意义，三岛由纪夫曾经说过，有我所不乐意的在天堂里，我不愿去；有我所不乐意的在地狱里，我不愿去；有我所不乐意的在你们将来的黄金世界里，我不愿去。“鲁迅散文诗《野草》里面的话，被祁远拿过去给三岛由纪夫用了”……

这话有点熟，路漫漫想破了脑袋都没印象，突然被老师给提了个醒：“这次的小阅读是鲁迅的杂文，难度的确比较高……”

祁远、鲁迅、三岛由纪夫——路漫漫脑海里突然有个轮廓出来了，原来学神的称号名不副实啊！

高中生擅自发明名人名言早不是什么新鲜事了。

路漫漫却像是抓到了贞洁女神不贞的证据，她打了鸡血一样抓起笔，万丈豪情地在祁远作文那段话上画了一个圈。

圈里赫然写着“偷天换日，李代桃僵”几个红色大字。

恶趣味一般，路漫漫又陆续在祁远作文中找到了几个错别字、语法错误。

一堂课下来，祁远的作文上密密麻麻都是红色的圈。

路漫漫在挑学仙儿的刺这件小小的事上获得了大大的满足感。

下课后，庄棣棠凑到路漫漫身边，很感兴趣地问：“漫漫，你可不可以把你笔记借我看一看，我看你记了好多。”

路漫漫猛然醒悟，她干了件多无聊又幼稚的事。她坚定地摇了摇头，迅速地把卷子夹进笔记本里，塞到课桌抽屉最底层。

“小气鬼！”身后传来郭才阴阳怪气的讨嫌声。

路漫漫正想爆发一下小宇宙，教室门口突然有人喊：“路漫漫，有人找！”

然后，迅速地，以教室门为半径，全班都在窃窃私语。

“路漫漫，祁大仙儿找你！”不知道是哪个男生吼了一嗓子，然后全班的小声议论变成了大声起哄。

路漫漫不知道被谁推到了门口，和她上一秒批斗得如火如荼的“阶级敌人”，她两个月前心心念念的背影的主人，结结实实打了个照面！

（11）

“路漫漫，你对我是不是做了什么亏心事儿啊？”高三三班门口，学仙祁远微微俯身，凑到路漫漫眼前，平视她的双目。

祁远长得相当赏心悦目，棱角分明的脸上长着一双乌漆漆的桃花眼，眼尾长长，直吊到鬓角，盯着人看时，仿佛全世界在他眼里只剩下单独一个你。

路漫漫都能在他瞳仁里看到自己的倒影，她的心跳赶场子似的，一拍急似一拍，一半是被电的，一半是被吓的。

路漫漫到底没有色令智昏，脑袋遛马场似的转了一圈，确定了一个事实：祁远无论如何也不可能知道刚刚上课发生的事——

除非教室里开了摄像头，除非祁远单独把她的画面拉出来看，清晰度还是一个问题。

于是，她果断地推了一下鼻梁上的金丝镜框，适当地歪一下脑袋，大大的眼睛里满是迷茫："你是……祁远？我们不是第一次见面吗？"

祁远眯起眼，心想，这妞真能装。

他直起身，居高临下地揭开了路漫漫的伪装："路同学，据我回忆，我们俩第一次见面是在上学期六月初，远山寺。"

祁远一边说话一边换了个站姿，背靠在墙上，左腿长长伸出，好巧不巧落在路漫漫视线正下方，露出一截白皙好看的脚踝。

"啊？原来那次在山道上的是你啊！真巧！"路漫漫一拍掌，一脸恍然大悟的样子，"难道是那张小卡片割伤了您的……尊脚？"

这口气，祁远生生被噎着了。他索性一股脑摊开："第二次，二教第一考场；第三次，今天升国旗时。"

一边说，祁远一边逼近。

围观群众纷纷哗然，有好事者甚至举起手机。

在这样的环境中，只有路漫漫听清楚祁远在她耳边说的话。

他说："路漫漫，你是不是给我下了什么蛊？要不然我怎么会一直想到你。"

（12）

"可能是你背后长了眼睛？"

良久，路漫漫小心翼翼地回答。她有种不祥的预感，她总觉得祁远知道她在他考卷上乱涂的事情。

祁远直接被气笑了："你觉得可能吗？"

"还有可能，你在单恋我"这句话，路漫漫没敢说出口。

"我话都说到这份儿上了，你应该记起你做过什么对不起我的事了吧？"祁远一边手插裤袋靠在墙上风流倜傥招花引蝶，一边好整以暇地等着路漫漫自行招供。

这时候，几个女生已经借口上厕所，来来回回在走廊晃荡了好几趟了。短短几分钟，祁大仙收获了无数青眼。

路漫漫打算抵死不从，反正无凭无据。她继续忽悠："您看，像您这样存在感强烈的人，多看两眼也是难免的，要是给您增加了什么不快，我深感抱歉。"

她一副可怜相，连鼻尖上的那颗小灰痣都诉说着真诚。

祁远叹了口气，从墙角站直身，面色凝重地开口："偷天换日，李代桃僵？"

"我去，真有摄像头！"路漫漫大惊之下，把心里想的变现成嘴里说的。

"路漫漫，这件事，不是你有问题，就是我有问题，而且，我思考了很久，觉得你是主要责任方。"祁远垂下眼，浓密的眉压住上吊的桃花眼，难得地端庄严肃。

"哪……哪件事？上课开摄像头？"路漫漫这下是彻底蒙了。

"准确地说，是我这里安了一个专属你的摄像头。"祁远点了点自己脑袋，"我也很奇怪，我明明在一班上课，却能看见你在三班上课的样子。"

开什么国际玩笑！路漫漫吓出一身鸡皮疙瘩。

然而，祁远脸上写满了"我没骗你"。

等一等，就是说，祁远有千里眼，能时时刻刻监视她路漫漫在干什么？

路漫漫被这种可能性吓得后退一步。

"不是时时刻刻。"祁远往前走一步。

妈呀，还能监视人的想法！

路漫漫转过身，背对着祁远，手心里攥满冷汗。

"你放心，我还听不到你的想法。"祁远绕到路漫漫跟前。

那你怎么知道？

路漫漫在心底反问。

"是你自己都写在脸上了。"祁远指着那张还没自己巴掌大的脸，觉得就连路漫漫鼻子上那颗痣都演技十足，时时刻刻在暴露主人的心思。

“就是有这么明显。”祁远已经先路漫漫一步，回答了她的问题。

路漫漫摸着自己的脸陷入沉思，这都是什么破事儿啊？

“我推测，只有你想到我时，我才能看到你。”祁远还要继续说什么，偏偏上课铃响了。他抓住路漫漫的肩，再次俯下身，压低声音匆忙道，“下节课，一定要想我。”

男孩低哑的嗓音在耳朵里绕圈，鼻尖还萦绕着若有似无的雪松气息，虽然知道那句话不是字面意思，路漫漫还是红着脸，一路飘回了教室。

（13）

教室里满是粉红的气息，青春期的男女生总能这么以己度人，或是以人度己地感受暧昧的氛围。

整个教室的同学都在向路漫漫发问——

“路漫漫，你跟祁大仙儿认识哦？”

“你们是什么关系啊？”

“刚刚祁大仙跟你说了什么呀！神神秘秘的！”

“你们两个有问题哦……”

……

就连郭才也凑上来问：“那个路漫漫，你能帮我借一下祁远的笔记吗？我……我可以给你分红！”

路漫漫：“……”

“哐——”

三角尺被语文老师高高扔在桌面，激起尘粉三丈：“怎么回事啊，回校才第一天哪，整栋楼就你们班最吵！学校是你们家啊，不想学的滚回去！”

于是，整个班都安静下来了，每个人却都在自己无声的小世界里唱着青春的歌。渐渐地，语文老师充满激情的讲课声填满了教室。

“一定要想我。”

“一定要想我。”

“一定要想我。”

……

路漫漫猛地摇摇头，拿自己冰凉的手捂住两颊，突然意识到，是不是这时候，祁远脑海里能看到自己？

寺庙、桃花、卡片、脚踝、背影——大雄宝殿、临时变卦的愿望——考场、操场、祁远的桃花眼……

杂乱的事中恍若有一条隐形的线，越来越清晰，路漫漫感觉自己能抓到了！

是佛前许的愿！

什么愿来着？

路漫漫的笔尖无意识地划开白纸：背影？回头？百分之百存在感！

“佛祖啊佛祖，我路漫漫要成为一个百分之百存在感的人！我想让谁想到我，谁就得想到我！我想让谁回头，谁就必须回头！如果您答应了，我一周来给您添一次香油钱！”

那天的愿望被完完整整地回忆出来了！

祁远说，只要她想到他，他就能看到她？

路漫漫有点崩溃——佛祖该不会真帮她实现愿望了吧？

能看到是吧？

路漫漫在白纸上写下了一句话：“祁远，你信佛吗？”想了想，她又补上一句，“你许过愿吗？佛祖帮你实现了吗？”

这种单向传达和被监视的感觉真不爽，路漫漫把那张纸撕下来，揉成一团，塞进书桌间挂着的垃圾袋。

（14）

你信佛吗？

许过愿吗？

实现了吗？

祁远脑海里复述着路漫漫的话，一分神，手里转的笔被甩出去了，刚好落在骆一济的皮鞋前。

梁文康捅了捅祁远的胳膊，给了他一个自求多福的表情。

“祁远，刚开学就皮痒了是吧？要找家长吗？”骆一济恐吓这帮小兔崽子的话全都是条件反射不带脑子的，话出了口，他才意识到不合适。

从高一开始，骆一济就没见过祁远的家长。刚开始，他还按着祁远填的号码打给祁远爸爸。结果，祁爸的秘书倒是很热心地帮他约时间，一约就是两年。打电话给祁远他妈，对方从来就没接过。

骆一济还是有点责任心的，他私下拉住祁远问：“你爸做什么生意的啊？怎么一年到头在国外跑啊？”上个月美利坚下个月法兰西的。

“我爸不做生意。”祁远答。

“那秘书……”骆一济有点凌乱，难道祁远家长故意骗他？

“吃喝玩乐也需要行程安排。”祁远一本正经地回答。

其实，祁远的爸爸祁浮韫是个家底丰厚的画家，混的也是国外的展览圈子，加上经常出去采风什么的，但从小学到高中，祁远已经懒得解释了。

骆一济从少年脸上挖苦的神情中读出了什么，然后，小心翼翼地绕过他爸爸，问：“那你妈妈……”

祁远低下了头，沉默不语。

半晌，他说：“老师，我爸妈在我四岁时就离婚了。”

尽管如此，祁远还是年复一年地在入学表上填上圆满的名字。

骆一济一颗心好似在走钢丝，放弃似的开口：“那你总得留两个联系得上的人名吧，万一你有什么事，我们也好联系的人。”

祁远规规矩矩地留了信息。

骆一济指着“林平原”问：“这位是？”

祁远眼皮一掀：“家里的司机。”

“那顾美娟是？”骆一济指着另一个名字。

“家里的保姆。”

骆一济瞬间觉得，有钱人的世界有点寒冷。此后，骆一济再也没有问过祁远他家里人，直到这一次课堂上不小心顺口提起。

他有些懊丧地看一眼讲台底下的祁远。

“老师您请啊，只要您请得来。”祁远满不在乎地垂下眼。

班里一众纷纷屏息敛气，一边怕炮火殃及池鱼，一边站在炮台上等着看好戏。

“下次注意啊！”骆一济不自在地摸摸鼻子，假咳几声，转头讲起了a=(Vt−Vo)/t。

普罗大众有的失望，有的嫉妒，有的暗自鼓掌，只有梁文康小心翼翼地往桌角挪了挪，给祁远腾出更大的空间。

（15）

中午在食堂，路漫漫迎面碰到一对勾肩搭背的男生，学校里这种男生多了去，偏偏这两个男生都没穿校服。

这两个，一个穿桃红上衣，一个穿柳绿长裤，红衣服的戴着绿色棒球帽，绿衣服的戴着红色棒球帽，整个两只大写的“特立独行”。两位旁若无人，一路拉风地走过来，引无数学子竞回头。

路漫漫不过多看了他们一眼，很快，两个男生突然同时回头，看了她一眼。

“我推测，只有你想到我时，我才能看到你。”祁远的话再次回响在耳边，如果这个规律适应于任何人的话……路漫漫赶紧摇头，把那俩男生的形象从脑海里驱逐。

食堂的另一角，江浙菜区那一列，排起了格外长的队伍。队伍的构造一目了然，以“1+N”醒目，“1”是祁远，“N”是各色女生。

突然，两个男生的出现打破了这种局面。他们直接插进队伍，大剌剌地往祁远身后一杵，充分无视了后排女生的抗议。

祁远侧身一看，一对亮瞎眼的红绿灯组合。

“祁大仙好啊，帮忙照料一下。”红绿灯组合开口。

祁远又回头仔细看了眼这二位，原来是班里的“哼哈二将”。

虽然是实验班，但仍然避免不了智障儿童。这二位的爸妈为了把他们送进一班，可没少花钱。高三开学才三天，他们就开始变着法儿地挑战骆一济的底线。

祁远若有似无地点了下头，仔细看了这两位今天的打扮，他有点担心骆一济的心脏。

祁远这一点头，相当于默许了红绿灯组合的插队，女生们的义愤好像也没那么强烈了。队伍重新恢复了平静，只剩下中间两位的大嗓门——

“哎哎哎，刚刚那女生怎么样，你不是也回头看了吗？”“红灯”说。

“脸长得……还凑合吧，眼睛挺大的，就是那五五身，浑身上下一块棺材板儿似的，没看头。”“绿灯”答。

“可惜了，那小妞鼻子上的那颗痣可漂亮了！”“红灯”说。

“你不会要追她吧！”“绿灯”问，语气之猥琐，恶寒到后排女生跟他们保持了一米的距离。

“听都没听过，又不是什么班花校花的，我吃饱了撑的，追她？”“红灯”答。

“所以我们刚刚为什么会突然想到她呢？”“红灯”反问。

“大概是脑子抽了吧！”“绿灯”代答。

“你才脑子抽了，你不仅脑子抽了，还进水了，一天到晚想什么破烂货啊！”“红灯”追答。两人终于结束了这个话题，拉扯到中午吃什么上了。

祁远在前面默不作声地听着，当听到“鼻子上的痣”时，他脑海里突然浮现了开学典礼那天，路漫漫小巧秀气的鼻尖。

电光石火间，祁远脑海里突然又闪过一幅画面。

祁远转头，一眼就看到了隔壁队伍里的路漫漫。

女孩埋着头，捂着鼻子，长长的眼睫下，一滴滴晶莹的泪珠缓慢地缓落。

（16）

路漫漫本来想找祁远的，人群里刚好一眼看到了他。她想着找个机会上去打招呼，把事情说清楚，在看到红绿灯组合后望而却步，悄悄躲进旁边队伍里。

谁知道听到了这样的对话。

年轻的女孩尚未尝过人心的鲁莽和丑恶，第一次被两个男生这样口无遮拦地议论，辛辣的评论呛得她体无完肤，眼泪不争气地直往外冒。

“不许想！不能想！”路漫漫警告自己，一旦想起任何人，都完了！她脆弱的自尊在濡湿的掌心煎熬挣扎。

祁远收回了视线，装作没看见一样，默默听身后二人的对话。

“糖醋排骨还有吗？”“绿灯”探头。

“刚好还剩三人份，你一份，我一份，他一份。”“红灯”回答。

谁要跟你们分！祁远嫌恶地皱眉。他大步向前，面向打菜阿姨的时候已经换了一张笑盈盈的脸：“姐姐好，我要三人份的排骨。”

食堂的大婶们平常都被同学们“阿姨长阿姨短”喊惯了，冷不丁有人喊“姐姐”，一时反应不过来，仔细一瞅，还是长得挺俊一小伙儿。

“姐姐”这心里啊，就跟抹了蜜似的，大勺几起几落，完全不带抖的，连汤带汁地给祁远盛了满盘，然后，给他刷了一份的价钱。

这一切来得太快，红绿灯组合眼巴巴地看着糖醋排骨被一扫而空，祁远端着满满当当的盘子飘然而去。

BAIFENBAI
XIHUAN
NI

Chapter 02
期待值错位理论

“所谓期待值错位，”祁远拣了根吸管，戳破路漫漫的鼻涕泡儿，“非要给它下个定义的话，就是——当你的情况匹配不上别人对你的期待。”

（1）

墨菲定律一：任何事都没有表面看起来那么简单。

路漫漫想拥有百分之百存在感的愿望是实现了，只是实现的方式有点诡异。只要她想到某个人，某个人的脑子里就会自动浮现她正在干嘛的样子。

具体表现方式为——

一不小心看了路人的背影一眼——路人脑中浮现路漫漫具体模样——路人回头确认——确认完一副见鬼了的表情。

或者：一不小心看了某某老师一眼——老师心灵感应式点名——语无伦次地回答问题——路漫漫都高三了，你可长点心吧。

或者：一不小心看了化缘和尚一眼——和尚跟上来——施主您和我佛有缘，捐些善款吧。

……

有时候，路漫漫盯着公交车站的广告牌时，突然萌生了一种荒诞的想法：会不会海报上那个光鲜亮丽的明星，也能看到自己现在这个样子？

（ 2 ）

墨菲定律二：所有的事都会比你预计的时间长。

路漫漫去寺庙还愿了，仔仔细细解释清楚事情发生的始末，希望佛祖行行好，收回成愿。

她甚至把偷偷塞到蒲团底下的香油钱给摸回去了，然而并没有什么用。

佛祖先生应该是闭关去了，不然以路漫漫晨昏定省的问候方式，估计得告她精神骚扰。

（ 3 ）

墨菲定律三：会出错的事总会出错。

路漫漫确认事实真相后，就再没想过祁远了——太丢人了！

你一想他，他就知道你在想他——暗恋都不带这么玩儿的！这不是变相表白嘛！

然而，惊喜总是来得那么猝不及防。

“打听到了，打听到了！祁远报了一千米男子长跑和棒球比赛，棒球队每天晚上七点在四号运动场训练！”

听到这句话的时候，路漫漫正在厕所隔间，刚解开牛仔裤的第一个纽扣——

祁远……

以及祁远此时脑海中的画面……

路漫漫上下左右看了下四周，一秒之内，她从脖子到头顶，烧成红炭。

“哎，你要不要去给祁远加油？”隔间外排队等待的女生还在祁远长祁远短的。

两秒过后，路漫漫才后知后觉地把刚解开的纽扣，重新扣回去。

“这次轮到我给祁远买水了！你们一个个的都不许抢！”

祁远和女生厕所……

路漫漫脑海里只剩下这两个词在打转了。

一分钟后，路漫漫放弃挣扎，憋着积了两堂课的尿，一脸怨气地出了隔间，给了队伍中那几个女生以死神的凝视。

这估计是路漫漫有生以来最糗的事了！

（4）

墨菲定律四：如果你担心某种情况发生，那么它就更有可能发生。

厕所事件之后，路漫漫就再也不想见到——不是，是听到“祁远”这两个字了。

实验班都在一个楼层，还好一班和三班之间还隔着个二班加个楼梯通道，然而一班是去厕所的必经之路。

为了避免和祁远相遇，路漫漫每次上厕所都下到四层，吃饭下课上早操，都刻意避开人流。甚至，她正考虑，要不要买一副耳塞，戴着去上厕所。

她觉得自己已经是在用生命来拒绝与祁远相遇了，却还是在周五的例行体育课上遇到了他。

这个她用生命拒绝的人宽宏大量地救了她生命。

实验班的体育课也是一起上的，先跑个两圈，然后是自由活动。

一般女生就散散步聊聊天什么的，有兴致的玩玩排球，踢踢毽子。男生大部分都滚去打篮球了，也有人踢足球的。

路漫漫眼尖，她发现塑胶跑道裹着的草场中央画了一个大大的扇形，她自己正站在扇形的顶端。

扇形的两翼，几个男生穿着一色的制服。红色竖纹的T恤扎扎实实束在白色长裤里，个个显得肩宽腿长，分外清爽养眼。

这是什么运动，这么精神？路漫漫一边在心里想着，一边仔细看着一个很壮的男生叉开两腿，高举右手，重心后仰，整个身体拉成一把长弓，然后长臂一挥，一颗白色的球破风而出——

路漫漫意识到不对劲时，球已经在眼前了！带着凌厉的风声和恐怖的速度——完了！

“躲开！”扔球的男生远远喊道。

路漫漫躲不开，她发现自己完全动不了，其实只要闪开或蹲下就行了。偏偏那一刻，她的手脚都不听使唤，眼泪倒是未卜先知地掉下来了。

妈呀！路漫漫紧闭双眼，等着最后的一击。

与此同时，一只戴着黑色皮革手套的手从她脑侧伸出，梆一声脆响，来势汹汹的球就这么轻易地被人接住了。

“Nice catch（接得好）！”有人喊道，伴随着鼓掌声。

一双手落在路漫漫肩上，稍微用力捏了一下，那人问：“吓傻了？”

路漫漫从一片紧张的混沌中恢复意识，就看见祁远弯腰对着自己，一口大白牙笑得没心没肺。他右手高高举着皮革手套，手套里就是刚刚那颗飞速而来的球。

路漫漫紧绷的神经一下子断了，腿跟着软下来。

祁远手里一松，路漫漫已经跌坐在地上了，眼泪唰唰地掉。

“喂！路漫漫，没事儿吧！”祁远跟着蹲下来，“擦到什么地方了吗？看人清楚吗？”

“你看看我！”祁远声音里已经带着些紧张了，“看得清楚吗？”

路漫漫被吓跑的魂儿一点点被喊回来，泪眼蒙眬地看向祁远。

阳光落在他翘起的头发上，把他的耳郭照得通红。

祁远整个人没了往日的疏离感，反而散发着一股亲和的气息，像是阳光中的向日葵，而非包装过度的高岭之花。

很难有女生不对这样的阳光大男孩心动，路漫漫这下是花痴傻了。

（5）

“同学，对不起！”一大块阴影突然包笼住路漫漫和祁远，吭哧吭哧喘着粗气，带着浓重的汗味，“我也不知道怎么的，好像看到这边有人，扔球的时候，球就跟着人转了。不对，我是——”

“二百五吗？”祁远毒舌地补上，“看到人就扔？你以为你是恐怖分子啊？这是什么，手榴弹啊！下次练球时带点脑子！”祁远说着，把手套里的棒球扔给大块头。

“是，队长！”大块头脸憋得通红，不知道是跑的还是被骂的。

路漫漫这才完全清醒过来，她意识到这事的祸因其实是自己，应该是自己干扰到了大块头，害他被骂。她麻利地抹了一把脸，从草地上站起身：“我没事！”

然后，为了转换一下氛围，她指向大块头手里那颗球：“这是什么？还有你们的衣服？”

路漫漫注意到，祁远也穿着一样的球服，红条纹上衣，白色长裤，左侧腰腹上印着大大的红字“17”。

“棒球！”大块头兴致稍微提上来了，一边指着身上的队服，一边解释，“这是棒球队服。”

棒球？棒球！

路漫漫猛然想起厕所隔间里尴尬的一幕，脸一秒变红：“那个……我……我还有事儿，我先……先走啦……”

大块头一脸蒙地看着路漫漫去而复返，顺利带走了自己的队长——这可是前所未有的事儿啊！打他们棒球队训练以来，排着队送水的女生多了去，也没见队长喝过一瓶。大块头摇摇头，给坚守在球场各处的兄弟们送去八卦。

（6）

八卦的两位主人公正在操场西北角的一处沙坑旁，沙坑里凹凸不平的沙子上画着一行公式：

100%存在感=想到A+被A感知=精神骚扰(哭脸)。

公式中间夹杂着几个或大或小的脚印。

等路漫漫完完全全解释清楚事情的来龙去脉后，祁远同学用眼神向她致以深切的同情，然而开口第一句就能噎死人：“路同学你那已经不是精神骚扰了，你已经上升到性骚扰了，我不告你已经——唔——”

路漫漫几乎是蹦到祁远身上捂住了他的嘴。

祁远很担心自己的脖子给这个小姑娘给勾折了，极配合地弯下腰，然而毒舌不止：“你——唔唔——现在……已经上升到人身攻击了啊！”

少年滚烫的呼吸喷洒在女孩的掌心，路漫漫被烫了一般甩开手，怒气冲冲，像西班牙小斗牛，牛气哄哄吼道：“我都说了，那是个意外！意外！”

不远处的自行车棚应声掉了一个鸟窝，几只稚嫩的小鸟吓得心惊肉跳，半空中扑棱了几下翅膀，竟然真的飞起来了，越飞越高，直到变成几个小黑点。

哟！这嗓门儿！

祁远笑弯了腰，他长腿一跨，从沙地上捡起鸟窝，原样挂了回去，然后，直接坐在一个车座上，长腿交叠。他平视路漫漫道：“你别急，我给你分析分析，你那金豆子赶紧收一收，别人看了，还以为我欺负你呢！”

“我管别人怎样想！”路漫漫急得上蹿下跳，外加河东狮吼，金丝眼镜滑到鼻尖了，一双大大的葡萄眼湿漉漉地瞪着祁远。

“对啊，你管别人怎样想？”祁远反问。

路漫漫被问住了，眼镜哧一下彻底脱离面部，呈直线下降，被眼疾手快的祁远抓住了。

眼镜腿还带着女孩张牙舞爪的体温。

路漫漫愣在原地许久，她不断地问自己：对啊，路漫漫，你干吗要管别人怎样想？你不是一直又屄又懒，心比天宽，死猪不怕开水烫的吗？你怎么会突然在意起别人的目光呢？

因为从前从来没有目光落在你身上——路漫漫心底响起这样的声音。

祁远发现，没戴眼镜的西班牙小斗牛长得挺俊的。半红半白的小脸上，鼻子是鼻子，眼是眼，五官相当小巧精致，尤其是鼻尖那颗小灰痣，闹得他简直想揉狗脑袋一样揉她脑袋。

他压制住这股冲动，极有耐性地帮她条分缕析：“你不是想成为百分之百存在感的人吗？佛祖不是帮你实现愿望了？愿望，不是从小到大心心念念的事情吗？你不高兴？”

高兴个鬼！路漫漫想，我总不能告诉你，我的愿望是一时兴起，还是因为你的背影一时兴起吧！

祁远这话说得很慢，很有层次，说到“百分之百”，是温柔却不容置喙的反问；说到“佛祖”时，语气带着鲜明的讽刺；说到“愿望和高兴”，满嘴的苦涩。

（7）

一片枯黄的银杏叶落在两人中间，早秋悄然而至。

路漫漫发现这氛围被祁远带得有些感伤，她假装没听懂祁远话里的口气，讷讷地说：“我只是还没适应别人的眼光，而且……而且，他们的眼光不一样。”

看你的，和看我的眼光，不一样。

看你的眼光，是倾慕，是赞许，是依恋。

看我的眼光，是疑惑，是失望，是不耐烦。

路漫漫在心底补足这句话。像祁远这样的人，是永远不会明白这其中的落差的。

祁远却“扑哧”笑出声：“您这是又要马儿跑，又要马儿不吃草呢！”

路漫漫一脸问号。

“你怎么不许愿给佛祖，让你长高点，长漂亮点，成绩好点，最好来两个特长，芭蕾舞、大提琴什么的，那样别人看你可全都自带闪光特效啦！”

祁远一边说，一边晃着双手来回转，路漫漫的金丝眼镜夹在他修长的指骨间跟着转，一闪一闪的。

路漫漫发现，祁远要是有心，光靠嘴就能气死人。而且，隐约地，路漫漫发现祁远对于“佛祖帮她实现愿望”这件事耿耿于怀，甚至有着若有似无的嫉妒。

于是，她很小强地做了个大胆的假设：“祁远，你那次上山许的愿望，是不是没实现啊？”

尽管路漫漫近视，她还是隐约看到了对方泛青的脸色。

打蛇打七寸，路漫漫一不小心得意忘形，继续追问：“你是不是，从小到大心心念念许过好多好多愿望啊？佛祖从来没有帮你实现过啊？”

祁远脸一下子灰了，他不声不响地看了上一秒还哭哭唧唧、这一秒就活蹦乱跳的路漫漫一眼，心想，好男不跟女斗。

祁远从自行车座起身，原地左转，本想来个飘然而去，走到一半发现前面是堵墙，又矜持优雅、目下无人地走回去。

无奈眼皮子底下的路漫漫呈“大”字形碰起了瓷：“我的眼镜。”

“你说这个？”祁远不咸不淡地问，举起手上的金丝眼镜。

路漫漫用她400度的近视眼，清晰捕捉到了祁远不怀好意的表情，她赶紧扑腾着抢自己的眼镜。

祁远多高？一米八五的人，进个教室门都要象征性地弯一下腰，他右手高举，看路漫漫蹦跶来蹦跶去都是徒劳，叹了口气，一转身把眼镜扔到刚刚捡起的鸟窝里了。

路漫漫转移阵地，跑到自行车棚底下跳来跳去，依旧无果。

祁远看了一会儿真人版“打地鼠”，心情果然有所缓解，他吹了一声口哨，继续他未完成的飘然而去。

（8）

直到上课前，路漫漫都没捞着自己的眼镜。

“漫漫，你的眼镜呢？”庄棣棠注意到路漫漫一身的低气压，关切地问。

“被狗叼了！”

庄棣棠默默地缩回去了，不一会儿，又忍不住凑过来，小心翼翼地问：“对了，你跟祁远是什么关系啊……我是看他上次找你。如果你们是朋友的话，可不可以帮我借个——”

“我跟他是敌人，阶级敌人！”路漫漫怒吼。

庄棣棠费尽心思设计了很久的话就这样被打断，她睁大眼看路漫漫，有种茫然的尴尬。

“哟呵！这年头，我们学校里还有阶级敌人啊！谁？”政治老师夹着一沓试卷翩然而至，“路漫漫，指出来我帮你举报，举不出来，课后把‘阶级敌人’定义抄上十遍交上来！好了，上课！”

全班哄然大笑。

从此，“阶级敌人”成了三班的口头禅，慢慢地，成了高三实验班的口头禅，最后，成了全校的口头禅。

“喂，阶级敌人，要不要一起上厕所？”

“你数学卷子呢？”

“在阶级敌人那儿呢！”

“注意了！注意了！阶级敌人正从西南角方向，以每秒十步的步速杀来！”

……

虽然只有庄棣棠一个人知道，“祁远”是路漫漫的“阶级敌人”。

这话可没有字面意思那么简单，青春期的男女生又不是三八线隔着的小学生，怎么可能没来由地成了“阶级敌人”？

庄棣棠是个心思重的女孩，她又暗恋着祁远，这不是什么事儿——全校女生都暗恋着祁远。

青蒲高中流传着一则经典的笑话：

有女生向祁远告白。

祁远说：“我们还是学生，不能早恋。”

女生羞涩道：“那我……我能不能先排个队？”

祁远温柔回应：“那你可成了一千零一号了，还要排吗？”

女生泫然欲泣，楚楚可怜：“排。”

祁远叹息：“好好学习，等和我考上同一所大学，你就从一千名外挤进一百名内了。”

因为这一句，青蒲高中大概有大半的女生悬梁刺股，发愤苦读。从某种意义上说，青蒲高中这一届毕业生的超高升学率，祁远功不可没。

所以在青蒲高中，祁远所扮演的角色很明确，就是高岭之花，用来远观的。可偏偏这朵高岭之花找上了平淡无奇的路漫漫，庄棣棠觉得有什么东西在心底发酵。

少女的心中，自此多了一道阴影。

（ 9 ）

路漫漫本打算配一副新眼镜的，可她突然发现，因为看不清，就没那么多想法了。对人没想法了，别人也不会想她了！

去掉了百分之百存在感，路漫漫回到了久违的舒适区——做普通人的感觉实在太爽了！

当然，路漫漫再没精神骚扰过祁远了。祁远这个人已经和她的眼镜打包，一起扔到自行车棚里的鸟窝里去了。

周五放学，周雅在微信上给路漫漫发了一个大红包，说是晚上加班，让她自行解决晚餐。

周雅女士在当地一家国企当会计，忙的时候忙成狗，闲下来恨不得每天给路漫漫炖鱼汤补脑——现在赶上忙的时候了。

刚出学校小西门，路漫漫就接到了周雅女士的电话。

周雅女士抱歉得不得了，觉得女儿少吃一顿她做的饭，智商就会降低十个百分点："都怪老路，倒是跟着他姓走好了，姓着路赶着海里的活儿，女儿高考也不回来照应一下，就知道寄明信片……"

路漫漫的爸是海员，成天开着海轮满世界跑，一年难得回来三四次，路漫漫的午饭就更不可能指望他了。

路漫漫觉得周雅女士是想路振华男士了，借着女儿来唠叨，她嘴上嫌弃明信片，每次收到都跟宝贝似的，都不肯让路漫漫经手，就直接塞相册塑封里了。

"周雅女士，我跟你说，就路振华那脑袋，也就只装得下你一个人，顶多再空一个角给我，国外那些洋妞长得再好看也——"

路漫漫的一个"也"字吊在嗓子眼，心跳差点骤停。

一辆飞轮摩托擦着她奔驰而去，上一秒，要不是有个毛茸茸的东西挡住了她的腿，她估计就横尸当场了——在和她妈通电话时。

“喂？小漫啊！你怎么了！”电话那头传来女高音，接着是一大堆文件落地的声音。

“哎哎！妈！我好着呢！”路漫漫赶紧接话，“遇到个朋友打招呼呢！妈，我不说了啊，朋友喊我呢！”

“小赤佬一惊一乍的吓死人，过马路看着点啊！”

路漫漫挂了电话才发现后背已经湿透了。

校门口车多人乱，然而大部分人和车还是有素质地减速慢行，再说前面是绿灯，路漫漫也就没多看——看了也徒劳，她这视力，一百米以外啥都看不到。

当然那飞车党也不是什么好东西，等着被警察叔叔抓吧！

“佛祖，记得了吧，安排一下。”这时候了，路漫漫还不忘问候一下佛祖。

（10）

生命诚可贵，路漫漫想起学校附近就有眼镜店，她觉得还是先配副眼镜再吃饭比较安心。正要迈腿，才发现腿上还挡着个毛茸茸会发热的东西。

路漫漫弯下腰凑近了去看，才发现是一只巨型哈士奇。它脑袋昂起来快有她腰那么高了，直立起来估计比她都高。

路漫漫蹲下身，挠挠狗脖子，白夹黑的毛厚实温暖，让人心生喜欢。

“好家伙！谢谢你啦！”路漫漫站起身，去校门口小卖部买了两根烤肠，一根自己叼嘴里，一根塞到哈士奇嘴里，转身去了眼镜店。

等测好度数验好光，选好了镜框，一问价格，路漫漫犹豫了。

“五百块，真不算贵，品牌价，你出去看看，同学们都流行戴这个。”戴着粉红丝巾的营业员热情洋溢地介绍。

“那镜片多少钱？”路漫漫不动声色地问。

“我们镜片有贵的有便宜的，三百块到一千块不等，这边有价目表，您可以看看，这款……”

得了，买不成了，周雅统共给她两百块钱红包，学校食堂里鲍鱼海参估计都够她吃了，到眼镜店却穷得连镜片都买不起。

路漫漫委婉而含蓄地陈述了这个事实，营业员的脸一下子变了，说话的口气从春意盎然掉到寒冬腊月：“现在这些学生哟，真不像话！来眼镜店吃霸王餐哟！光都验了，度数都测了，到头来跟我说钱不够……”

她越说声音越大，已经有不少人从外往里探头，指指点点的。

突然，一阵狗叫吓住了营业员。

路漫漫低头一看，那只巨型哈士奇正贴着她的腿，长嘴咧着，龇出一口尖牙，恶狠狠地盯着营业员，好像随时准备冲上去和她干一架。

“狗壮尿人胆”，路漫漫最终以一百块的价格买了一副隐形眼镜戴上走人。

（11）

模糊的世界一下子清晰起来，路漫漫反而有些头晕。她有些发愁地盯着黏在自己腿边的哈士奇，心想二哈就是二哈，多看它两眼，它就以为自己是它主人了。

没办法，她又顺手买了五根烤肠，狗一根她一根，沿着校门口的街一间店一间店地往下走。每到一个店面，路漫漫都摸着二哈的脑壳儿，用哄小孩的语气问：“是不是你家啊？”

如此逛了七八家店面，二哈都一脸兴致缺缺的模样。它只对她手里的烤肠感兴趣。

等一人一狗走到一家“开心麻辣烫”的店门口，路漫漫手里的烤肠只剩一根了，狗和人大眼瞪小眼。

二哈蹲下身，长长的舌头舔了一圈嘴，黑漆漆的鼻头湿漉漉的，喉咙里发出撒娇的呜咽声，尾巴摇得那叫一个欢快！

“算了，看在你是救命恩人的分上。”路漫漫正要把烤肠让给二哈时，店里突然传来一声呼唤，刚刚还黏在路漫漫脚边的狗瞬间撒开脚丫子扎进店里。

路漫漫松了一口气，看来是这家了！她跟着狗进店，正想跟狗主人交代一声，猛然发现——靠门的小方桌旁坐着的不正是祁远嘛！

路漫漫万万想不到自己恢复视力后，清清楚楚看到的第一个人是祁远！

（12）

大半个月不见，祁远不知道从哪里搞来一副金丝眼镜，松松垮垮地架在耳上，桃花眼一瞟，整个人散发出浓烈的斯文败类的气息。

路漫漫可没这闲情欣赏。

眼镜、阶级敌人、飞车、营业员，所有的委屈瞬间汇到一处，路漫漫积攒了大半个月的火噌地拱起来。

她快步上赶，勒住半路撒欢的狗，对它下命令："去！咬他！咬完我给你买一打烤肠！"同时对着祁远的方向，扬起了手里唯一一根烤肠。

狗嗷呜一声顺着烤肠的方向扑过去，一个猛子扎进了祁远怀里，撒娇卖欢，无所不用其极，狗尾巴摇成一道扇形。

这狗叛变得太快，路漫漫惊得隐形眼镜掉了一只，正好落在拿烤肠的手背上。

"什么破玩意儿！那眼镜店是打劫的吧！"路漫漫默默骂道。于是，她就一半清晰一半模糊地看着狗和祁远打成一片，心里一半是海水一半是火焰。

祁远老早就看见这对傻人傻狗了，二百五一样挨家挨户地在街上逛，他看了都替这两货觉得丢人，觉得有召回的必要。

"嗨，不合格的百分之百！"

和狗玩闹了一阵，祁远腾出空来冲路漫漫模糊的右眼打了个招呼："你这唆使狗咬主人呢！你个二愣子！"说完，打招呼的手垂下来，一掌拍在狗脑袋上。

狗以为是什么鼓励和赞赏，热情洋溢地蹭回去。

祁远这一句话埋了两颗炸弹，换作平常，路漫漫这个“不合格的二愣子”就算再怂也要上去拼命，可她念在那只傻狗的救命之恩上，她生生把这口气咽回去。

算了，好女不跟狗斗。路漫漫给自己做心理建设，转身出了小店门。

（13）

“哎哎哎，我这刚走一会儿，你怎么就把客人气走了？甜甜，快，把客人请回来！”梁文康躲在小厨房蹲好久了，好戏刚上场主角就要撤了，哪能啊！他赶紧端着一碗麻辣烫从厨房钻出来，对着狗吹了一声嘹亮的口哨。

于是，刚走出店门的路漫漫被巨型二哈咬住裤腿，拽回店里，拽到祁远跟前。

“哎呀！姑娘，你怎么气哭啦！我们家祁远怎么欺负你了，你告诉我，我给你做主！”

梁文康捏着嗓子，尽职尽责地扮演着“祁远老妈”的角色，一边说一边把路漫漫摁到祁远对面的椅子上。

路漫漫没哭，她真的是被沙子迷了眼，出门就一阵小北风，加上带着隐形眼镜不舒服，泪液就给刺激出来了。

祁远情书收过一大堆，但真没和几个女孩子好好说过话，他知道自己玩笑开大了，索性闭了嘴摸狗头。

气氛顿时有些尴尬。

梁文康为了缓和气氛，把祁远面前的麻辣烫挪到路漫漫跟前了：“姑娘，你吃，不收钱！”

一股混着葱花、香菜和辣椒油的热气直熏到路漫漫的眼睛上，这下好了，眼泪流得更凶了，骤雨似的噼里啪啦掉到麻辣烫里，溅起的油沫子滋了路漫漫一脸，跟她鼻子上的那颗痣生动地交相呼应。

祁远很不厚道地笑了。

梁文康实在憋不住，也跟着笑了。

狗“汪汪”叫了两声，顺着麻辣烫的香味，蹭到路漫漫身边，稍稍一纵，前爪搭到路漫漫肩上。

接着，狗头一伸，“吧唧”一下，舔掉了路漫漫半脸油沫子。

两个男生笑得更凶了，情不自禁地鼓掌。

路漫漫崩溃了。她一把搂过狗头，“呜呜呜”地真哭了起来，怎一个伤心了得。

狗很配合地张开双爪，回抱女孩，一扭头眼巴巴地看着祁远，好像在问主人“怎么办”。

祁远和梁文康这才后知后觉明白他们把女孩给欺负了，你捅一下我，我推一下你。等到路漫漫哭出嗝来，两个人八竿子也没打出个屁来。

（14）

哭，其实是一个翻旧账的过程。

最开始的起因不过是一碗麻辣烫，哭着哭着，路漫漫就想起了眼镜店凶巴巴的营业员，想到配眼镜她就想到了她差点被车撞，差点没命！

想到摩托车她就想到了视线蒙眬的大半个月，就想到了还在鸟窝里的眼镜，想到了罪魁祸首祁远，而这个罪魁祸首刚刚还骂她是个“不合格的百分之百”，想到百分之百，她心里的苦就更多了……

终于，理智再也承受不住情感，路漫漫干号道：“我……我要把你，嗝……你们告……告诉周雅嗝……呜呜……”中间还打了几个嗝。

“周雅是谁？”

“我怎么知道？”

“她班主任？”

“猪脑袋，她班主任不就是我们语文老师吗？你语文老师姓周啊？”

祁远与梁文康两个人快速交换了几个眼神。

祁远终于斗胆问了一句：“请问……周雅是……”

“我……我妈！”

祁远和梁文康：“……”

这二位并不知道路漫漫复杂的心理崩溃过程。

“那个路漫漫，你听过期待值错位理论吗？”祁远试着问，果断拿出与他四岁小妹沟通的“偷梁换柱”技巧，并且成功地转移了路漫漫的注意力。

“什……什么？”路漫漫抽抽搭搭，掀起一双雾气蒙蒙的眼睛。

“所谓期待值错位理论，”祁远拣了根吸管，戳破路漫漫的鼻涕泡儿，“非要给它下个定义的话，就是——当你的情况匹配不上别人对你的期待。”

（15）

路漫漫的脑袋和狗脑袋挨在一处，两双眼，一大一小，湿漉漉的眸子里透着旺盛的求知欲。

祁远得劲了，双手抱臂，往前一凑：“我打个比方啊！你妈觉得你能考100分，给你做了满汉全席。等你吃饱了，你告诉你妈你实际上考了0分，你妈是不是得气死？”

路漫漫点点头，狗也点点头。

“这就是期待值错位，拿你现在的情况来作比方——”

祁远故意顿了一下，专家似的往后一仰，跷起二郎腿。

路漫漫竟然不哭了，嗝也不打了，目光更专注了。

“你看，大街上的人一回头看到了一大美女，是不是觉得不虚此回头？可事实是一个顶着两个黑眼圈还没睡醒的高中生，是不是太扫兴了？”祁远一边说一边打了个响指，狗一下子从路漫漫怀里蹿到他怀里，长舌头舔了舔他下巴。

路漫漫看了祁远怀里的巨型二哈一眼，心想，念着狗的救命之恩，现在闭嘴我不揍你。

然而，祁远只微微愣了一下，他强行忽视掉这条舌头刚舔过女孩脸蛋的事实，继续嘴欠：“还有你说老师上课老喊你回答问题，如果你每次都回答对了，老师同学会不会对你另眼相看，可是你没有，那只能挨批啰！”

路漫漫抄起筷子捞了一把麻辣烫里的黄豆芽，“咯吱咯吱”地当祁远嚼了，心想，上次棒球飞来时，他还救了我一命呢！

败完了火，路漫漫索性心平气和地问："那你觉得我现在这样该怎么办？"

梁文康虽然不知道这两人在说什么，但隐约感觉不对劲，慢腾腾地挪到路漫漫身后，拼命地给祁远比画"×"的手势。

"没治！"祁远嘴皮一掀。

路漫漫想跳起来打人。

梁文康一巴掌拍上自己额头，觉得祁远真没治了。他赶紧给路漫漫递上一盒柠檬茶，指着祁远说："他心是好的，只是嘴欠，消消火，消消火。"

（16）

祁远这个人，脸好成绩好人缘好，男生们跟他借个作业抄，约着一起打篮球，女生们排队问问题夹带私货小情书，看上去乐观开朗青春年少的，实际上大家都和他隔了一层。

只有一起长大的梁文康才有殊荣领会到祁远的刻薄毒舌。

梁文康今天发现，自己竟然多了一个伙伴，显然这位小伙伴还不熟悉祁远的语言风格。

路漫漫刚喝了一口柠檬茶，再次领略到了祁远的"好心"——

对方摘下眼镜，露出一张完美的脸，笑眯眯地补刀："身体发肤受之父母，我劝你不要整容，技术再好也有垮的一天。"

路漫漫心想，你妈！

"智商也是天注定的，光靠努力是拿不了年级第一的，你要是愿意，我可以辅导辅导你，帮你进个年级前十。"祁远慢悠悠说完，又慢悠悠补了四个字，"文科班的。"

路漫漫："……"

"还有一条路——你看到那天的红绿灯组合了吧！按照他们那个方向发展，也能缩小期待值，可惜你脸皮薄，还动不动就哭。"

路漫漫青着脸猛地站起身。

祁远："得，又要哭啦！"

"哭你个头！"路漫漫想，她算明白了，这姓祁的就是存心添堵的。

路漫漫数了数身上仅存的物件，先把烤肠丢到祁远身上，某人蓝白校服立竿见影地印上一道污渍；接着，她把手背上干了的隐形眼镜甩到某人锃亮的眼镜片上；最后，她端起麻辣烫——

祁远一脸无所谓，脸上甚至还挂着"有种你倒"这四个字。

"这个不行，这个算了——"梁文康挡在两个人中间，和尚念经似的，"粮食无罪粮食无罪，我老爸一大早从菜市场进的货……"

"砰——"

路漫漫搁下碗，甩开门，轰天震地地走了。在里面闹出土匪的架势，然而一出门，路漫漫鼻子陡然一酸，眼泪险些挂不住，想起祁远的话，她生生逼回去了。

梁文康看着小姑娘人形炸药一般的背影，推了推祁远的肩："你故意的吧，这姑娘哪里惹着你了？"

"她没惹我啊！"祁远摘下眼镜，桃花眼睁得大大的，一脸无辜。

她跟佛祖许着愿了就是惹着我了。祁远在心里说。

"还你！"祁远把眼镜塞到梁文康手里，跟着哐当一声出了门。

眼镜是梁文康配的，前阵子体检，查出了50度近视，外加200度散光，估计是暑假时游戏玩多了。

梁文康细心地发现，路漫漫甩在镜片上的小东西没了。

（17）

祁远出了门，没回学校，也没回家，他去了远山寺。不过，山里的桃花全都败了，树枝光秃秃的，看得人空落落的。

十几年来，哪一年祁远心里不是空落落的呢？

四岁的时候，他许愿，请佛祖别让爸爸妈妈离婚。然后，爸妈离婚了。

十岁的时候，他许愿，请佛祖别让妈妈出家。然后，她毅然削发，一心向佛。

再过三天，就是他十八岁的生日，他许愿，请佛祖让远在美国的爸爸回来陪他过个生日，让修行的妈妈见他一面，佛祖应该也不会答应——

那他跑这儿来干什么呢？

祁远一级一级地爬着石阶，一层一层地问着自己，天色一点一点地暗下来，秋意一缕一缕地寒凉。他突然停下来，看了看头顶的月亮，月亮很圆，是“千里共婵娟”的圆。

该不会是希望重蹈一下路漫漫的狗屎运吧！祁远被自己给气笑了，然而心里还是存着点微末的希望的，比起路漫漫的离奇愿望，他的更现实不是吗？

突然，他脑海里浮现出路漫漫跪在大雄宝殿蒲团上的样子！

他猛然一惊，路漫漫也在远山寺？

祁远心突然狂跳起来，路漫漫该不会许了什么阴招儿吧！

脑海里，路漫漫双手合十，表情很是虔诚，一直絮絮叨叨说着什么。

本来也快到山顶了，祁远几步一蹿，就到了大雄宝殿。他稍稍平复了一下心情，悄无声息地挪到门边。少女絮絮叨叨的声音和他自己跑得太急的心跳声混在一处——

“……事情大概就是这个样子啦！

“我想了想，还是佛祖大叔您不对。您看啊，一个孩子从小到大给您许了很多很多愿望，一直许到这么大，您竟然一个都没帮他实现——您这是玩忽职守听到没？

“我呢，我那个愿望本来也就是随便许许的，您要实在撤不回去，我转让给他还不行吗？

“虽然不知道他许的什么愿望，但是请佛祖大叔您务必实现他这一次的愿望——您要是不答应的话，我就……我就把上次给您的香油钱收回去——不对，好像已经收回去了……咳咳，您要是帮他实现了呢，我给您多加四块钱，凑够一张票子……”

祁远微微探出半个头，大殿里，庄严的佛像下，烛火摇曳中，女孩的背纤瘦挺直，带着一种直指人心的美。

祁远缓和下来的心不知为什么越跳越急，寒冷的身体划过阵阵暖流，他用力按住胸膛，想要压下这种陌生的感觉……

（18）

“啊！”女孩突然从蒲团上站起身，“祁远肯定以为我在佛祖前咒他呢——就让那小子吓破胆吧！我大人不计小人过，不跟他一般见识！”

祁远缩回头，躲回门板上，苦笑着想，这回我真是以小人之心度君子之腹了。

“佛祖大叔，我走啦！记得您答应过我的事哦！”路漫漫一边往门口走，一边朝佛像挥手，“有空我再来看您哦！回晚了周雅女士又该叨叨了……”

路漫漫一边叨叨着，一边踏出高高的门槛，一蹦一跳地下了山。

祁远慢慢从柱子后面闪出身，如水的月光好似给冰冷的石阶铺上了一层银色的地毯，九百九十九级阶梯，级级回荡着女孩清脆的脚步声。

直到那背影闪过山腰，再也看不见了，他才缓缓地踏进佛寺，跪在路漫漫之前跪的地方。

烛火通明，佛像的脸上挂着慈悲的笑，空气里浓郁的烟火香中，仿佛夹杂着女孩身上淡淡的野菊香。

祁远脑袋一片空白，慢慢坐在蒲团上，竟然一个愿都许不出来。

“愿她平安归家吧！”最后，少年悄悄地说。

下了山，祁远本该回家，却不知不觉走到了学校。

校门早已经锁了。

鬼使神差地，祁远翻墙进了操场，径直走到沙坑旁的自行车棚下，捏着鼻子从鸟窝里捡了一副沾满鸟屎的金丝眼镜，做贼一样地跑到厕所洗干净了，又做贼一样用纸巾包好，塞进书包夹层，翻墙离开了。

只有月亮知道今晚发生的事。

BAIFENBAI
XIHUAN
NI

Chapter 03
合格的百分之百

女孩一张脸上又是血污，又是尘土，红一道黑一道，还隐约留着几道泪痕，简直比唱戏的还精彩。

只是那一双眼睛漆黑发亮，仿佛一把口径四十毫米的手枪，射穿他的心脏。

（1）

金黄的梧桐大道尽头，是青蒲高中的正门。

校门口站着一大一小两个美人。

大美人穿一身墨绿色风衣，纤腰长腿，眉目如画；小美人披一件海棠红斗篷，粉雕玉琢，憨态可掬，两人看上去分不清是姊妹还是母女。

放学铃响，学生们一个个从校门拥出，作鸟兽散，铆足了势头往前冲，经过这俩美人面前时不约而同地缓下了脚步。

有大胆的男生凑近大美人，吹一声口哨："姐姐，可以要一下你的微信号吗？"

"妈妈，什么是微信号？"小美人晃晃大美人的衣袖，水汪汪的眼里一派天然的纯真。

大美人摸摸小女孩的脑袋："等哥哥到了，让哥哥告诉你。"说完，抬头冲搭讪的男生微微一笑，"请问你认识祁远同学吗？"

男生脑袋里嗡嗡一阵响，对面的人说什么完全听不清。

那一笑极其妍丽，像是全世界的矢车菊嘭一声在眼前绽放，晃花了人的眼。

如果男生仔细看的话，会发现眼前这个女人的墨色贝雷帽檐底下，是微微发青的头皮，连鬓角都干干净净的，没有一点发丝，可惜少年人的眼睛年轻得只能装下美的东西。

“哥哥！”小美人突然挣脱了大美人的手，踩着满地咔嚓脆的梧桐叶，飞一样冲到了一个美少年的怀里。这时候，不知从哪里冲出一只长毛大狗，摇头晃脑地蹭进二人中间，撒娇卖欢。

夕阳的余晖聚光灯一样照亮小女孩俏皮的鬈发，照亮少年整齐利落的眉眼，照亮大狗黑漆漆湿漉漉的鼻头——整个画面美好得像是一幕精心打造的偶像剧情节，着急着回家吃饭的中学生们的步子完全顿住了，一个个观望着，交头接耳着——

“喂！那是祁远妈妈和妹妹吗？”一个戴黑框眼镜的圆脸女生用胳膊肘捅捅身边的小个子女生。

“我不知道哎，看样子是……”

“哇！这强大的家族基因！连二哈都这么高大帅气！”

“同学，人家那是阿拉斯加……”

“看什么看，那是我婆婆和小姑子，看一眼一百块……”

……

人群里冒出不和谐的玩笑声和哄闹声。

当事人恍若未闻，于是，吃瓜群众近距离看着祁远一把抱起小美人，放在大狗背上，朝大美人的方向走去。

优雅的女郎、英俊的少年、骑在大狗背上的小女孩，三个人就这么一步一顿，踩着金黄的树叶，不疾不徐地穿过长长的梧桐大道，参差的背影被夕阳染红，烙入每个人心底。

路漫漫很不幸错过这一幕，要不然她可能再次被美色所迷。她今天有一件见不得人的大事要办。

等教室所有人都走了，太阳都落下去了，路漫漫才鬼鬼祟祟摸出了小西门，几步一拐，泥鳅一般钻进一个黑咕隆咚的小巷子里。

（2）

小巷子的背面，以青蒲高中为界，走出那长长的梧桐大道，是一条光鲜亮丽的商业街。

祁远此时正坐在一家“喵王咖啡国”里，走出校门第一眼，便看到妈妈带着妹妹桃代来接他，他脑子是一片空白的。快两年了吧，距离上次他见到她。

祁远表面上维持着少年的自矜，心里早就不动声色地乐开了花，看来路漫漫许愿还真有一套。

脚边的甜甜似乎能感受到他的情绪，一连“汪”了三声，惹得咖啡厅里的猫个个拱起脊梁，竖起汗毛。

“嘘！嘘！”桃代溜下椅子，一把勒住甜甜的脖子，“小心被赶出去！”

甜甜喉咙里呜咽了两声，委屈巴巴地躺回地上当毛毯。几只胆大的猫在桃代的默许下，甚至还趾高气扬地在甜甜巍峨的身躯上走了几个来回。

甜甜有一只大狗的尊严，可是在小主人的淫威下，它把毛茸茸的脑袋往腋下一钻，遮住了狗脸，假装躺死。

周围客人看到这一幕，不由得低声哄笑，店家特意送来了一碟冰激凌给桃代作谢礼。本来猫咖啡厅进来一只狗让店员很难办，谁想到竟是这样一番忍俊不禁的景象，意外地为店家招揽了不少凑热闹的客人。

“祝你们一家人用餐愉快！”店员搁下印有茶色猫的精致小碟，特意补充了一句才走开。

空气里满是咖啡的浓香，低沉的大提琴曲有一声没一声地传进耳里，此刻的祁远全身暖融融的，一天紧密学习的疲惫突然涌上身来，让他格外地想睡。

一家人……如果可以，他真想能够一辈子，长长久久坐下去，和妈妈，和妹妹，还有他……

“他要回来了。”清冷的女声忽地打破了祁远的思绪，“是特意飞回来给你过十八岁生日的，大家顺便聚一下，一起吃个饭。”

祁远猛地抬起头，眼神有些茫然，仿佛听不懂似的，一个劲儿盯着对面的人看。

“你，爸爸……”大美人犹豫了片刻，最终说道。

祁远的妈妈在出家前有一个极红尘的名字，柳红绡，当然，在她嫁给祁浮锟之后，她身份证上的名字就改成“柳淳”。待她和祁浮锟离婚后，她遁入佛门，法号“淳一”。寺庙里的人都叫她“淳一师父”。

“淳一师父”此时双眸清亮，两颊微红，哪里还有点出家人的样子。

祁远在心底默默叹了一口气，他妈妈哪是真的想出家，不过是跟祁浮锟赌气，偏偏一个真赌气，一个假糊涂，一耗就耗了十多年。

咖啡厅里放的音乐突然从古典的大提琴曲切到一首流行乐，一道细腻的男声流水一般唱道：

白月光

心里某个地方

那么亮

却那么冰凉

每个人

都有一段悲伤

想隐藏

却欲盖弥彰

……

柳淳一抬头就对上祁远那双像极了他父亲的桃花眼，就连眉间的褶皱也如出一辙。

做妈的从自己儿子眼中看到同情，大部分觉得感动，小部分觉得没脸。

柳淳属于后者，在唯一的儿子面前，她选择性记起自己还是个出家人，从口袋摸出一张便笺递给祁远：“这是时间和地点，记得准时到。”

“这么快？”祁远看便笺的工夫，柳淳已经给桃代穿好外套，系好围巾，一副准备离开的样子。

“还有事吗？”柳淳故作随意地问。

没事儿就不能和自己的儿子多坐一会儿吗？就不能问问我的成绩，我的朋友，我过得开不开心吗？

“没事儿。”祁远别过头看窗外风景。

“桃代，和哥哥说再见！”

“哥哥再见！”

桃代拉了拉祁远的袖子，甜甜蹭了蹭祁远的腿。祁远没有回头，他从鼻子里哼出一声“嗯”，继续看风景去了。

白月光

照天涯的两端

越圆满

越觉得孤单

……

流水一样的男声流水一样地唱着，祁远肚子曲折地叫了一声，他鼻子有一点酸，街景一点点模糊……

和时隔两年才见一次面的儿子吃一次饭怎么就这么难呢？十七岁的少年心思单纯得只能装得下这么一段悲伤。

（3）

等到咖啡店打烊了，祁远木着脸打通了梁文康的手机：“八点学校后门网吧开一局怎么样？”

“什么情况？你不是跟你妈吃饭去了吗？”电话那头传来梁文康吧唧嘴的声音，“别啊，我妈特意给我做了炸鸡。”

“来不来，我贡献一盒全家桶！”

“来就来！看我不砍死你！”纵使梁文康再大条，也察觉出什么事儿了，他叼一只鸡腿，套上大衣，冲小厨房鬼叫，“妈，我找祁远玩儿去啦！”

“你个讨债鬼！偏赶上饭点儿！给你留一碗擀面啊！”

梁文康成功地从他妈擀面杖下突出重围，随便扯了一片树叶擦擦油手，有些发愁地想，要怎么安慰祁远这棵小白菜呢？

（4）

祁远买了吃的，从小巷里抄近路去青蒲高中后门。

天已经全黑了，小巷子里小店丛生，各色霓虹灯交相辉映。祁远一路穿过文具店、小吃店、录像店、塔罗牌店、日用店，只要一个拐角，就到网吧了。

祁远突然听到一声少女的尖叫，混着铜铃叮叮当当的声音，在漆黑的夜色中，莫名有些瘆人。他顺着声音往巷子深处走，停在了一个四合院前，类似少女挨打的闷哼声从木门里传出，低而清晰。

祁远本不想多管闲事，谁知那门不禁推，吱呀吱呀开了。

这一开，可开了祁远的眼界。

四合院中央那块花圃上，跪着一个女孩，一群小孩绕着她转圈，一边转一边念着什么，一边扔着碎石子，噼里啪啦砸得女孩抱头闷哼。

不远处，梨树底下，铁锅火旺旺地烧着。

一个穿得很特别的大婶一只手摇铃铛，另一只手拿着一把短扫帚，时不时插进孩子圈里，劈头盖脸地扁小姑娘一顿，嘴里念着什么“鬼”什么“天昏昏请开”的。

里屋还荡出一阵一阵缥缈诡异的印度乐。

照这么下去，不是被打死，也会被吓死。

祁远看在那女孩穿着青蒲校服的分上，英勇地闯进一堆装神弄鬼的妇孺中，揪住小姑娘的胳膊就跑。

谁知那小姑娘整个人抱着头跪地上，快成石塑了。祁远拉她的工夫，被几颗小石子砸得生疼。

“喂，你还好吧？喂——啊！”祁远肩被拍了一下，一回头，对上一张漆黑描红的鬼面具！

被这么一吓，祁远手里的全家桶“砰”一下散开，一股浓烈的炸鸡香在乌烟瘴气的院子里漾开。几个小鬼头也不丢石子了，蜂拥而上抢鸡翅。

“我的！”

“我的！”

“大熊，你啃的是我的手！”

“妈！二狗，二狗在吃我的手！”

祁远觉得整个世界都变了。

正巧甜甜送完桃代回来了。

祁远脑瓜一转，一把将女孩拔萝卜似的从地上扛起，拦腰搁甜甜背上了。

“甜甜，跑！”祁远发号施令。

甜甜不辱使命地迈出一只前爪，然后豆腐渣似的，噗一声被压成“豆饼”，好巧不巧咬住地上最后一只鸡块。

女孩从甜甜身上滚下来，发圈掉了，头发被夜风吹散，浑然一个贞子，生生把凑上来作妖的鬼面具又给下了回去。

祁远咬咬牙，抓起那个吓蒙了的女孩，扛在肩上，龙卷风似的冲出重围。

他一边冲，一边训甜甜：“你看你，多大一只狗，一身膘肉，原来都是虚胖！”

（5）

灯火通明的街口，女孩呆坐在地上，头埋在膝盖里，细弱的肩膀不停地抖着，像是受了很大的惊吓。

“喂！你叫什么名字？家住在哪里？爸爸妈妈的手机号还记得吗？”

祁远已经把这句话念叨了不下十遍了，一遍比一遍温柔。

“要不这样，我看看你学生卡！”

祁远小心翼翼地绕到小姑娘背后，翻起她的书包来。

青蒲高中的学生有个习惯，学生卡不挂脖子上，丢份儿，一般都系在书包拉链上，门卫要查，书包一扭，也就过去了。

还真让祁远给摸着了，祁远对着路灯扬起学生卡，刚好梁文康打来电话：“小远子，你什么时候过来啊！兄弟我可等了你十多分钟了！”

“你脑子进水了吧！”梁文康缩在漏风的网吧里，还没开始兴师问罪呢，就挨了电话那头的人一顿骂。

“你脑子才进水了呢！祁远，你什么情况啊？”

“你这十几年的书是不是白读了啊！”电话里祁远怒气冲冲，“这是封建迷信活动你懂不懂啊！”

“不是，祁远你发什么神经呢！”梁文康手一抖，瞬间给一个小怪砍得连血渣不剩，他盯着网游界面，想不通，这怎么就成了封建迷信活动了呢？

“你……哎！你别哭！我错了还不行吗？”祁远的声音突然软下来。

梁文康摸了摸脸，一脸莫名其妙：“你才哭呢！你全家都哭呢！”

“你怎么还越哭越凶啊！别人看了还以为我欺负你呢——哎！”电话突然就断了，梁文康估摸着全家桶是没着落了。

“得，准是踩到桃花了！”梁文康得出结论，便慢悠悠关了游戏界面，慢悠悠搜了一集《蜡笔小新》，津津有味地看了起来。

（6）

“桃花”正熊抱着祁远哭得一塌糊涂。

祁远在“桃花”冲上来的一瞬间很自觉地张开了双臂，可当少女撞进他怀里时，他却傻了眼，一双手尴尬得不知道往哪里放，只能呈“大”字形定在空中。

祁远怎么都没有想到他所拯救的是路漫漫。

当他看清楚学生证上“路漫漫”那三个字时，心里蓦然拱起一阵火，哪儿哪儿都能碰见她，这一次她还把自己搞得这么惨。

于是，祁远忍不住嘴发痒，可是当他骂到一半，路漫漫可怜兮兮抬起头看他时，他又什么话都说不出来了。

祁远可以确切感受到路漫漫在认出他那一刻，放松下的心防。

下一秒，路漫漫眼泪就掉下来了，像是吓坏了的孩子终于找到家长一样，她一头扎进祁远怀里。

十七岁少年短短的人生中除了被甜甜这样霸王抱过，还从没和其他大型恒温动物如此亲密接触过，女孩子柔软的发丝挠着他的下巴，稍一拂动就拉紧了他脑门上的神经，于是他成了“人形僵尸”。

如此良辰美景，巡逻的交警撞此情形，一个年轻的喊道：“小伙子会不会谈恋爱啊！这时候就应该这样——”年轻交警双臂一搂。

祁远的脸皮一红。

一个中年交警从背后削了年轻的一脑瓜子，跟着冲祁远喊道：“小小年纪就早恋，不要太明目张胆哦，小心我告诉你们校长！”说罢，作势就要看两人的校服。

祁远背着两人的书包，完美遮住了校服背面，正面刚好被路漫漫挡住了，偏偏路漫漫后背失守！

祁远心里一紧，僵着的手自然而然搂住路漫漫，捂住了路漫漫背后的校徽和校名，坐实了一个结结实实的拥抱。

年轻交警隔着大马路，乐呵呵地比画出一个大拇指。

“那个什么，我们要不要找个地方坐一坐，这大马路上的，月明星稀，乌鹊南飞，此——目标也太明显了吧？”

祁远一紧张，差点顺口把“此非曹孟德之诗乎”背出来了。

目标对象岿然不动。

路口陆续走过几个女生：

“哎，你看，那不是青蒲高中的祁远吗？”

“是吗，是吗？”

祁远抱着路漫漫转了个身，低头在对方耳边讨饶：“路漫漫，你不想下周一刚上学就被一群人指指点点说是祁远的女朋友吧？”

路漫漫光速弹开。

祁远怀中骤然一空，冷风卷着尘土迎面吹来，他灰头土脸地摸摸鼻子，心想，有必要嫌弃得这么明显吗？

尽管路灯昏黄，路漫漫还低着头，祁远还是一眼看到了她脸上的几处擦伤，一处已经结了痂，其他的还隐隐渗着血珠。

“我去，路漫漫你脑子是不是有病啊，被几个熊孩子用石子扔成这样了也不躲一下……”祁远心里刚败的火又拱上来了。

“我躲了……”路漫漫抬起一张花了的脸，惨兮兮地辩解，眼眸湿漉漉的。

祁远想起她虔诚的跪地抱头姿势，差点气笑了。

“你说的躲就是这样？”祁远一边说一边举起双手抱住头。饶是他俊目修眉的，动作一出来，跟站着的大乌龟似的，还是免不了狼狈。

“我也付了钱的，只要有用，不管怎样我都要试一下。”路漫漫意外地没有生气，眼泪也止住了，只是红红的眼睛、红红的鼻头，无一不彰显着她的认真和执拗。

祁远无奈，他知道路漫漫指的是那件事，那个烦人的百分之百存在感。他扯过路漫漫的胳膊：“我们先找个药店，处理一下伤口。”

女孩的胳膊纤细柔软，祁远一只手就圈住了，就这么一路把人拽到附近的大药房，买了碘酒、棉纱、创可贴，又把人姑娘拽到24小时便利店，一人冲了一杯泡面。

（7）

“那你现在试过哪些办法了？”祁远用棉签蘸着矿泉水给路漫漫清理伤口。

“我先去拜了佛，又去道观里做了一场法，还去教堂忏悔，还有……反正挺多的，但还是没用。”

“整天搞这些封建迷信活动，有用才怪！”祁远一边说，一边不自觉加重了手上的力气，路漫漫疼得皱成包子脸。

“那你觉得发生在我身上的事有科学依据吗？”路漫漫解气似的拔开泡面盒上的叉子，咕噜喝了一口汤。

“你等会儿不行吗？我这还在给你贴创可贴呢！”祁远扳回路漫漫的脸，正要给她右脸贴上时，突然就笑了。

“我脸上有什么东西吗？”路漫漫一双手下意识往脸上招呼。

“别碰，你手上都是细菌。”祁远打掉她的手，然后用湿棉签细心地揩掉某人脸上干了的鼻涕，“脸上沾灰了，别动啊！”

路漫漫脸噌地就红了，什么灰要这么用劲儿搓的？

祁远乐了，这姑娘一直挺有自知之明的，他一边清理，一边故意岔开话题：“说真的，要不去医院试试？”

“我去过。”

“医生怎么说？”

“就拍了脑CT啊，什么问题都没有，然后神经科的医生让我去心理科，心理科的医生让我去中医科，踢皮球似的——我真的什么办法都试过了啊！”

“要不你去远山寺还个愿？”祁远试着问，心里已经打起了小算盘。

“你以为我没还吗？我都还了一百零八次了！”

“那么说，只要佛祖答应你的事，他就不会反悔喽！”

“我倒希望他能反悔……”路漫漫说着说着，整个人都泄下气来，下巴抵在桌上一动不动，大有人生不值得之范。

不会反悔……那么，这次祁浮韫一定会回来的，一家人一起帮自己过生日。祁远在心底美滋滋地想，回头看了路漫漫一眼，竟然越看越可爱——

圆圆的包子脸又萌又丧，祁远一时没忍住，手比脑子快，已经朝路漫漫的脸捏了过去。

谁知路漫漫早不回头晚不回头，偏偏在这当口回头——祁远的手一抖，正好捏住了路漫漫的嘴。

“你干吗呢！”路漫漫嘴被捏住了，不好说话，一双无辜的大眼乱眨示意。

女孩子的唇温软濡湿，祁远像是被电了一样缩回手，此地无银三百两地干咳了两声，极其生硬地转移了话题：“那个，你知道直球理论吗？”

路漫漫瞬间就奓毛了，不倒翁一样立起身，手掌一拍桌子，摆出骂街的气场：“我不知道，也不想知道！”

实在是上次的期待值错位理论把她气得够呛。

“好好好，我不说。”祁远双手向上，做投降状。

路漫漫看祁远一脸可以说得上是慈祥的笑容，默默想，这货今天脾气好得有点吓人，小心有诈。

祁远哭笑不得，他走了个迂回路线：“你知道我打棒球吧？”

路漫漫点头，同时脸上浮出一丝可疑的红晕。

“小时候，我爸爸教我打棒球。练习投球时，我最讨厌的就是直球，方向太明确了，简直就像脱光了站在捕手面前，我更喜欢变化球，能够出其不意。可是爸爸最喜欢的就是直球，每次练，爸爸都说我不够快。手都扔肿了，他还是说不够快。等我练到足够快的那一天，他已经不在我身边了。”

祁远静静叙述着，口吻冷静得可怕。

路漫漫目光落到祁远肩上，这才发现祁远比起很多这个年纪的男生，胸肩更宽，更有力量。

她不知道他话里的“不在”是什么意思，想要安慰却无从开口。

第一次，路漫漫发现，原来所有人眼中的百分之百男孩也许有很多不为人知的伤。

“我到现在都不知道他偏爱直球的原因，但是，这里面的确有一种态度，是成千上万次练习之后才能体悟出来的——路漫漫，如果痛苦无法避免，直球迎战，成为真正合格的百分之百怎么样？”

祁远的眼睛映着灯光，闪闪发亮。

……

“那个，你这碗泡面不吃的话，可以给我吗？”路漫漫指着祁远手边估计快泡发了的面桶问道。

“……”

祁远反手拎起面桶，往趴着喘气的甜甜面前一放。

甜甜意思意思地舔了一口，扭头继续吃它的速食狗粮去了。

（8）

什么鬼的直球迎战？单单周雅这一关，就直球不了。

路漫漫好说歹说，才让周雅相信她这一脸的创可贴，是训练时不小心摔了个狗啃泥。

“你们学校这塑胶跑道铺得不行啊！怎么平地跑都能摔个狗啃泥？赶明儿我跟你老师反映反映。”周雅细眉一挑，每一个面部细胞都写满了“精明”。

“别！别！妈你这样还让不让我在学校混了！”路漫漫对着周雅撒娇，“我这是天生的小脑不发达，一迈开腿，左脚就绊了右脚——”

周雅扯下路漫漫，冷笑：“天生的？”

路漫漫举起双手跪下发誓：“后天的！后天的！”

“好好跑！跑个第一回来我就信你。”周雅女士单方面结束话题，顺手捏了一把路漫漫伤痕累累的脸。

为了这句话，路漫漫还特地报了一个校运会的100米冲刺跑。

学校贼精，把校运会和国庆假搁一块儿。

学生们一边抱怨一边任劳任怨地布置场地，热火朝天地准备赛事。

终于，在十月五号，校运会正式拉开帷幕。

路漫漫好说歹说才把周雅劝到她小外甥家“颐养天年”去了。可惜姜还是老的辣，周雅在大马路上转了一圈，还是开车到了青蒲高中。

在塑胶跑道上摔个狗啃泥，怎么还把背给摔紫了？周雅趁着路漫漫睡觉时，偷偷检查了女儿身体，浑身上下，从胳膊到背到腿，都是婴儿拳头大的瘀青。

虽然爸爸常年不顾家，但到底是如珠如玉般养大的，周雅哪能安心？要真是校园霸凌，就算是倾家荡产，她周雅也要把那些个小兔崽子送到教导所去！

周雅女士吭哧吭哧爬上五楼时，脑子里顺便补出一场年度虐心大戏。

等走到高三三班门口，她自己眼眶都有些红了。

周雅不打算找老师，学生们的事儿百分之八九十老师都不清楚，她打算走群众路线，偏偏教室里空无一人，这可愁坏她了。

尽管如此，周雅脑子还是比别人多一个弯儿，她站讲台上一看，一眼就找到了路漫漫的桌子。

容易！桌上书最少，零食最多的肯定没错！

周雅走到第三排第四桌旁，正打算好好翻翻自家女儿的领地时，教室门口传来少年警惕的问话声：“你是谁？干什么？”

（9）

周雅一回头，就看见一个高个儿少年在门口杵着，俊秀得堪比广告牌里的偶像明星，眉眼却多了葱郁英气。

谁家的孩子，长得这么好？周雅自动忽视掉少年警惕的目光，自来熟地上前问：“同学，你认识我们家路漫漫吗？”

少年明显愣了一下，桃花眼大大地睁了一下，里面的警惕换成了慌张。少年立马鞠躬：“阿姨您好，我叫祁远。”

按周雅的眼力，祁远绝对是个好学生，不可能欺负她家孩子，那他慌张只有两个原因：一是他喜欢漫漫，二是他知道隐情。

周雅毫不犹豫地画掉第一种可能性，开门见山，她一把抓住祁远诉苦：“我们家漫漫最近是不是惹着什么人了？我看她……浑身都是伤，还骗我说是摔跟头！”

“摔、摔……跟头？”灵秀的少年开始鹦鹉学舌，白皙的面皮上隐隐透出红晕。

路漫漫你可真行，哄小孩都不带这么敷衍。祁远在心里叹气。

“你要是也不知道的话，我就去问她班主任，你们这些孩子啊。成天把事闷在心里，害得我们大人连上班都觉得眼皮在跳……”周雅声情并茂地演出一副无可奈何的慈母样，说罢，松开手，小碎步挪向门口。

“阿姨！”祁远大叫，长腿一迈，将将把周雅拦在了教室门口。

成了！周雅面不露喜，转身拉住祁远的手腕，语重心长：“不要担心，实话实说，阿姨不会怎么你们的，都还是小孩子，小打小闹磕磕绊绊是正常的。”

周雅说完慈祥一笑，一边笑一边想，等把这些个小兔崽子揪出来，看我不宰了你们！

周雅整个人就是个行走的心眼儿，祁远估摸自己也骗不过她，只能半真半假地交代：“阿姨，这事我是知道的。上周五晚上我家小狗走丢了，我一路找到巷子里，就发现您女儿抱着我家狗，被一群小屁孩追着丢石子。我后来带她去了药店，处理了一下脸上的伤口。她估计不想让您担心，才骗您说摔着了。”

周雅听完，一副“我信你我就是小狗”的表情。

祁远无奈，这母女俩的表情怎么都这么生动呢？

他掏出手机，调出支付记录：“您看，康济大药房，周五晚上——真不骗您！路漫漫和同学关系好着呢！怎么会有人欺负她呢！”

周雅瞅瞅少年完美的笑容，再瞅瞅手机上的消费记录，眼珠一转，问：“你家狗叫？”

“甜甜。”祁远恭敬地回答，笑容真诚而无辜。

人证、物证、狗证俱全。

周雅不动声色地观察着祁远，心想，这小子长得真好看，将来不知道要骗去多少姑娘，我家漫漫该不会是看上这小子才拼命救这小子的狗吧！

少年对着周雅又是一笑，半眯起的眼廓如初春的桃花瓣温柔旖旎，周雅都忍不住老脸一红，扭头一想，还真有这可能性，小学时漫漫不是跟小帅哥表白失败哭了一宿吗？

“妈？”

周雅正想得出神呢，冷不丁自家女儿圆嘟嘟的脸凑到眼下，吓得直拍心脏：“你个小赤佬，要吓死人咧！”

路漫漫刚跑完100米回来，为了周雅口中的第一，跑得那叫一个风驰电掣，停下来时，干呕得更叫一个荡气回肠。缓了半天，她才提起精神回教室休息。

“妈！你来学校干吗？”路漫漫抄起手里刚出炉的“100米女子

长跑一等奖”扇起风。

“妈妈来给你加油啊——哟！还真拿了个第一，真棒！”周雅一手抽过路漫漫手中的奖状，一手将手上的袋子挂到路漫漫脖子上，“一些零食，拿去跟同学分分。”

路漫漫被零食压得硬生生给她妈鞠了一躬。

“真傻！”祁远一边瞅着，一边觉得母女俩根本不在一个段位上。

“那妈妈先走了啊！”周雅笑眯眯地挥手。

路漫漫点头哈腰恭送。

“对了，漫漫，这小伙子家的狗叫什么名字啊？”

小伙子？路漫漫一转身，发现教室里面还站了个祁远。

祁远家的狗？

“甜甜。”路漫漫一边说，脑海里一边浮现出甜甜被压成豆饼的样子，这才后知后觉地问祁远，“甜甜没受伤吧？”

“甜甜没事儿，多亏了你。”祁远笑如春风。

这句话听在母女二人耳中可是两种味道，周雅终于放心走了，路漫漫却脸红了。

“没事儿少吃点儿，连甜甜都驮不动你。”祁远从路漫漫脖子挂着的零食袋里顺走一袋乐事薯片，咔嚓咔嚓嚼着走了。

（10）

路漫漫再回到操场上时，刚好是祁远在跑男子3000米，整个校园的女生都在呐喊：“祁远！加油！”

路漫漫揉揉耳朵，替其他男生感到心寒。然而当她的目光落到那人身上时，才发现一切呐喊都有了注解。

红色塑胶跑道上，祁远黑发如墨，雪白的运动服迎风鼓起，一抬臂一迈腿间，全是少年人的意气风发。路漫漫一瞬间听见自己“怦怦”的心跳声。

长跑的人都知道要稳中求进，厚积薄发，然而大半人一圈一鼓作气，三圈衰，五圈力竭。

祁远刚刚好第五圈开始发力。等他跑过拐弯处时，他突然举起右手，比出手枪的姿势，触额之后往人群中潇洒一指——

操场上女生们的呐喊简直要掀翻十月的天空。

“你看到了吗？祁远冲我发射呢！天哪！”

“拍照了吗？拍了吗？”

“天哪！他射的该不会是我吧！”

“怎么可能？我站在你前面，他先看到的人肯定是我！”

“……”

路漫漫在三环之外默默想，别争了，他射的是我……

这该死的百分之百超能力，祁远刚刚肯定是看到她对着他的背影犯花痴了！然后，射一个，表示官方粉丝认证吗？

太丢人了！路漫漫想挖个坑把自己埋了。

祁远跑到一半，脑中突然闪出路漫漫盯着自己背影发呆的画面，少年的心就像他脚下的步子一样飞扬起来。然后，他下意识就做出了他曾经以为很“二”的动作，加满了油似的满操场跑……

第八圈时，祁远早已遥遥领先。

成功在即，操场上一片摇旗呐喊声，甚至有女生在看台上拉起为祁远加油的横幅。

祁远这一步步跑向的不是终点，而是每位少女的心脏。

就在这时，一直紧咬在祁远身后的两名选手，像是商量好似的，猛力往前一冲，左右夹击往祁远身上撞。

“那个穿红衣服的竟然用手肘捅祁远的腰！”

“哎，那个蓝衣服的还伸脚绊祁远！”

“裁判怎么回事？”

……

人群里叽叽喳喳，路漫漫奋力往前挤了几下，竟直接被人墙给弹出去了。

“嘘——”身后突然传来响亮刺耳的吹哨声。

路漫漫回头一看——哟呵！

教导主任钱书熙正站在十米开外的乒乓球桌上，做自由女神状，把漏风的哨子吹得呼啦响。

路漫漫等了一会儿，见周围同学的议论依旧没有消停，看来教导主任的哨子也不管用，那两个小子今天是铁了心地要搞祁远。

路漫漫灵机一动，她三两步跑到乒乓球桌前，绕到教导主任身后，悄悄爬上桌台，忽觉视野开阔，这边风景独好——还是教导主任会享受啊！

放眼一看，绊住祁远的不正是那天在食堂的红绿灯组合吗？他们仨正胶着在跑道上，以龟速前进。

路漫漫顿觉心中的正义之火熊熊燃烧，她大义凛然地从后桌跨到前桌，一手指着跑道上的红绿灯组合，一手揪住教导主任的袖子，一开口就告状："老师！那两个人曾经在食堂用言语侮辱女生！还抢女生的糖醋排骨！"

教导主任正投入地扮演着正义女神的形象，冷不丁被人一拽，一激灵差点从桌台上跳下去。他顶着风，歪着头，瞪着小姑娘："你说啥？"

（11）

不管怎样，路漫漫的目的达成了。

所有人只看到，心无旁骛妨碍祁远的红绿灯组合，突然回头乱瞟，最后，目光顿在一处。

大家顺着他们的目光回头一看，正见教导主任和一女生站在乒乓球桌上，女生慷慨激昂地伸出一只手，像是在说："看！这是朕给你打下的江山！"

当事人祁远抓紧哼哈二将愣神的工夫，全力冲向终点，完美地错过了这精彩的一幕。

路漫漫本着做好事不留名的心态，一步一跳地乐悠悠地回教学楼了。

不料，好人难当。

正当路漫漫走到第四层楼梯拐角时，一红一绿两道身影把她困在死角。

“红灯”说：“聊一聊？”

“绿灯”说：“你跟‘地中海’说了啥玩意儿？”

路漫漫有点蒙，后知后觉地问：“谁是‘地中海’？”

“红灯”说：“瞧她一脸傻样儿！”

“绿灯”一拳敲在路漫漫脸左侧的墙壁上：“你跟钱书熙告状了？”

路漫漫这下回神儿了，原来是当事人找上门了。

她想：“傻样儿！就算我告状了，还能告诉你们。”她一边睁大眼，一边楚楚可怜地问：“我认识你们吗？”

“红灯”对“绿灯”说：“她说不认识我们。”

“绿灯”怼回去：“你傻啊，她说不认识，就不认识啦？你别忘了，我们差点就搞掉祁远了，要不是这小妞——等一等，上一次遇见这小妞的时候，祁远是不是也在？还抢了我们的排骨？”

路漫漫望天：是你们提到的啊！可不是我主动想的。祁远同学，你看着要不要来吧！

“红灯”马后炮，一拳头打在路漫漫脸右侧的墙壁上：“说！你跟祁远什么关系？”

路漫漫看着这二位的架势，心里吐槽“您二位该不会是青春电影看多了吧”，脸上却极其真诚：“我找钱老师就是想跟他谈一下，可不可以办一个文理科互帮互助的活动。我听说祁远同学数理化特别好，想请他带个头，刚刚在操场上指的也是祁远同学，不是二位……嘿嘿……”

路漫漫的画外音是：您二位自作多情。

“红绿灯”面面相觑，眼神在空中乱飞。

你信吗？“绿灯”眨一下眼。

看样子不像撒谎啊！“红灯”眨回去。

我不信，人撒谎还能给你看出来。“绿灯”挑眉。

你不信干吗问我？“红灯”瞪眼。

路漫漫实在看不下去，先开口了：“可是，你们跑得好好的，怎么会突然回头看到我呢？”

路漫漫很好奇，他们俩从来就没觉得事情的发展很不符合逻辑吗？

“红灯”一脸得意：“人在做，天在看！老天看准了你要害我俩，给我们开了天眼！”

“绿灯”下巴一扬，表示，臣附议。

路漫漫：“……”

祁远遇到这事儿，找到她，一下子推出事实真相；而这“红绿灯”倒好，理所当然地接受了，还感谢苍天——路漫漫不由得感叹：原来人与人的思维体系可以如此不同。

“要是祁远真辅导你，并且这次期中考试，你考进年级前十，我们就信你。”“红绿灯”最终宣布出这个结论。

“年级前十多没意思，年级第一怎么样？”祁远突然出现在“红绿灯”背后。

一只沾灰的红色运动鞋先踹了“红灯”膝盖一脚，收回去时又掠过“绿灯”膝盖，哼哈二将同时弯腰抱膝。

祁远长臂一捞，钩住路漫漫的脖子，把她从“敌营”中拽出来。

祁远一手叉腰，一手搁路漫漫头顶上，大大方方站在“红绿灯”对面，一举一动都似在挑衅。

“这可是你……你说的啊！要是考不到第一，我就找……找你算账！”“绿灯”筛糠似的手一通乱指，最后顿在了路漫漫眼前。

“别啊！”祁远一记野马分鬃把那根手指给推了回去，“找女生多没意思！找我吧！我挺闲，数学还好，账一定算得清！”

说罢，祁远拎着路漫漫转身上楼梯，问：“水至清则无鱼的下一句是什么，你知道吗？”

路漫漫：“人至察则无徒？”

“错！人至贱则无敌！”祁远贱痞痞的声音准确无误地输送到哼哈二将的耳中。

（12）

到了五楼，走了没几步，祁远的胳膊很自觉地又回到路漫漫头顶。

路漫漫脑袋一沉，心想，搭手还搭上瘾了？您老不能仗着个儿高就把人当拐杖使啊！

正准备反抗，祁远倒先发话了："百分之百！快！给为师从小卖部搬一箱水到五四体育场去！"

这还角色扮演上瘾了？路漫漫头一歪，甩掉头顶的胳膊，给对方以"戏精"的凝视。

"看什么看？为师刚刚为了救你扭了胳膊。"祁远一边瞪回去，一边"吃痛"地甩甩胳膊。

路漫漫毫无诚意地回："要去医务室吗？"

祁远显然被噎了一下，一双桃花眼大大地睁开，不过很快又眯起来，笑得一脸狐狸样儿："不用不用，为师歇十分钟就够了。"

祁远3000米长跑之后还有一场棒球比赛，两场比赛中间隔了半小时，时间也算充足。正准备好好休息时，他脑海中突然浮现哼哈二将围住路漫漫的画面，刚刚操场上发生的一切都有了解释。

路漫漫都这么够意思了，他祁远必须当仁不让啊！缺爱的少年头脑一热，英雄救美的同时，把小美人认下当了个徒弟。

无奈对方不领情。

祁远试着用激励法："你帮我搬一趟水，我保证你期中考试考年级第一！"

路漫漫颇具讽刺意味地看了祁远一眼："文科班的？"

这丫头真记仇。

祁远当机立断把激励法换成激将法："快去，快去！还有九分钟了，你这个小短腿蹬成风火轮也到不了体育场！"

路漫漫转身就往自己教室走。

"我十分钟后在五四体育场有一场棒球比赛，还没换衣服呢！"

祁远坦白从宽。

路漫漫身影一顿，面无表情地转了回来，不疾不徐地从祁远身边走过，风火轮一样噼里啪啦下了楼梯。

祁远摸摸下巴："真可爱。"

（13）

祁远最终还是没能赶上棒球比赛。

路漫漫那边又出岔子了。

祁远刚换上棒球服，脑海里就浮现出一个孕妇躺在楼梯上抽搐的画面。画面里，孕妇的白色大衣下摆已被血染红，路漫漫蹲在一边不知所措。

等祁远赶到时，路漫漫意识才清楚点了，她一把抓住祁远的手臂："你……你有没有带手机？我的……我的在教室，打120。"

空气里弥漫着浓郁的血腥味，少女按在少年手臂上的手抖得厉害。

"我也没带，三院就在学校旁边，直接走过去比救护车还快。"

祁远看了看孕妇，孕妇还在抽搐，显然已经失去意识，整个面部肌肉都已扭曲变形。他回头对路漫漫说："你认识这位老师吗？知道她丈夫是谁吗？想一想，把人引到这边来，我一个人搬不动。"

路漫漫的眼里隐然有泪，她慌乱地摇头，泪水顺着动作甩出来，烫在祁远手背上。

祁远细看路漫漫，发现女孩的脸上留有一道道血污，语气不由得柔了些："不要慌，想想有没有靠得住的男生，用你的百分之百超能力把他引到这边。这是最快的办法了，现在教室里都没人，我们这儿跑到操场最少也要十五分钟，最好能让人直接来找我们。"

靠得住的男生？郭才吗？不，不行！其他男生还有谁呢？夏寒？夏寒不是小学同学吗！

路漫漫脑海里一片空白，这才发现，从小到大她都没有正经交过一个异性朋友。她一紧张，脸就涨得通红，泪止不住地往下掉。

楼梯上的孕妇开始呕吐了，一边呕吐一边呻吟。

路漫漫下意识地伸手去兜孕妇的呕吐物。等一双手都是污秽时，她才后知后觉地盯着满是气味的双手，像是被自己的蠢样儿给惊呆了。

祁远踢了一下楼梯栏杆："路漫漫，你清醒点！长这么大，你就没一个认识的靠谱的人吗？还是你怕别人发现自己的超能力？给自己带来麻烦？都这个时候了，你还在犹豫什么！"

铁栏杆的撞击声在空空的楼道里盘旋，路漫漫带着一副不可思议的表情抬头看祁远。她清澈的瞳孔里清晰地倒映出祁远气急败坏的身影。

人心怎么可以这么可怕呢？怎么可以这么毫无忌惮地恶意揣测别人呢？原来你也不过是跟红绿灯组合一样的人。

祁远的心踩空似的漏了一拍，他从路漫漫蒙眬的眼中读出了这些。

"对不起，是我的错。"祁远利索地脱下棒球外衫，细心地给路漫漫擦干净手，"对不起，我不是故意的，我只是从小被……"

从小被骗得很多吗？从小就看透人的劣根性吗？这有什么可说的。祁远咬紧了牙关，他猛提一口气，把还在阶梯上抽搐的孕妇一把抱起，快步下了楼。

沉重的脚步声撞击着耳膜，路漫漫回过神来，她一把捡起祁远的球服，追了上去。

两个人一抱一扶好不容易走了半程，到了青蒲高中后门的人工湖边上。过了人工湖，再过一条马路，就是三院了。

祁远的腿却猝然一软，他绷紧了一身骨头才扑通一声单膝跪地，好在孕妇毫发无伤。

也就在这时候，梁文康赶来了。

他二话不说，从祁远手中接过孕妇，提足气，小碎步绕过人工湖。

（14）

从一开始，祁远就错怪路漫漫了。

百分之百超能力给路漫漫带来的从来都是烦恼，但凡有一次，这个能力能用在正途，能帮到人，路漫漫便会毫不吝啬。这是她从小接受的家庭教育。

只是慌乱中，连她自己都没意识到自己脑中划过梁文康的影子。

梁文康被脑中一闪而过的画面吓了一跳，半信半疑地跑到教学区楼梯口，一路顺着血迹追了过来。

祁远目送着梁文康吃力却结实的背影，紧绷的神经终于松下。一松下，他一双手止不住地发抖，太阳穴也是突突乱跳。

女孩的身影就是在这时候罩下来的，淬满了金秋的夕阳和袭人的花香。

路漫漫伸出双手，想要扶祁远起身，手伸到半路，她突然想起什么似的，把手缩回鼻子底下嗅了嗅，难为情地把手别在背后。

女孩背后，是一大簇一大簇茂密生长的向日葵。

她的腰间，还束着祁远那件满是呕吐物的球服。

祁远的心，就是在此刻柔软得一塌糊涂。

他果断地伸出双手，扶住路漫漫的肩，假装吃力地说："没事，扶我起来。"说罢，整个人几乎瘫在路漫漫身上。

路漫漫又拖又拽，铆足九牛二虎之力，终于还是被一米八五的祁远给扑倒了。

"哎！"路漫漫戳戳祁远的肩膀，难为情地四下看。

"再等一会儿，我现在动一根手指头的力气都没有了。"祁远斜趴在路漫漫身上，懒洋洋地开口。

路漫漫的脖子被祁远的气息搅得有些痒，她有些尴尬地别过头。

空气中沉默得只剩下祁远缓缓的呼吸声。

一只飞鸟掠过湖面，漾起的涟漪反射出夕阳的余晖，刚好刺进少年眼里。

祁远躲避似的侧头，蓦然发现，路漫漫的脸就在一厘米之外。

女孩一张脸上又是血污，又是尘土，红一道黑一道，还隐约留着几道泪痕，简直比唱戏的还精彩。

只是那一双眼睛漆黑发亮，仿佛一把口径四十毫米的手枪，射穿他的心脏。

祁远一颗心抑制不住地狂跳。

一个平凡、胆小、爱哭、浑身脏兮兮，还臭烘烘的零存在感女孩。

一个高大、帅气、聪慧、从小眼高于顶的百分之百存在感男孩。

他的心被她的眼刺穿，飙出160的高速。

"咚咚咚咚咚……"

女孩无法忽略男孩身上炙热的温度，脸被夕阳照得更红了。

（15）

"你俩是骑着蜗牛过来的吧？"

医院手术室门外，梁文康对着一前一后赶到的二位极尽吐槽。

奇怪的是，祁远和路漫漫都默不作声。

两人默默地坐上长椅，一个坐梁文康左边，一个坐梁文康右边，动作一致地看着地面数蚂蚁。

哟！这好玩儿！梁文康正要逗两句，一股引人作呕的酸腐味刺入鼻端。他很快锁定了目标源，然后，不留情面地戳了戳路漫漫："那个什么，同学，你要不要去洗手间洗洗？这味儿，太酸爽了！"

路漫漫从脸到脖子，瞬间烧成一片。

转身的工夫，路漫漫又听见梁文康嚷嚷："你戳我干吗？瞅瞅你那膝盖，麻溜地去外科包扎去。"

两位当事人再回来时，就见梁文康挪到最边上的位置去了。

一条长椅就三个位置，祁远看一眼路漫漫手里湿嗒嗒的球服，路漫漫看一眼祁远包扎得跟馒头似的膝盖，两人的脸不约而同地一红，相敬如宾地隔着半米坐了下来。

梁文康无语望天，他对祁远做口型："大哥，你都要坐我身上了。"

祁远用口型怼回去："闭嘴。"

梁文康隔着祁远，瞧见路漫漫手里的球服，火烧屁股地跳了起来："对了！祁远，今天不是你生日吗？你爸不是要回来吗？几点来着？"

祁远也跟着跳了起来："晚上七点，现在几点？"

"五点半！还来得及！来得及！快！赶紧走！"梁文康恨不能一扇子把祁远扇到目的地。

祁远的爸爸？那个"不在"了的爸爸？直球理论？

路漫漫慢一拍地跟着站起身，祁远在她对面很不好意思地挠头："那什么……"

"赶紧去吧，等这个弄干净了，我再给你。"路漫漫晃了晃手里的球服。

祁远笑了笑，出人意料的腼腆，曾经那个刻薄的少年青涩如橄榄叶。

隔了许多年，路漫漫还记得那一天，就差一分钟，祁远就真的走成了。

（16）

警察来得猝不及防。

医院查出孕妇是外力致伤，并且受到了严重的惊吓。不管路漫漫他们如何辩解事发当时并不在场，三个人还是被带去派出所做口供。

六点半时，警察还在反复地问路漫漫什么时候到楼梯口，在楼梯口有没有遇到什么人。

路漫漫第五次回答"没有"。

祁远终于按捺不住，腾地站起身："你们是不是得问到有，才能放人啊？真的是这样？我给你们编一个？"

一个辅警眼看着就要上来按人，梁文康赶紧解围："警察叔叔，他今天生日，他爸爸好不容易从国外飞回来陪他过生日，这眼看着快到点了。"

主案的警官一个眼神飘过去，辅警静悄悄地站回去了。

"同学，是这样的。我们这边呢，暂时还联系不到受害人的家属，你们又是在场者，请你们一遍又一遍地回忆和复述，是为了找出更多的细节，尽早找到家属——医院那边有一个大手术，必须要孕妇家属签字才能做，人命关天，还请你再等一等。对了，我们这边有电话，你可以先跟你父亲沟通一下。”

祁远连打了十通电话，均以忙音而告终。他整个人的气场越来越冷，隐隐透露出一股要发狂的迹象。

一位女警官给祁远递过来一杯热牛奶，宽解他：“不着急，天底下哪个父母不愿意等自己儿女的。”

祁远手一抽，那杯牛奶就这么洒在地上。

主案警官大掌拍上桌子，一双眼瞪得比铜铃还大：“小子！你干什么！”

梁文康低声辩解：“那有些爸妈就不是这样的……”

办公室里一片低气压。

路漫漫眼见着事情越描越黑，态度尽量友好地跟主案警官沟通：“我是第一个发现孕妇的，他们俩都是我喊来帮忙的，我留下来吧，您让这两位同学先走，不行吗？”

“不行！”对方的脸比包青天还黑。

直到晚上八点，事情才有了转机。

原来有路人在路边拍下了梁文康抱着孕妇过马路的照片，发了热门话题“最帅中学生”，被孕妇丈夫看到，主动找到医院去了。

祁远、梁文康他们赶到餐厅时已经晚了，原来订的18号桌坐满了人。一个小男孩头上戴着一顶小王子的皇冠，他爸爸妈妈给他拍手唱生日快乐歌，他爷爷奶奶便慈祥地拍着照。

祁远有些愣愣地看着他们，像是看一场荒谬的电影。

他不明白，为什么在别人生活中轻而易举出现的事情到他这儿就这么艰难呢？

那位女警官说得没错，哪个父母不愿意等自己儿女呢？

祁远的泪几乎要给逼出来了，却硬生生咽了回去。

离开时，前台小姐姐拉住了他：“你叫祁远吗？”

“对对对，是祁远。”梁文康以为事情有了转机，兴奋地拉住前台小姐姐的手。

小姐姐的脸红了红，从键盘底下抽出一张便笺递给祁远：“这是你母亲留给你的。”

祁远抖着手打开字条——

“祁远，你爸爸临时有事，来不了了，以后给你补上。我也先回去了，另，祝你生日快乐。”

祁远的脸唰地白了，压抑很久的眼泪终于绷不住，一颗一颗地砸在字条上。

梁文康偷偷瞄了一眼字条，脸色也跟着白了。

“就两个混账父母！儿子过十八岁生日，爸爸不来也就算了，妈妈多等一下又怎么了。走就走了，生日礼物也不留一个，轻飘飘一句生日快乐就完了，还不如不说呢！”梁文康在心底大骂祁浮韫和柳红绡。

路漫漫不用瞄字条，大概就知道发生什么事儿了。

三人出了餐厅，默默地沿着街道一路走。

（17）

夜市繁华，闹哄哄的，门店里飘出食物的香气。

梁文康脑袋一转，上前钩住祁远的脖子：“我们去吃烧烤吧！跟爸妈过生日有什么意思，一块牛排都不够塞牙——”

祁远面无表情道：“你们俩去吃吧，我不饿，我先回去睡了。”

“那我们就……”梁文康一回头，“哎？路漫漫不见了。”

“我现在没心情跟你闹。”祁远甩开梁文康。

“我骗你干吗！”

祁远一回头，果然人不见了。

他有些头疼地揉了揉眉心，正准备打起精神找人，一睁眼——

路漫漫端着一盒小小的生日蛋糕站在他面前，鼻尖红红的。

凛冽的寒风中，她特意腾出一只手挡着蜡烛的风，那只手也是红红的。

“祁远，祝你生日快乐！”

女孩的声音美好而清脆。

祁远想起了那个月夜，女孩跪在蒲团上，用同样动人的声音替他许的愿望——他当真了！

佛祖不是已经答应了吗，怎么能出尔反尔呢？

为什么要给他希望呢？

为什么要让他遇上路漫漫呢？

为什么要让他知道佛祖给路漫漫允愿了呢？

为什么此刻是路漫漫站在他跟前，替他过生日呢？

他只不过想跟爸爸妈妈一起过十八岁的生日啊！

凛冽的寒风中，少年把自己一颗滚烫的心撕开来扔到寒夜里，没有人能理解他的孤立无援，他甚至疲惫得懒于应付他人的善意。

祁远直接绕过路漫漫，梁文康跟在后面给路漫漫打了个手势表示不好意思。

路漫漫却又绕到祁远跟前：“我妈妈说，生日时许的愿望是最灵的，你许一个吧！”

红红的蜡烛火苗倒映在少女漆黑的眸中，一簇一簇的，点燃了少年的心火。

祁远一把推开路漫漫：“就你一个人有妈妈吗？就你一个人会许愿吗？都是你！”

路漫漫被推了一个趔趄，蛋糕脱手而出，惨兮兮地糊在地上，霓虹灯照映下，有一种斑斓的凄怆。

她有些难以置信地复述祁远的话：“都是我？”

祁远被路漫漫语气里的无辜给激怒了，此刻的他已经气坏了，正需要一个出气筒。

于是，梁文康看到，一向绅士的祁远一跨步走到路漫漫面前，一抬手又推了路漫漫肩膀一把。

这还不够，祁远一边推一边说：“就是你！谁让你闲着没事做给我许什么愿！谁让你一天到晚总那么多事儿！谁让你一遇到事儿就想到我！我是你保姆吗？要不是你！我会迟到吗？我爸能不来吗？我妈能走吗？都是你！以后不准再想起我！”

祁远左一推，右一搡，终于成功地把一个柔弱的小姑娘推倒在地。

这一系列动作很快，梁文康连拦的机会都没有，他都替祁远感到丢脸。

（18）

“我真没事儿。”路漫漫在家门口对磨磨蹭蹭的梁文康说。

“那什么……”梁文康终于下定决心似的，“祁远吧，他从小父母离异，从四岁开始就不跟他爸妈一起住了，所以，这次好不容易有机会却……你谅解一下。”

“我谅解。”路漫漫点头。

路灯下，女孩平静得过分，漆黑的眸子里什么情绪都看不出。

路漫漫抬起手就要关门——

“那什么……”梁文康还是觉得解释得不够，他死死扒住门，搜索枯肠。目光顺着路漫漫的手落到了那件球服上，他眼睛一亮，“祁远本来想赢一场棒球比赛，跟他爸爸好好炫耀一下的，棒球就是祁叔叔教他的，结果，今天……当然肯定不是因为你啊！你只是刚好撞在枪口上了，你不要——”

“小伙子，要追我们家路漫漫得先经过我批准知道吗？”

梁文康一回头，就见一位穿一身红彤彤广场舞制服的阿姨目光如鹰地盯着自己，脑袋一缩，一溜烟跑了。

周雅的目光在狼狈而逃的男孩子身上溜达一圈，最后落到自家闺女手里的球服上。

“哟！哪家小伙子有殊荣让我们家闺女替他洗衣服？”

路漫漫面沉如霜，随手把衣服丢给周雅：“白眼狼的，丢洗衣机里绞一绞就成。”

周雅拿起衣服左看看右看看，随后捏住鼻子：“这味儿！”

（19）

第二天，祁远冷静下来，很快意识到昨晚自己的表现太不好了。

然而，祁远活到十八岁，只学会了怎么跟别人生气，对于怎么哄人一无所知。

平常，他也跟梁文康生过气，可是男孩子之间打打闹闹本就正常，再加上梁文康从小熟知此人的狗脾气，一般情况，不跟他一般计较，如果心情好了，还会反过去哄一哄他。

可惜，路漫漫不是梁文康。

国庆假之后的首次走廊“偶遇”，祁远隔着老远就亮出招牌式完美微笑，殷勤得就差在屁股后面安根狗尾巴了。路漫漫一脸“我不认识你”的模样，目不斜视地走了过去。

上早操时，祁远作为学生会主席亲临现场计分，善意提醒路漫漫没有佩戴校卡，路漫漫一个左踢腿，表态：“给我滚远点儿。”

“她这是铁了心要跟我冷战！”放学后，祁远跟梁文康吐苦水。

“人家那不叫冷战，那是压根儿不想理你。”梁文康腹诽，同志，换位思考一下。大冷天儿的，大街上的，一个女孩被男孩指着鼻子骂，被推了个屁股着地，那晚都快零下了吧，你自己坐地上试试。

梁文康腹诽完，责无旁贷地担任起教育者的角色：“你是送了花儿呢，还是赔了蛋糕呢，人家姑娘要是真原谅你，我都怀疑她脑子不正常。”

如果说祁远一开始只是抽象地意识到自己不是个东西，现在已经具体意识到自己真不是东西了。

“那送花儿？”祁远牙口一松。正好两人走过一家花店。

梁文康做牙疼状，抹了一把脸：“我说送花儿就送花儿啊！你道个歉能不能道得有个人特色一点啊？”

“那我也送她一个生日蛋糕？”

梁文康用眼神传达了鄙夷：“你知道路漫漫生日什么时候吗？”

“自己好好想想。”梁文康踢了祁远膝盖窝一脚，“想不清楚别来我家蹭饭！”说罢，转头钻进了“开心麻辣烫”。

祁远愣神的工夫，甜甜也被从里面赶了出来，瞅着祁远的眼神，那叫一个哀怨。

（20）

路漫漫是真的再懒得跟祁远搭上关系。

据路漫漫的奶奶描述，祁远此人是典型的白眼狼人格，高兴的时候，屁颠屁颠凑过来撩人；不高兴了，立马翻脸不认人——路漫漫那一跤摔得，到现在屁股还疼。

当然，路奶奶当初描述的白眼狼是路漫漫本人。

路漫漫真的是举双手双脚发誓，就算有把刀架在她脖子上，她宁可给抹了也不会想祁远，请他来帮忙。

可惜，生活最爱打凡人的脸。

好不容易放了学，可以和祁远不在同一个空间，路漫漫在肯德基买了两个鸡腿，正要先垫一下肚子时，一个小女孩揪住了她的校服裤腿："姐姐，姐姐，你是青蒲高中的学生吗？"

路漫漫眼皮一跳，很想说自己并不是，然而校服穿在身上，她还没祁远那么不要脸。

路漫漫冲小女孩极为矜持地点了个头。

小女孩开心极了："姐姐，姐姐，你认识祁远吧？你帮我找找他吧！"

路漫漫假笑："不好意思，姐姐不认识，你找其他人问吧。"说完就转身。

"可是姐姐刚刚还小声嘀咕：'祁远是白眼狼眼中的白眼狼，可见其不是人的程度。'"这是威逼。

小女孩绕上前来，把吃了一半的冰激凌往路漫漫手里一推："你帮我找到祁远，我就把这个给你。"这是利诱。

路漫漫抚额念叨："这是哪家的熊孩子？"

"祁远家的！"小女孩脆生生应道，眼珠滴溜溜地转。

路漫漫无语了："祁远这个浑蛋，真的是连四岁的小孩都不放过！”

祁远就是在这个时候出现的。

“哥哥！”

小女孩飞奔过去，跟弯下身的祁远抱了个满怀。

“你怎么又偷偷地跑出来，妈妈知道吗？”祁远拍着小女孩的屁股问。

“啧！”路漫漫有些肉疼地看着盘子里还没吃的鸡腿，然后，果断站起身，打算从侧门离开。

只是计划实施了一半，她便被某只“阿拉撕家”给拖住了。

甜甜咬着路漫漫的裤腿。校服做工粗糙，路漫漫稍微一动，就能听见惊心动魄的布帛撕裂声。

“甜甜！你松开！”路漫漫敲了敲甜甜的狗头，意外地注意到甜甜脖子上还挂着礼品袋。

一分钟前，就在肯德基门口，祁远给甜甜挂上他精心准备的礼品，慈祥地摸着甜甜的狗头：“要是这次完成不了任务，你就再也别想吃到鸡腿！”

甜甜像是想到了这一茬，疯狂地摇尾巴，喉咙里呜咽个不停，听得旁人都心疼。

“姑娘，那狗脖子上挂着什么东西，你就拿下来吧，我看着都替狗脖子酸。”一位老大爷以看透一切的笑容推波助澜。

“哇，派狗送礼物！”

“你们看那边，那不是祁远吗？还有他妹妹！上次校门口的那个……”

见不少人凑过来，路漫漫实在无奈，只能摸着狗脖子，一把捞起礼品袋。

甜甜嗷了一声，松开了路漫漫的裤腿，欢天喜地地跑回祁远那边邀功去了。

祁远捡起路漫漫盘子里的鸡腿丢给甜甜。

路漫漫：“……”

（21）

收下礼物是一回事，打开又是另一回事，祁远的一颗心明显放下得太早了。

路漫漫把礼品袋往客厅一搁，准备第二天还回去。

周雅下班回来，总觉得哪里不对，四处看了半天，发现沙发上出现了一个不明物体。

一个长方形的、天蓝色的、印着蔷薇图案的礼品袋。

一个承载了少男少女暧昧心思的礼品袋。

一个属于他们家路漫漫的礼品袋。

然而，路漫漫却把礼品袋搁在客厅里，说明她不喜欢送礼物的男孩。

可是周雅喜欢呀——从她知道自己怀的是女孩那一天起，就已经脑补出一百零八场自家女儿收到情书的场景，她再晓之以理，动之以情，劝孩子把心思放在学业上——多有当妈妈的成就感！

可是从幼儿园到高中，一次都没有。

周雅安慰了自己十几年，不是自己女儿太普通，而是那些小子没眼光！

现在终于冒出一个慧眼独具的男孩子啦！

周雅饿虎扑狼一样扑向礼品袋，抽出用牛皮纸包得严严实实的礼物。

什么东西，这么重？

周雅细心地裁开牛皮纸，一本书掉出来，正好砸中周雅的脚背。

周雅一手捂嘴一手捂脚之际，另一本书从牛皮袋里滑出，深紫色的封面正对灯光——《五年高考三年模拟·高考数学》。

周雅再抽出一本——《五年高考三年模拟·高考英语》，再拾起脚背上的那本——《五年高考三年模拟·高考语文》。

周雅莫名地有些心肝疼，她现在明白自家女儿为什么不喜欢这小子了。她把书收好，放回沙发。

过了一会儿，她又撤回沙发，把那几本书轻手轻脚地搁路漫漫的书桌上了。

如果周雅稍微翻一下数学卷，她或许有意外的惊喜。

月光温柔地落在女孩安详的睡颜上，落在整整齐齐叠放的参考书上，落在书里夹着的一封信上，甜蜜地描绘着信纸上的每一个字——

百分之百邀约

亲爱的百分之百小姐，我是白眼狼君。

我知道你现在不想跟祁远讲话，他呢，从昨天开始就被我罚去面壁思过了。思过的结果，让白眼狼君我代为转述：

第一，所有的根源都是嫉妒。

你可能无法想象吧，祁远因为佛祖帮你圆了一个随意的愿，嫉妒得眼睛发红。所以，他一开始的态度才会那么恶劣。

当他知道你偷偷为他许愿，他其实有偷偷开心；你帮他许的愿一个个实现，他又是多感激你；当近在眼前的愿望突然不翼而飞，他无法排遣，将所有的脾气都冲向你——

一句话，他就是白眼狼君我本人啦！

所以，第二点，所有的错都归祁远。

过去的、现在的、将来的，你们俩或许有数不清的争执，但是，所有的锅都归他扛。

第三点，路漫漫你并不是零存在感的人，至少，对祁远不是。

从第一次在远山寺相遇，到后来的操场上的争执，麻辣烫店里的讽刺，还有，那夜在远山寺许愿，对封建迷信活动的突围，运动会上的默默相助，你们还一起救了两个生命。虽然最后那小子把你推了个屁股向后平沙落雁，但所有的这些，对祁远来说，都是珍贵的。

不管是主动还是被动，不管他愿不愿意承认，路漫漫你已经是祁远生活中necessary（不可或缺）的一部分。

所以，请不要缺席。请不要吝啬于想他。

作为男生，他将永远不对你大声说一句话，永远不会对你粗手粗脚；作为朋友，他将永远站在你这一边，随时为你准备着复习宝典，随时为你跟红绿灯作对。

祁远知道，因为百分之百的超能力，你有许多烦恼。

他托我告诉你，不要害怕，不要畏缩，迎头直上，他会在你身后，一步一步陪你走向百分之百。

先定一个小目标，比如考个全校年级第一。

当然不是文科班的，当然，虽然很欠揍，祁远说他就让一次第一给你。

祁远说，他打算在“开心麻辣烫”给你课后辅导，聊表歉意。

如果你愿意的话，就在甜甜脖子上挂根白鞋带示意，甜甜会每天在校门口等你！

好啦！差不多啦，白眼狼君我该回去监督祁远那小子有没有偷懒玩游戏啦！

最后，强调一千次，有事招呼祁远，保证随叫随到。

回见！

（22）

国庆节回来上课之后，庄棣棠就一直戴着口罩，上课也不摘下。

班主任仲博仁课上问了两句，一班人眼瞅着她默默撕下一张纸，默默写上几个字，再默默举起来。

“老师，我拔牙了，脸肿了，不方便说话。”

班里鸦雀无声，但是私底下，趁庄棣棠不在时，大家议论纷纷。

“哎哎哎，路漫漫，她就没跟你说什么吗？”后桌程思媛拉住路漫漫打听。

路漫漫摇摇头：“人家牙都肿了，还怎么说话。”

程思媛一脸“你怎么这么too young,too naive”的表情回看她，压低声音凑到她耳边：

“你不知道吗？她被她后爸给打了！家暴呢！王琦说，她今早刷牙时，撞见庄棣棠了，脸上乌青乌青的巴掌印！我跟你说，听说是因为她妈运动会那天来学校找她，被她一把从楼梯上推下去了，差点害得她妈流产——”

路漫漫正听到惊心动魄处时，郭才啪一声，把一本《牛津英汉双解字典》拍桌上：“把有些人的碎嘴缝起来，估计能成一条又臭又长的裹脚布。”

“哟！平时见你说起别人来嘴里衔台绞肉机似的，现在说到你女神了，就不准别人八卦一下喽！”程思媛眼皮一翻，秒变夺魂女鬼。

路漫漫吓得捂住眼，心想，这姑娘怎么这么想不开呢？她要是有她那张脸，整天就捂着胸口装西施。

程思媛这姑娘长得相当明艳，眼廓深邃，大双眼皮，丰额高鼻，樱桃唇自带口红AR效果，拉出去妥妥的校花一枚。

无奈大美女有两个致命缺点——最爱翻白眼和最强八卦婆。

思媛美女平生最大乐事，便是一边嚼八卦，一边翻白眼。

据说，曾经告白过她的男生，他家太姥爷的第十八房姨太太曾经是个唱黄梅戏的，这种事儿都被她挖出来了。

郭才喜欢庄棣棠这事儿，也是思媛美女八卦给路漫漫听的。

“你……你胡说……说些什么！”郭才脸红脖子粗地争辩。

“我胡说的话，你有本事别……别结……结结巴巴啊！”程思媛一双白眼翻上了天。

郭才：“你、你才……才结结巴巴，你、你你……全家都结巴！”

路漫漫不想掺和，一转身，看见庄棣棠捧着一沓卷子从教室前门进来。

校运会那天把她妈从楼梯上推下去了，差点流产？继父？家暴？路漫漫脑中乱嗡嗡地连成一条线，那天跟祁远在楼梯上救的孕妇难道就是庄棣棠的妈妈？

或许是路漫漫的目光太直接，庄棣棠坐下后，给她写了一张字条：“有事吗？”

“哦！噢……我想说……你要是有什么事不方便的话，尽管使唤我。”路漫漫笑嘻嘻地糊弄过去。

不料，庄棣棠还真给她分了一个“忙”。

（23）

“小远子啊，你再撸，你家甜甜颈毛都要秃了啊！”

青蒲高中的人文湖畔，梁文康强制性地解救了“脱毛阿拉”的脖子。

“你说，该不会是路漫漫她家没有多余的白鞋带吧？”祁远终于找到什么原因似的，眼神发亮地问。

梁文康一副“这娃没救了”的表情反问：“你怎么不在信里附赠条白鞋带呢！”

祁远愣了一下，猛然站起身，一脸欣喜地往教学楼的方向奔去。

梁文康一路跟在后面号：“兄弟，我是开玩笑的！”

直到跑到教室门口，梁文康这才明白了兄弟为什么跑那么快——

路漫漫自己送上门来了，站在一班门口，捧着一沓卷子拉着人问：“麻烦喊一下祁远同学。”

“在！”

路漫漫一激灵，活生生被这一声虎虎生风的“在”喊怔住了。

她一扭头，见祁远正眼巴巴地望着她，一条无形的大尾巴在他身后战战兢兢地摇着，神似直立的甜甜——路漫漫绷不住了，扑哧笑出声来。

其实路漫漫早就不生祁远的气了，但是呢，周雅女士言，男同胞犯了错不能纵容，要晾一晾、敲一敲、治一治，下次呢，他就不会犯同样的毛病了。

路漫漫觉得吧，她又不是要跟祁远过日子，敲治什么的，还是省了吧，这一晾就晾成无期。

无奈祁远的求生欲太强，硬生生把无期改成缓刑，路漫漫心想，这么点破事，就让它过去吧，要不显得她多小心眼儿。

她把卷子往祁远胸前一摊：“什么奥赛卷，蔡老师说下两节课给同学们做这个，他有事，可能会晚点来，让你先顾一下纪律。”

祁远盯着路漫漫的脸想，她笑了一下，应该不生气了。既然不生气了，为什么不给我回信呢？

“没事儿的话，我先走了。”路漫漫再次友好地向祁远笑了笑，表明立场。

“等一下！”祁远一个跨步绕到路漫漫面前，然后，紧紧盯着路漫漫的鞋，“那什么……你们家有多余的白鞋带吗？”

“啊？”路漫漫无意识地重复，“白鞋带？”一边说，一边低头看自己的鞋。

梁文康一路旁观，终于见证了祁远犯傻的这一刻。他一手捂脸，一手扯住祁远后背的衣服。

“要是你家没有，我可以送你几根。”祁远伸手指着路漫漫的灰白鞋带。

梁文康彻底放弃，真是天要下雨，祁远要犯傻。

他这是在委婉地传达我的鞋带脏了的意思吗？路漫漫瞧着一脸真诚的祁远，有些无语地用眼神向梁文康请教答案。

“那什么，你看到祁远给你写的信了吗？”梁文康开门见山。

祁远把梁文康扯到一边：“喂！你怎么能直接问呢？”

梁文康压低声音：“我不直接问，她能听得懂你说什么鸟语吗？这样下去，你能问出个屁！”

祁远愤怒了：“我就算问出个屁来，你也不能直接问啊！”

“我直接问怎么了啊！”梁文康也恼了，心想，我就不该帮这傻子说话！

“信是我写的，凭什么让你直接问啊！”祁远脱口而出。

“你有本事，你自己直接问啊！”梁文康怼回去。

“问就问，路漫漫你到底看到夹在书里的信了没啊——”

祁远好不容易借着吵架的气势问到点子上了，可惜一班门口空荡荡的，哪里还有路漫漫的影子。

（24）

“妈，你有看到一个蓝色的礼品袋吗？”路漫漫趴在地上，拼命地在沙发缝里扒拉着什么。

“什么礼品袋啊？谁送的礼品袋啊？”周雅端着锅铲就从厨房里钻出来了。

“就那谁，妈你上次见过的，祁远，他为了道——谢，给我送了一礼。”路漫漫本来想说道歉的，话到嘴边转了一个弯儿。

她很怕周雅女士知道真相后，分分钟把祁远同学给灭了。

周雅呢，本来以为能打听个粉红小八卦，结果闹来闹去，是那个男孩子送的礼。

祁远，那个自带发光功效的美少年，送的又是《五年高考三年模拟》……周雅脑袋转了一圈，最终得出如下结论，他挺宝贝他家狗的。

“那什么，书给你搁书桌上了！人家好心送的，你就好好复习啊！哟——焦了！”周雅举起锅铲，冲回厨房。

月亮升起了，窗帘拉上了，灯打开了。

路漫漫正趴在她粉红色的蕾丝床上，盯着粉红色的信纸发呆。

这可是她从小到大第一次从男生手里收到的信，还是粉红色的。

另一边，游戏打得正酣的祁远忽然一顿，游戏里的主将成了静止状态，任人宰杀。他带着火拼的那个团瞬间乱了阵脚。

“我去，大神家是断网了吗？”

“麻风球，你赶紧把西线下路堵上！”

“我去，祁远！祁远！你再不动，我们就灭国了！”梁文康直接在游戏里开吼。

梁文康个乌鸦嘴，他话刚落，整个队伍被团灭！全员惨叫！

祁远就是在这时候开口的：“你说，她为什么不打开呢？”一边说，一边合上电脑，留下一头雾水的小崽子们嗷嗷直叫。

梁文康一把扔掉鼠标：“以后再也不跟这小子一起玩了，又被哪个蜘蛛精抓进盘丝洞了！”

“梁哥，祁大仙儿有情况了。”

“真的吗？哪家黄花闺女啊？”

“广播站之花儿吗？”

"屁！那都哪年的事儿了。哎哎，梁哥，是不是三班那个程思媛，大美女呀！还给我抛过媚眼呢！"

"人家朝你抛的是白眼好吧！"

扬声器里叽叽喳喳一片，一群小伙子八卦起女孩来啊，比刚刚血拼还要兴奋。

"得了吧，就祁远那狗脾气，哪个女孩受得了！"梁文康一边应付一群小崽子一边想，准是路漫漫又上线了！

"上线"的路漫漫终于打开了信——"亲爱的百分之百小姐，我是白眼狼君。"

祁远看到，路漫漫只扫了个信的抬头，就把脸埋进枕头里，肩膀一耸一耸的。

肯定被逗笑了！为了写好这封信，他可花了不少心思。少年得意地在桌上跷起自己的大长腿，突然，他脑海中没了画面。

什么情况？她不是在看信吗？信是我写给她的，她怎么可能不会想到我呢？

这还真不能怪路漫漫，她毫无防备地就看见周雅开了门走进来。

"漫漫哪，吃晚饭了！"

路漫漫心虚地一把将信纸夹进《五年模拟三年高考》里，假模假样地翻起书，嘴里还碎碎念着公式。

"瞧你那出息样儿！"周雅冷笑一声。

路漫漫后背一凉："啊？"把参考书紧紧抱进怀里。

"小帅哥买的参考书就那么香？抱在床上学习？妈妈买的参考书就扔角落里，瞧瞧，都生灰了！"周雅对着墙角努嘴。

路漫漫脑门浮起三根黑线："妈，你把人家初三的参考书买回来还怪我不看……"

周雅一次逛书店，看到参考书大甩卖，眼也不眨地论斤买了回来，回家拆开一看，没一本能用的。

"那什么……先吃饭，吃饱了再学……"周雅女士瞬间转移话题，揪着自家闺女衣领上了饭桌。

晚饭后，小姨把她儿子周禹城加急送了过来，说是要出差两天，麻烦周雅一家照顾下。

小姨周素刚离婚，好不容易争取到了孩子的抚养权，却为了挣钱养孩子没时间照顾孩子。一旦出差，她就把孩子送到姐姐家去，反正路漫漫家“地广人稀”，正容小崽子放肆。

禹城小朋友是个能闹的，周雅母女伺候了小祖宗小半天，才把人哄睡了。

路漫漫洗漱完回房，已经是晚上十二点半了，她一头歪在床上，被什么东西硌到背，神思突然就回来了！

祁远的信！

她之前就觉得自己一边读信，祁远还能一边看到她的表情，超羞耻啊！

现在祁远应该睡了吧？

路漫漫迅速地翻出信，一目十行看了下去，看完以后，又折回来，一字一顿重新看了一遍，目光最后顿在“有事招呼祁远，保证随叫随到”上，嘴角慢慢翘起。

这是一个甜蜜的夜晚。

少年做梦，梦到少女对着信甜笑，还梦到甜甜脖子上系着一条崭新的白鞋带，欢快地摇着尾巴。

（25）

“祁远，有人找！”陈浩扯开嗓子对教室左排喊。

这大概是靠窗户的同学说过最多的一句话了！

不过，陈浩还是第一次看祁远这么快冲到教室门口。

祁远昨晚等到睡着了，脑中也再没浮现过路漫漫的任何画面。虽然做了个美梦，但他坚信，梦都是反着来的。

小时候，他梦见爸爸妈妈带他去游乐场玩，结果，第二天，祁浮韫就拎着行李箱离开了家。

祁远有些忐忑地从教室里探出半个头，长长的走廊洒满阳光，空无一人。

“陈浩，刚刚是谁喊我？”祁远站在窗外问。

“女的。”陈浩仰起头回忆。

“女的？长什么样儿？”祁远热切地问。

陈浩被祁远突如其来的热情一吓，一瞬间还真忘了：“圆脸？不，长脸？”

祁远指着自己高高的鼻梁骨，问：“她这儿是不是有颗痣？”

“啊？”陈浩一脸问号。

来找祁远的女孩多了去了，祁远对那些女孩都爱搭不理的。慢慢地，陈浩也不注意那些女孩了，基本上头也不抬，随口传一句，这次也一样。

“你再好好想想！”祁远正要给路漫漫来一个言语素描，裤腿就被拽住了。

这熟悉的坠感，祁远拉住校服裤腰，一回头，果然是甜甜！

一件白色的球服紧紧裹住甜甜肥胖的身躯。甜甜的脖子上还圈着一条灰不溜秋的鞋带，仔细看，鞋带还打成一个蝴蝶结。

大概是不舒服，这只大狗一会儿耸耸背，一会儿扭扭胯，模样十分滑稽。

“哎，老大，那不是你球衣吗？17号对吧？怎么在狗身上？”

大个头黄勇刚好经过，被甜甜这拉风的打扮给惊呆了。

“好看吧？”祁远笑眯眯地蹲下身，解下甜甜脖子上的鞋带，仔细研究了片刻——那鞋带一截灰一截白的，应该是刚从鞋子上拆下来的。

黄勇也看见了，他瞪大眼，看着祁远宝贝似的将那条脏兮兮的鞋带揣进兜儿里。要知道，祁远在队里可是出了名的洁癖，一场训练能换几次衣服。

“我听说了，上次比得不错！其实你们早就能独当一面了，以后比赛就这样，不要心虚！”祁远拍拍黄勇的肩膀，眼尾高高翘起，都是笑意。

棒球队里大部分队员走的是特长生的路，对于他们来说，棒球不仅仅是爱好，也是另一种形式的学业负担。

能扔多少三振，能打出多少次本垒，跟英语、数学考多少分一样折磨着他们。

很少有像祁远这样扔得一手好球，偏偏还走文化分的人，在青蒲高中棒球队员心中，祁远是当之无愧的大神。

大神平时训练起来对他们很严格，像老师，又像兄长，嘴又毒又酸，队员们总是挨骂的多。

校运会时，祁远突然缺席，黄勇他们其实很慌，那一场算是险中求胜，一直打到第九局下半场才翻身。

大伙儿还想着下次例会会被骂个狗血喷头，黄勇没想到自己竟然先领了个口头鼓励。黄勇虽然脑子笨，但隐约觉得这件事跟那根灰鞋带有关。

“甜甜，走，给你买烤肠！要给你带什么吗？”祁远歪着身，一边挠狗头，一边给黄勇眼神示意。

黄勇惊恐地摆了摆手，老大那桃花眼飘起来，连男人都勾，他几乎是逃回了自己教室。

（26）

祁远顺手买了一瓶酸奶，又顺脚走到了三班门口，还顺口喊了声路漫漫，最后顺眼地看到了路漫漫精心改造过的小白鞋。

路漫漫真是找遍了全家，都没找到一根闲置的白鞋带。为了不让周雅起疑心，她实在无奈，只能从自己穿着的鞋上抽了一根，打发了尾巴乱摇的甜甜。

剩下一根鞋带，路漫漫十分经济地用小刀裁成两截，紧巴巴地系在鞋子上。

脚一抬，鞋一落，路漫漫就这么吧嗒吧嗒地一路走来，颇具三毛流浪儿的风采。

祁远在肚子里已经笑岔了气，脸皮上还硬撑着绷住，只可惜他的目光早出卖了他。

“你盯着我脚看干吗？有事说事！”路漫漫往后缩了一步，满脸通红，气势汹汹。

祁远一双桃花眼一边往上飘，自带解说弹幕“我什么都没看到”，一边长长地伸出手：“喏，给你。”

“什、什么？”路漫漫目光落在酸奶上，紧张兮兮地问，好像祁远递给她的不是酸奶，而是手榴弹。

“酸、酸奶啊！”从没送女生东西经验的祁远也结巴了，漫画人物一样的侧脸染上红晕，好像自己递给路漫漫的确是个手榴弹。

教室门口，少男少女一高一矮相视而立，中间隔着一道门窗玻璃反射出的彩虹。

“放学后记得去开心麻辣烫！”

上课铃响，祁远终于把“手榴弹”扔了出去，仓皇逃回一班。

路漫漫握着瓶身发热的酸奶，神游一样回了座位。

“真的要去补课吗？”

路漫漫很清楚自己那点耐性，就五分钟。五分钟一过，原形毕露，要么摸摸橡皮，要么给书上的古人画个胡子，要么偷偷剥颗糖塞嘴里。总之，只要连续学习超过五分钟，就浑身不舒服。

这点问题，在集体课堂上，老师也不能一一顾到，可要是祁远一对一教学，那就……

路漫漫暂时还不想在年级校草心中留下“多动症儿童”的形象。

这么琢磨着，她在课上玩起了丢橡皮，正面是“去”，反面就“不去”。

正丢得高兴时，数学老师老吴突然点名：“路漫漫啊，你用你那橡皮块算一算，第17题选B还是D啊？”

路漫漫偷瞄庄棣棠的卷子，对方突然撑起一只胳膊，完美挡住了她的视线。

路漫漫无奈，只能乱猜了：“B？”

老吴叹一口气。

路漫漫赶紧见风使舵：“D！”

老吴一手叉腰，一手拎着三角尺的尖角对准路漫漫："选A！"

全班哄然大笑。

"笑什么笑？一群脑子里裹糨糊的！"老吴拿三角尺当机关枪，嘟嘟嘟一通炮火扫清全班，"谁知道解题方法的？知道的上来！"

全班四十多号人，一个脑袋比一个脑袋埋得低。

"都上高三了啊，一个个还玩不够似的！这是你们的前途啊，是我要上大学吗？一道选择题五分哪！五分多少个名次，你们自己算过吗？"老吴一边说，一边拿三角尺敲讲桌，前排一片烟尘缭绕，同学们默默吃着灰，一声不吭。

教室里的氛围，就这么跟着尘埃，一点一点低下去。

五分钟后，放学铃响了。这是最后一节课，大家心里都默默松了口气。

"路漫漫，明天上课前把这一题的解算过程，写到黑板上。"老吴留下这么一句话，夹着卷子课本拉拉杂杂地走了。

一秒，两秒，三秒——教室里重新炸开。

"妈呀，吓死我了，从来没见过老吴发这么大脾气。"

"高三了啊高三！"有人跳到讲台上，模仿老吴吹胡子瞪眼睛。

……

路漫漫在一片吵闹声中转头向程思媛求助，程思媛摊摊手："你也知道我们学校变态的数学组，第17题是必死题啊！"

路漫漫转向郭才，郭才掀开他单薄的眼皮："没答案，我们班是最早讲的，你要是算出来，我出价五块买。"

路漫漫放弃挣扎，犹犹豫豫瞄了庄棣棠几眼。

庄棣棠这时候大方了，她摊开卷子，第17题旁也是一个大大的叉，口罩外露出的一双眼里都是无奈。

"死了！"路漫漫趴在桌上哀号。

"你要不去问问祁远，你们不是认识吗？"庄棣棠递过一张字条。

祁远，祁远……路漫漫一把抓起卷了糊住脸。

BAIFENBAI
XIHUAN
NI

Chapter 04
漫漫的补课生涯

“我有点可怜你的橡皮，我觉得你下辈子投胎应该做块橡皮，被一个叫路漫漫的女孩买回家。每次她做作业，就把你的肉，一点一点抠掉。”祁远近乎怨毒地说。

（1）

“开心麻辣烫”里，梁文康端了一盘瓜子，准备看年度大戏。

根据梁文康同学的经验，祁远虽然万年第一，但是教人的功力不咋样儿，教女生的功力，那更叫一个惨不忍睹。

祁远教女生一般两个路子。

对于那些心怀不轨、心猿意马的女生，祁远一般发言如下：“这题不是初一的水平吗？你是怎么考上青蒲高中的？你这水平，我教了你也听不懂，你问梁文康去。”

对于那些以请教为主，窥色为辅的女生，祁远态度稍微好点，顺手拿支笔在A4纸上倒腾两下：“因为这个，到这个，到这个，所以答案是这个，听懂了吗？”

鬼才听得懂他这个天马行空的逻辑！

然而那帮女生无一例外地点了头，也是，对着祁远那双都能电倒糙汉子的桃花眼，谁人能摇头？

“就祁远这教学水平，不把路漫漫给教哭了才怪！”梁文康最终得出如下结论，以提供场地为由，死皮赖脸要求旁观。

原来麻辣烫店面后藏着一个小小的四合院，梁文康一家租了主房和右厢房，左厢房被一户有钱人家包了，据说是为了让孩子落户学区，而孩子才刚满三个月。

“有钱人的世界呀！”梁文康背手摇头，一脸痛惜样儿。

路漫漫小姑娘家对金钱没多大概念，倒是多看了院中心的花圃几眼。这花圃长满了冬令菜，绿幽幽的压人眼，边上还有一枝半死不活的月季。

“这中间，原来是一块花圃来着，被我妈全都拔掉，种上菜了。”梁文康有些不好意思地挠挠头。

“这些菜，烫麻辣烫吗？”路漫漫蹲下身，好奇地戳戳她唯一认识的菠菜。

“大部分是我们自己吃的，有时候……”梁文康也跟着蹲下。

祁远居高临下地看两颗脑袋越挨越近，心里突然很烦。他踢了踢路漫漫的脚后跟：“第17题还要不要学了？”

路漫漫老脸一红，猛地站起身，圆圆的脑壳精准地磕到祁远的下巴。

祁远被毛茸茸的脑袋一拱，险些咬到舌头，泪花直接飙出。路漫漫一脸无辜地扭仰过头：“你没事吧？”

祁远对着那圆圆的发旋装矜持，并很绅士地问：“我没事，你不疼啊？”

路漫漫摸摸头顶：“没感觉啊，从小我妈就说我脑袋是块臭石头。”

梁文康乐了，跃跃欲试地想看祁大仙儿如何点化臭石头。

三人在右厢房的圆桌坐定，卷子摊开，笔尺摆好，梁文康就等着祁远的“一二三”三步搞定了。

谁知道祁远竟然把一步拆成十步，就连公式和运算，都一项项仔细罗列清楚。

“所以答案是二分之根号二十八，也就是……”

“二根号七。”路漫漫乖乖答。

梁文康站在路漫漫背后，默默地冲祁远比中指，敢情不是学仙儿不会教，而是他不愿意教。

祁大仙儿视而不见，认认真真地讲起了第二道题：“有关函数的题，第一步画图。有些题看图一眼就明白了。这道题……”

就这么无缝对接地讲了五道题，梁文康眼见着祁远慢慢加速，十步缩成五步，五步缩成三步，三步倒推，一二三，over。

路漫漫呢，也是一脸真诚的“原来如此”，跟其他女生不懂装懂的尴尬表情完全不一样。

梁文康一头雾水，是祁远太会教了呢，还是路漫漫太会学了呢？

（2）

正好前面小店里，梁爸梁妈喊他去帮忙，他就出去了一小会儿。然而，梁文康发现，他出去端个小菜的工夫，里屋的氛围完全变了。

完全低气压……

他有些小心翼翼地递过一盘果蔬。果盘落在桌上，咔一声，祁远踩点爆发。

“路漫漫，你的手在干吗呢！”

梁文康顺着祁远的话看路漫漫的手，一只白白胖胖的“爪子”正抠着一块白白胖胖的橡皮，桌上一堆橡皮屑被斜阳照得分明。

“我有点可怜你的橡皮，我觉得你下辈子投胎应该做块橡皮，被一个叫路漫漫的女孩买回家。每次她做作业，就把你的肉，一点一点抠掉。”祁远近乎怨毒地说。

路漫漫：“……”

“你有意见吗？”祁远高高挑起浓密的眉眼，挑衅似的瞪着路漫漫。

“我没意见。”路漫漫烫手似的扔了橡皮，一头埋进习题册。

梁文康在肚子里笑岔了气，真是装不过三秒——那个他认识的祁远又回来了。

好戏开场，他不客气地从盘子里叼一根黄瓜，咔嚓咔嚓地嚼起来。

“这边，等差数列求和公式，N是什么？”祁远把一道大题戳得遍体鳞伤。

“2/14？”路漫漫笔尖点着计算结果，看眼色回答。

“N是正整数！”祁远拿笔敲桌子。

“啊？”路漫漫有些茫然地看一眼祁远，对方一声不吭，一脸“你自己看着办”的神情。

已经快半个小时了，真的是路漫漫的注意力集中极限了。

路漫漫从小到大，就没沉浸式地学习过这么长时间，她抓耳挠腮地重新算了一遍，发现算出了“2/13”的答案。

祁远很配合地在她头顶冷笑一声。

梁文康看见，人家小姑娘的脸通红通红的，马尾也散了，顶着乱蓬蓬的发型笔耕不辍地扒拉了一遍流程，算出“14/2”的答案。

“怎么办，还不是整的？”路漫漫此时的思维系统出了岔子，陷入“只要有分数形式存在的，就不是整数”的死胡同。

她有些怯怯地瞟祁远一眼，又偷眼去看腿边的甜甜。

“看我做什么，我脸上有答案吗——甜甜边儿去，别影响百分之百做题！”

甜甜呜咽一声，大大的身躯躲到路漫漫小小的身板后。

祁远寒眉凝目，脸还是俊俏的，偏偏路漫漫脑中不受控制地想到容嬷嬷那张脸。

所以，下一秒，当祁远夹着笔凑近时，路漫漫不受控制地闭眼大吼：“别过来！”

祁远本想亲自算一遍的，但他看一眼缩成乌龟的路漫漫，瞬间玩心大起，他调整笔尖，对准路漫漫的指尖，阴沉沉地问：“二乘以七等于多少？”

“啊？”路漫漫一睁开眼，看见眼前这架势，眼泪利索地滚下来了，“我、我不知道！”

“不知道就先扎右食指！”祁远的笔尖已经触上那白白软软的指腹了，“二七多少？”

“十四！”路漫漫再次闭上眼，扯着嗓门喊。

“那十四除以二等于多少！”祁远把笔尖轻轻往下按了一下。

“七！七！七！”路漫漫号啕，同时觉得手指刺刺地痛。

梁文康已经趴在桌上笑出了眼泪，真是一对活宝！

他扶着桌子去拉祁远，却被对方一胳膊肘给捅回来。

“那七是正整数吗？”祁远一步不落地问。

“是！是！”一滴滚烫的泪珠砸在了祁远手背上。

“那N等于多少？”

路漫漫应该没注意到，祁远此时的语气已近柔软——她的心思完全回到题目上去了，脑中自带小黑板，噼里啪啦一通算，最后，求命似的号。

“N是7！最后求的大厦中间一层的休息室是中间项，那数列和除以7就得到了，是5！最后答案是5！选C！”

梁文康被这一系列变化惊呆了，题目倒是不难，难的是路漫漫可是闭着眼全程爆发啊！连ABCD的答案都清清楚楚的！

他有些难以置信地看向祁远，祁远却一脸了然，他指着路漫漫鸟窝一样乱的头，悄声做口型：“聪明着呢！”说完，一掌落在那鸟窝上，顺了几把，全然不顾鸟窝的主人，路漫漫同学在他掌下瑟瑟发抖。

“下面几道题，自己试着做做吧！”祁远同学发令。

路漫漫同学执笔狂书，遇到不会的，祁远在稿纸上轻轻一画，梁文康看着跟天书一样的鬼画符，偏偏路漫漫心领神会。

总之，两人不言不语间，就以风残云卷的速度解决掉了七道大题。

梁文康自认为自己数学还是不错的，这么些题量，他怎么也要做一个小时，就这么给路漫漫给消灭掉了，实在令人目瞪口呆。

“这不结束了吗？”祁远和颜悦色地伸出手去，想拍一拍路漫漫的肩，以示鼓励。

没想到对方身子一侧，从条凳这头滑到那头，祁远的手就这么空落落地悬在空中，好不尴尬。

梁文康偷笑，吃完了黄瓜拣苹果，安心当个吃瓜群众——谁还没个回味儿的时候啊？路漫漫又不傻，祁远唬孩子的那一套搁在人家小姑娘身上，不合适！人家小姑娘不要点颜面的哦！

果然，路漫漫低低说了一声“谢谢”，也不看一眼祁远，就够着大半张圆桌收拾起东西来。

路漫漫做着做着题，人就冷静下来了，薄薄的面皮开始发红，心里开始发恼、发羞，还有气生不得！

她觉得自己就像一只被围观的呆头鹅！简直蠢得无可救药，可是蠢的是自己，又不能怪旁人！

想到这里，路漫漫瞪了梁文康一眼，把书包往肩上一挂，埋头冲出右厢房。

甜甜回头冲祁远吠了一声，也冲出去了。

（3）

“她怎么了？”祁远对着背影发愣。

梁文康无语翻白眼：“大哥，你刚刚训练狗呢！狗也不是这么个训练法儿啊！看我有用吗？你看人家甜甜，学着点儿，去追啊！”

祁远腿长，加上甜甜的助攻，及时把路漫漫拦在了门槛前。

他开门见山道：“我只是想让你明白你自己到底有多聪明。”

“聪明到14/2是正整数都不知道吗？”路漫漫扬起一抹讽笑。

“那不是重点，你没注意到你用十分钟就答完所有大题吗？”祁远弯下腰，凑近小姑娘的眼睛。

从刚开始教题那会儿，祁远就发现路漫漫的逻辑体系是和自己一样呈跳跃性的，普通人由A想到B再想到C、D，而他们能直接从A跳到D。后来逼她，也只是想试试她聪敏到何种程度。

“你是真的很聪明啊！”祁远真诚强调。

路漫漫掀起眼皮，从善如流地回答：“哦，我这么聪明，自学就好了，也犯不着你教了。”说罢，准备来个潇洒转身，拂袖而走。

无奈，潇洒过头了，人是走了，鞋子却不跟脚，扎扎实实地留在原地。

此时，太阳已经下山了，月牙儿弯弯露出一个尖，淡淡的银辉落在那只小小的鞋上。

小白鞋有点脏，十二孔银闪闪的鞋扣，半截鞋绳虚虚拢拢系了六孔——等于没系。

路漫漫光着一只脚，站在门槛前，目光顺着祁远，从小白鞋落到自己的左脚上：一只大饼脸的叮当猫正笑得没心没肺。

路漫漫想捂脸，她妈为什么要给她买这样幼稚的袜子啊？

要是祁远现在敢笑一声，她路漫漫不管说什么也要上去跟他干一架！

不料祁远蹲下身，解开他运动鞋上的鞋带，又捡起路漫漫落下的小白鞋，解开原来的，换上他的。

晚秋的风从半开的门扉涌入，少年额前的碎发如草叶一样摇摆。

“好了！”祁远仰头，冲路漫漫笑，天上的星光落进他眼里。

这是路漫漫第一次俯视祁远，原本毒舌坏脾气的少年一下子温柔可亲了。

“我，你……”路漫漫舌头有些打结，光着的脚有些别扭地别到另一只脚后。

“你先坐下！”祁远一把按住路漫漫的肩，半拖半压地把路漫漫按坐在甜甜背上。趁着她愣神的工夫，他顺手牵了另一只鞋。

“你看，你的鞋这么松，待会儿怎么走回去？听话，快点换上吧！”祁远冲路漫漫宠溺一笑，眸子亮晶晶的。

祁远眼尾弯弯地往上翘，里面似有桃花乱飞。路漫漫心里一“咯噔”，妈呀！祁远该不会是中枢神经搭错线了吧！

然后，甜甜嗷呜一声给压趴了。

“这，那个……”路漫漫手忙脚乱地就要站起来，“你家‘二哈’没事儿吧？”

祁远伸手又把人给按了回去：“别理它，它跟你开玩笑呢！”然后，意味深长地看了一眼“二哈”——

“好好一只阿拉斯加，虚得被小姑娘认成二哈，丢不丢人？”

甜甜接收到主人鄙视的目光，细细地呜咽一声，蹭到路漫漫脚边求安慰。

好吧……路漫漫再次胆战心惊地坐回大狗背上，换上了系着祁远鞋带的小白鞋。

男生的鞋带实在长，鞋扣系到顶还多出好长一截，路漫漫正发愁，一双手就凑过来了。

（4）

“路漫漫，你很聪明，可是再聪明，也聪明不过五分钟。你自己知道吧？”祁远就这么蹲在路漫漫脚边，耐心地一遍又一遍地反复打结。

路漫漫坐在甜甜背上，比祁远高出一头，虽然俯视着他，却觉得眼前的男孩有些像大人。

少年指骨纤长灵巧，不一会儿，多余的鞋带就恢复到正常长度。

“可是这世上很多事，都不是五分钟的聪明可以解决的。”祁远声音很低，“这是我爸爸教给我的……他认真当爸爸的时候，是非常好的爸爸……教的也是非常好的道理。”

“祁远……”路漫漫想要说些什么，可是一开口，又不知道该说些什么。

院子里梧桐树叶沙沙响，前房传来闹闹嚷嚷的叫卖声，不知那户人家旋开了收音机，里面一个小生嗲嗲地唱道：“你只道我风光无限，你又哪知道我背后苦楚……”

路漫漫下意识去看祁远，祁远也恰好看过来，漆黑的眼里盛满了笑意：“我可没那意思。”

路漫漫也笑了：“我知道。”

一片梧桐叶打着旋儿落下，祁远长指夹住叶子，虚点住路漫漫的胸口：“你要补习的是这里，不是这里。”话毕，梧桐叶黄符一样盖住路漫漫的脑门。

“我……知道。”路漫漫垂下了头，乖巧地捏住落下的黄叶。

祁远满意地笑了，他动作轻柔地抬起路漫漫的左脚，掸掸灰，套上鞋：“没有人是生下来就是百分之百的，都是一分一分加上去的，路漫漫，我说过，我会陪着你，一分一分走上去，我就不会食言。”

少年掌心可谓炙热，那滚烫的温度，一点点从脚心蔓延到路漫漫心底，烧红了她的脸。

路漫漫支支吾吾了半天也没哼出个屁来，等稀里糊涂走出了门，才想起应该说一声“谢谢”，因此懊丧了半天。

直到睡前，祁远脑海里都陆陆续续闪出有关路漫漫的画面，踢着石子回家的，等公交车的，吃饭的，做作业时的，鼓着腮帮子刷牙的……

这份谢意，其实已经传到了，只是当事人不知道。

（5）

从那以后，祁远每天都在开心麻辣烫给路漫漫开小灶。

梁文康算是完完整整见证了路漫漫的蜕变。

蜕变之一，脸皮。

要是说一开始祁远毒舌一句，路漫漫还要含泪半天的话，到现在路漫漫已经能涎皮赖脸地怼回去了。

这不，祁远一抬眼，就见路漫漫对着院里的石榴树发呆，便不遗余力地发起言语攻击：“路漫漫，你脑子是上发条的吗？隔五分钟给你拧一次？”

路漫漫悠悠收回目光，另外，客套似的，伸出两只手摆摆。

“别不好意思啊！又不是夸你！”祁远瞧路漫漫那一副谦虚样儿，气笑了。

“十分钟。”路漫漫伸出两只手，十根手指头分得开开的。

祁远俊眉一挑，默不作声。

“我还要十分钟休息一下，所以最好二十分钟上一次发条。”

他终于理解诸位班主任的心情了。

梁文康终于忍不住爆笑出声，他觉得看祁远给路漫漫补习功课，比花钱去电影院看喜剧可要实在多了。

在祁远的口舌棍棒下，路漫漫才不情不愿地完成了她的另一项转变——定力。

梁文康后知后觉地发现，路漫漫此人和祁远在头脑上同属特权阶级：基本上，书看过一遍就记得，疑难点讲一遍就会，触类旁通，举一反三更是不在话下。

只可惜，路漫漫再厉害也厉害不过五分钟。

一道大题，她已经把关键点给攻克了，五分钟一过，剩下的不过些小计算，她也能算错，就是不知道“14/2是整数”那种水平。

只要过了五分钟，万事万物，除了眼前的题目，都能引起路漫漫的注意。

祁远为此伤透了脑筋。

头两天，他赶走了甜甜，清理掉了桌上的水果吃食；后两天，他没收了路漫漫的橡皮尺子；再往后，祁远竟然要求梁文康给雕花圆桌铺一层厚厚的纯色桌布……

所以，今天，梁文康很怕祁远一开口：“你去把院儿里那棵石榴树给砍了！”

他抢先说：“行了，行了，今天已经破二十分钟了！依她的速度，二十分钟基本上能做完大半题目了，再歇个五分钟，继续做，准能做完！考个130分绝对没问题！他们文科班从来没有上过140分的，够够的了！”

梁文康画完了大饼，祁远不语，路漫漫尬笑。

“不、不是吗？祁远不是把知识点都给你捋了一遍吗？所有题型也都练过了啊！”梁文康一头雾水。

“你知道她好不容易集中二十分钟之后，要休息多少分钟吗？”祁远高高挑起眉，目光闪电似的劈向路漫漫。

“十分钟？”梁文康压低了声问路漫漫。

路漫漫伸出两根手指头。

“二十分钟啊？”梁文康扒拉手开始算，“一共两个小时，休息二十分钟也不算什么，不是还有个把小时吗？”

“她说的是两倍！”祁远咬牙切齿，一抬头，“四十分钟啊四十分钟！总共一百二十分钟，你倒要休息八十分钟，你好意思吗你？”

路漫漫从善如流：“哎呀，真不好意思……”

祁远刚想说什么，一口气给噎着了，眯着的桃花眼倏然睁大，像是惊呆了。

“路！漫！漫！”祁远把保温杯咚一声敲桌上，少年额上气出了两褶抬头纹。

“那什么……祁远，你得小心点，你最近越来越像‘地中海’了……”

“叫什么‘地中海’，人家老师没名没姓啊！”祁远浓眉一皱。

他现在总算知道了，只有站在老师的角度看，才能体会到这群熊孩子有多让人发愁。

（6）

期中考试转眼就到了，祁远磨啊磨，总算把路漫漫的注意力集中极限提到了三十分钟。他这次真是操了姥姥心，语数英甚至连文综的题目、大纲，都被他摸了个遍！

“你给我打起精神，英语和数学，一定要集中在半个小时内答完！语文和文综，字多没办法，中间只准休息半个小时，听清楚了没有！”

考试前一天，祁远对着路漫漫耳提面命，车轱辘话倒了几遍，唾沫星子都要说干了。

而后，换回路漫漫底气不足的一声“哦”。

该嘱咐的都嘱咐过了，祁远一大早到了学校，一颗心还是扑通个不停。

祁远总觉得自己一道文综大题压偏了，正铆准了劲儿想去一班告诉路漫漫。

偏偏正是早读时间。

理科班一群男生平时打球快把天给喊掀了，一到晨读，四十多号人还没一只母蚊子哼得响。

班主任骆一济索性把晨读改成自习，让这群孩子亲自体验一下“好记性不如烂笔头”。

所以，尽管是理科班，一班的孩子从来没在古诗文默写这一项上扣过分，因为，平均每人每学期抄过的课文都有砖头厚了。

祁远把大家抄好的课文给骆一济送去，在办公室里却被仲博仁拉住了，让他给三班捎一下作业本。

祁远总算找到了跟路漫漫说话的由头，喜不自禁，大寒天里端着一摞作业本笑开了花。

三班的座位是轮流滚动的，十二月正好轮到路漫漫坐窗边。

走廊上，祁远隔着老远就见一个白白净净的男生扶着路漫漫的桌边，一边说，一边用笔画着什么，那背影、那姿态，亲密得跟宝黛共读《西厢》似的。

走近了一看，那男生正用一种极端复杂的方法，解他祁远半分钟就能算出来的题。

路漫漫呢，笑嘻嘻地左右指点，哗啦哗啦几下就把祁远教的方法交代出去了。

祁远气不打一处来，把作业本往窗台上一搁，“咚咚咚”地敲窗户。

等庄棣棠开了窗户，一阵阴风卷过路漫漫的脖子，她这才注意到窗户外伫立的“瘟神”。

“仲老师让发一下。”祁远面沉如水，话是跟庄棣棠说的，眼睛却恶狠狠地盯着路漫漫。

那眼神的含义是：路漫漫，你真是好样儿的！我操心操肺地给你练题押题，你倒好，拿着我教你的方法泡小白脸来了！

路漫漫自动翻译成：路漫漫，你要是敢考砸了试试！

于是，心大的路漫漫安慰性地冲祁远笑了笑，可惜嘴角还没翘起一厘米，祁大仙儿早已怒气冲冲，拂袖而去。

“好像生气了？”庄棣棠捧过作业本，杏仁眼里满是关切。

路漫漫早已习以为常，一边抽出自己的作业本，一边回：“就那狗脾气，四月的天都赶不上他的脸。”

话说完了，作业本也翻开了，密密麻麻的字上，熨熨帖帖躺着一枚书签。

仔细看了，却是一道黄符，上面赤色繁体字写着：辟邪护身，一生平安。

是远山寺的平安符。

路漫漫的第一反应是：这符，求得有些偏啊……

早读下课铃响，教室里吵吵嚷嚷，卷子本子一通乱飞。教室外有人在讨论最近上映的电影，嚷嚷着考完试，要给自己的偶像去包场。

路漫漫的心，却一点一点奇异地安静下来。

她想起了少年气急败坏的样子，想起了某人说的“你是橄榄屁股吗，大马猴转世投胎的”，想起了某个黄昏，在水汽氤氲的湖畔，在从从簇簇的向日葵下，少年六月盛阳般的目光……

路漫漫暗下决心，她不会辜负这枚平安符的。

（7）

周日一大早，程思媛拉着路漫漫一起逛商场。

路漫漫本以为程思媛是想考后散散心，没想到她是被赶出来买生日礼物的。

“就我哥那样的，从小使坏，鸡蛋他吃蛋白我吃蛋黄，肉包子他吃馅儿我吃包子皮，还指望我记得他生日！”

程思媛一边吐槽她那不靠谱的亲哥哥，一边细细地搜罗各样商品，时不时拿个物件儿问路漫漫：“这怎么样？”

程思媛的哥哥程予安，简直就是从言情小说里走出来的男主人公。

F大高才生，样貌好，衣品佳，还总爱叉着个大长腿，倚在青蒲高中校门石狮前等妹妹下课——引无数少女竞回眸。

路漫漫见过几次两兄妹打闹，好看的人站一起，做什么都像是谈恋爱。

路漫漫笑而不语，心里吐槽，一大早就被这对兄妹秀了一脸，回头让老路努力，造个弟弟出来。

两个小姑娘一人叼一杯奶茶，信步走进一家男装店。

程思媛嘴上嫌弃得要死，却一条一条领带认真挑起来，这个颜色不对，那个花纹有点多，好看的又太贵。

路漫漫看她忙活，自己就随便逛逛。她刚随手摸上一条暗红色的羊绒围巾，身后的导购小姐就说："这款大气，花纹也时尚，最适合送给男朋友了。"

路漫漫脸一红，烫手似的扔掉围巾："我才没有。"

"没有什么？"程思媛拎着打包好的礼品袋凑上前来。

"小姑娘长这么可爱，还愁没有男朋友！马上就是圣诞节了，不如先备着，到时候有人告白也好当回礼不是？"导购小姐抢答，舌灿生花。

程思媛笑得暧昧："我想想，这个模特跟祁远长得差不多高哎！这围巾要是围在——"

"不许提他！我和他才没可能！"路漫漫赶忙捂住程思媛的嘴，偏偏捂不住自己脑海中的想法。

其实一看到这条围巾，她就自动代入祁远戴上它的样子了。

祁远气质偏冷，挺适合这种暖色调的衣饰，但是她悄悄翻了一下吊牌，又很心虚地缩回手。

完了！要是祁远在脑海中看到这一幕该怎么办？路漫漫看了看手表，九点半，她只能期盼祁远还在赖床。

程大美女无奈地翻了个白眼："我的意思是，人家祁远好歹费心费力给你开小灶开了一个多月了，你昨儿不是说超常发挥吗？你不得谢谢人家？"

祁远帮路漫漫补课这事儿，早就被程思媛这八卦婆给扒出来了，还好她有良心，没四处宣扬，不然路漫漫得被全校女生的唾沫星子淹死。

"你个没良心的白眼狼，啧啧啧，我都替祁大仙儿不值。"程思媛添油加醋地控诉，不料她哥一个电话杀来。

"给了你钱，指定了门店和牌子，也要跑这么久，真是没良心的白眼狼！没事别闲逛，早点回家，带瓶酱油啊！”程予安在电话那头喊道。

路漫漫见识到还有这样送礼的，一边笑弯了腰，一边骂回去：“白眼狼，回家吧！”

和程思媛分手之后，路漫漫又默默转回了商场。

她还是有良心的，不说别的，考前那枚塞进作业本里的平安符，那样珍重的心意，就是买十条围巾，也是还不起的。

可惜，路漫漫掏空了身上所有的小金库，都买不起那条围巾，只能望着它发呆。

商场里圣诞树装扮一新，金光闪闪，根根树梢挂满礼盒，包裹住不知多少少男少女的心事。

（8）

一大早，梁文康正被梁妈妈叨叨着穿入冬第一条秋裤时，祁远破门而入。

梁文康像是抓到了救星，扯开嗓子号：“妈！你看祁远！这么冷的天，他裤子上还有洞！”

梁妈妈回头一看，小伙子身上就三件，一件薄薄的米白针织衫，一条破洞牛仔裤，一件灰格呢大衣——这可是祁远精心搭配了半小时的杰作。

祁远吃早餐时，脑中突然蹦出路漫漫在商场挑围巾的场景，整个人一下就清醒了！一定是期中考试考得不错，想送礼物呢！

她要送围巾……还算有点良心。

祁远特地翻出了祁浮韫从英国寄回来的大衣，色调、质感都考虑进去了，总算搭出满意的一身。

因为自小练棒球的缘故，少年肩宽腿长，简直就是行走的衣架。加上那张精致俊俏的脸，走出去，路人只当是偶像明星。

祁远都能想到路漫漫被他美色迷惑，愣在当场的样子了。

无奈总有个替儿子觉得冷的梁妈妈。

祁远一路跑过来，气喘吁吁，正冒着汗呢，一件黑色羽绒服就凌空盖在他身上。

“造孽啊，大冷天的，鼻子都冻得通红。”

梁妈妈一边把羽绒服拉链拉上，一边顺手摸了下祁远的裤管：“哎哟，外面都结冰了，还穿单件，快！坐床上，我正好买了两条秋裤……”

梁爸爸梁勇曾经是祁家的司机，说起来，还是柳淳介绍过来工作的。当时他们一家人在B城落脚，多亏了柳淳的帮助。

梁文康的小初高，也多亏了祁家，一直和祁远上的本市顶尖的学校。

祁浮韫和柳淳离婚后，一个周游世界，一个常居寺庙，梁勇也不好意思赖在人家里白领工资，便自己创业，从摆摊卖小吃开始，到有了这家麻辣烫店。

说起来，从小到大，祁远在梁文康家耗的时间是自己家的两倍。

祁远的家，就是一个空荡荡的壳子。

梁爸梁妈也不好议论别人家夫妻的事儿，只是觉得孩子太辛苦，便把祁远当自个儿儿子养。

大儿子二儿子一视同仁，于是，五分钟后，在梁妈妈的高压嘴炮下，祁远裹成了和梁文康一样黑乎乎的一团，乍一看，挺像熊大熊二。

梁妈妈检查完秋裤加羽绒服，高高兴兴地发话：“行了，出去玩儿吧！”

“太丢人了。”祁远想。他迈不出那个门儿。

梁文康每年这么一次，都习惯了。他大大咧咧地迈过门槛，对着门槛里的兄弟眉开眼笑：“出来啊！你一早过来，该不会是来我家穿秋裤的吧？”

祁远挪了半个步子，还是没有办法克服脚上那双大棉鞋，他放弃了挣扎：“待会儿路漫漫会来，你就说我不在，如果她有礼物送，你帮我收一下。”

话音刚落，前院店里就传来女孩清脆的问候声：“阿姨，请问祁远在吗？”

“就在后院，你直接进去啊！小姑娘穿得挺暖和！”梁妈妈爽利的笑声飘到后院。

女孩嗒嗒嗒的脚步声越来越近。

祁远着急，使足了力，终于把梁文康锁门外了。

“记住我说的话。”他捏着嗓子对着门缝嘱咐。

“祁远让我跟你说，他不在，有礼物给我就行。”梁文康一见路漫漫就倒豆子。

祁远无语扶额。

“他还生气呢？”路漫漫戴着手套，很艰难地从兜里掏出一盒东西。

“他生你气啦？”梁文康心想，自己怎么没看出来呢？祁远一大早屁颠屁颠跑上门等着收礼物，还穿得跟个花孔雀似的？

“说实话，我都不知道他为什么生气……”路漫漫叹了一口气，“他那狗脾气，不好哄啊……这个给他。”

祁远愤怒地砸了一下伤痕累累的木头门框，表达一下存在感。

“他在门后面啊？”路漫漫后知后觉。

“你也穿秋裤了？”梁文康接过那个橘粉色的小礼盒，晃了两下，琢磨着是什么东西。

门后传来一阵剧烈的咳嗽。

“我怕冷，还特意穿了两层呢！”还好路漫漫迟钝，没听出话中话。

祁远默默松了一口气。

“开门！人走了！”梁文康捶门。

祁远用后背抵着门，心想，骗鬼呢！

“咦，送的什么呢？祁远你再不出来，我帮你拆礼物了啊！”

拆就拆，也让你羡慕羡慕。祁远得意地想。

“咦？金嗓子喉宝？祁远，你喉咙疼吗？”

门突然被拉开，梁文康差点摔个趔趄。

然后，整个周末，祁远都在思考，为什么围巾变成了金嗓子？

大概是某次，祁远暴怒毒舌之际，破了音？

当然，答案只有路漫漫一人知道。

（9）

果然，路漫漫考了年级第一。

百名榜滚动屏上，“路漫漫 138 150 142 292”的红字让祁远心潮澎湃。这简直比他第一次投出三振还要高兴！

“哟！祁远，你这万年第一终于退位让贤了啊！”梁文康瞅一眼滚动屏，乐呵呵地问，“你让了人家小姑娘多少分啊？”

“我没让。”祁远一扭肩，甩掉了梁文康的胳膊，“我只是用了她的做题方式，写半个小时，歇一个小时，是她自己有实力——”

“你就扯吧！连一串红都提前买好了！”梁文康从祁远包里拎出一串糖葫芦。

青蒲高中有个风俗：送考第一的人糖葫芦，那么这个人就能一直考第一。

其实也就是小卖部换着法挣钱的套路，架不住小年轻就喜欢这些。

每次大考，祁远都能收一筐的糖葫芦，这次还是他第一次买来送人，总觉得有点奇怪。现下被梁文康点破，他反而更加心虚，一把抢过，拔腿就跑。

梁文康奋力追了一段，距离却越拉越远。

“祁远，你又没穿秋裤！”

“请问，路漫漫在吗？”祁远敲开窗户，对着路漫漫的空座位，问庄棣棠。

“刚刚老师喊她去办公室了。”庄棣棠瞥见少年手中鲜红的一串糖葫芦，假装不经意地问，“需要找转交吗？这个？”

祁远一愣，顺着庄棣棠的目光，才发觉自己把一串红捏在手上跑了一路。

在庄棣棠眼里，祁远总是漂亮而冷漠。这是第一次，她看见少年脸色微红、慌张失措的样子，像是自己的心事被人猜着了一般。

“或者你再等等，她应该马上就回来了。”庄棣棠垂眸，掩住眼中的情绪。

“那……麻烦了。”祁远挺不好意思地挠挠后脑勺。

然后，庄棣棠看见男孩子在她面前递出一支长长的，草莓串的冰糖葫芦，那0.01秒的瞬间，是她人生中最幸福的时光。

（10）

青蒲高中办公室，一排清一色小红楼，圆形拱廊依次排开，每道拱廊门口摆一盆郁郁葱葱的盆栽。

路漫漫正漫不经心地数着盆栽上的花骨朵，发呆。

这个上午过得有点玄幻。

总结概括下，大致为：路漫漫考了个年级第一，相当于半路杀出一匹黑马，老师们很惊喜。然而，一大早校办就收到匿名举报信，说路漫漫作弊，惊喜一下子转变成震怒。

路漫漫当然不承认啊！

举报虽说不是空穴来风，却也没有真凭实据。

老师们心里多多少少是不信路漫漫的，可是也不能平白无故冤枉了学生。这么商讨了半天，决定让路漫漫在办公室重做另一份试卷。

出卷子也要工夫啊，大家琢磨了半天，由教导主任决定，让路漫漫做一下理科实验班用的奥赛选拔卷。

当然，对路漫漫宣称为，期中考试的备用卷。

路漫漫就这么稀里糊涂地做起了奥赛卷子。

半个小时做完了一半，路漫漫一边做，一边想，难怪不用这备用卷，真难，一道题绕好几个弯儿。

一节课的时间过去了，路漫漫实在撑不住了，索性放任自己发会儿呆。

其实她被叫到办公室之前，都不知道自己考了年级第一。到底是谁闲着没事儿干，一大早写举报信？

路漫漫把手揣进兜里取暖，有东西扎手，顺手扯出来，原来是祁远送的平安符。

黄色的符被折成两半，路漫漫赶紧摊开，只见一道鲜明的折痕横亘在“平”与“安”之间。

路漫漫暗念一声“阿弥陀佛”，恨不能手里有个熨斗，把平安符熨平安。

“我就说嘛，肯定在查手机！”一道凌厉的女声响起，路漫漫的胳膊就被人按住了。

接着，一股浓郁的香水味扑头盖脑地蒙住路漫漫。

“这是什么？”路漫漫眼前黄光一闪，平安符就到了那个女老师手里。

“成绩不好的，总喜欢搞这些邪魔外道。”女老师冷哼一声。

路漫漫没来由地一阵心烦，她并不认识这位女老师，可这老师身上的香水气、按在自己肩膀上红艳艳的指甲，还有那阴阳怪气的腔调，都让她没来由地反感。

“不是手机，就还给孩子，说不准是人家爸妈好不容易求来的。”骆一济从旁劝道。

“先没收，做完了给你。”女老师红红的指甲在卷子上一点，路漫漫有种想撕了卷子的冲动。

这时候，路漫漫的数学老师老吴却突然发话了：“路漫漫好好做，你的进步，我还是看得到的。”说罢，还若有似无地瞪了年轻女老师一眼。

为了那平安符，路漫漫不得不定下心来，重新投入卷面。

然后，不负众望地卡在了最后一题。

还剩下半小时，路漫漫开始日常性发呆。

等数到盆栽上的第五朵花骨朵时，路漫漫惊觉盆栽上长了一颗祁远的脑袋！还是一颗怒气冲冲的脑袋！

路漫漫手中的笔掉在卷面上，当一声，清脆紧绷。

女老师抬头瞪了路漫漫一眼，路漫漫赶紧埋头，假装做题，再抬头时，盆栽还是盆栽。

“这是出现幻觉了吗？”路漫漫揉了揉眼睛。

一大早闹了这么一出，路漫漫深觉疲惫，打算放弃最后一道大题，交卷了事，却听到了细微的指甲划玻璃的声音。

她顺着声音侧头一看，只见身边一块玻璃上都是雾气，雾气里一笔一画，印出三个字“求极限”。

随后，字被擦去，雾气里影影绰绰映出祁远的脸。

玻璃还是花的，隔着一张桌子的距离，路漫漫只看得清一双黑漆漆的眼。

或许是她的错觉，路漫漫总觉得那双眼睛在说：放心，有我在。

路漫漫再看一眼题，心奇迹般地安定下来，一步一步算下去，又卡在了一处。

窗玻璃传来熟悉的吱吱声，路漫漫侧头，雾气里写着“无穷大化无穷小”。

她埋头又是一番奋笔疾书。

等全部做完时，路漫漫再抬头，只见窗玻璃上明晃晃印着“250”三个数。

你才二百五，你全家都二百五……

（11）

第一节课刚下，祁远脑中就晃过一幕场景：路漫漫正在校办公室里，桌上摊着奥数卷，奥数卷上摊着平安符，她对着平安符发呆。

去办公楼的路上，祁远又无意间看了眼荧屏上的百名榜。

鲜红的榜单上，路漫漫的名字消失了，他的名字排在了第一位。

祁远隐约意识到发生了什么，跑到办公室，一眼就撞见路漫漫神游太空那样儿，他简直气不打一处来。

路漫漫，你牛！祁远躲在盆栽后面狠狠瞪了她一眼后，又绕到办公室后的小花园里去。他好不容易，才把这位心大的作弊嫌疑人给稳住了，好好答题。

眼见着一切顺利，路漫漫的班主任仲博仁带着两个民警，推开了办公室的门。

花园风大，草木哗哗作响，祁远什么都听不清，只看见路漫漫背影一僵，随后冲出了办公室。

祁远赶紧跟了上去，两个人，一跑一追，龙卷风一样蹿出办公区。

眼看到了人文湖畔，跨过文津桥，就出校门了。

出了校门，事情就闹大了。就算最后查出路漫漫没作弊，无视师长，上课逃学也能记个过。

祁远提足了气正要追上去，不料横向里冲出一人，祁远急忙刹住脚，重心不稳，还是摔倒在桥头。

几个排球乒乒乓乓落地滚散。

那人也不急着捡球，反而先扶祁远："不、不好意思啊！"

祁远一抬头，原来是庄棣棠。

他跟庄棣棠不熟，但同是班长，老师让捎个作业带个话什么的，也算记住了脸，更何况她是路漫漫同桌，他暂定义为"半个熟人"，因此也没啥好客套的。

祁远借着起身的势，一下蹿出两级台阶，正准备追上路漫漫，却看见桥那头，路漫漫抱着一个中年妇女在哭。

文津桥桥身高，桥头低，祁远小心翼翼地缩回两级台阶，躬身坐下，专心致志地听墙脚。

（12）

桥的另一边，路漫漫熊抱住周雅，闻到妈妈身上熟悉的护肤品味道，眼泪一下子掉了下来。

这一上午，为了个莫须有的罪名，路漫漫折腾来折腾去，结果，学校连警察和家长都请来了。明明就不是她干的事，凭什么要她费姥姥劲儿去证明？

路漫漫真的越想越委屈，怒气冲冲地号啕："他们说我作弊，我没有！他们又让我做卷子，我也做了，都做完了，他们又说要去派出所录指纹，还说叫你来！可我根本没作弊啊！”

哎哟，瞧这鼻涕泡，快哭成狗了。周雅一边在心里嫌弃自己的女儿，一边摸着女儿的狗头说：“妈妈相信你，但是，漫漫啊，你这成绩也需要作弊？”

周雅电话接得急，也不清楚事情原委，匆匆赶到学校。这边囫囵听女儿哭诉了个大概，还是觉得无法理解。

一阵可怕的沉寂。

祁远本来是提着心听墙脚来着，周雅一句话，差点没让他乐出声儿来。

“我考的第一！”

路漫漫放爆竹一样吼出这句话，桥头柳树上飞出一片麻雀，连百米开外的门卫都往桥头看。

“班级第一？”周雅乐了，大手掌摸摸自己女儿小脸，“真了不起！”言语间很是满足。

路漫漫憋足了气吼道：“年级第一！”一个鼻涕泡应声而破。

“哎哟！你真没作弊？”周雅叫出声。

祁远背抵石阶，咬紧双唇，笑得泪花儿都飙出来了。

“没有！没有！没有！妈你怎么这样儿啊！”路漫漫的声音又急又颤，中间夹杂着跺脚声。

周雅拉住自家女儿笑道：“妈妈还不了解你啊！给你一百个豹子胆，你也不敢作弊。别着急，妈妈先去看看，你要一起吗？”

“我不去！”路漫漫赌气背过身，“还有派出所，绝对不去！”

如果可以的话，祁远真想跳出桥头，揪着路漫漫耳朵，一路到办公室。

“真是的，这时候逞什么能啊！反正又不是你干的，去录个指纹怎么了？”祁远忍不住嘀咕。

“祁远你应该没尝过被冤枉的滋味吧？”耳边传来轻柔的女声，祁远捂住胸口侧头一看，庄棣棠竟然也没走。

虽然觉得奇怪，祁远还是很快回神，他比了个噤声的姿势，一心想着，周阿姨得加把劲儿，哄住路漫漫才是。

然后，周雅就开口了。

“不去啊……那正好，妈妈这边有张演出票，好像是女娲补天什么的音乐剧，你要不要去看看？”

祁远无语扶额，真是有什么样儿的女儿就有什么样儿的娘。

还好女儿脾气大：“我不去！不去！哪儿也不去！”

“作”得好！祁远在心中暗赞，期盼路漫漫能更作些，这样阿姨一生气，就把这小崽子拎回办公室了。

谁知，周雅笑盈盈地开口：“妈妈这里还有一张乐陶居的早茶票哦！我看看时间，哟，十点了，再过两小时就要打烊了哎——”

“我去我去去去！”

摆平了小丫头，周雅哼着小曲儿，踩着高跟鞋，“噔噔噔”走下桥头。

那从容的背影，让祁远终于体会到了什么叫“姜还是老的辣”。

这对母女，简直让人哭笑不得。

（13）

祁远本应该回教室的，可从文津桥这边回教室又得花个十五分钟。

祁远瞬间觉得腿酸脖子痛，需要饱餐一顿才能复原。

于是，他原地打了个转，准备追上某人，蹭一顿早茶。

谁知事与愿违。

庄棣棠竟然还没走，她赶上一层台阶，拦在祁远面前：“我有话跟你说。”

冬日的阳光微弱，打在女孩脸上，有一种别样的凄楚。

祁远从没有在路漫漫脸上见过这样的神情，路漫漫的脸不藏事儿，爱憎得分明，变脸如唱戏，却实在讨人喜欢。

要说祁远看不出来庄棣棠喜欢他，那他就是在装傻。可有些事，除了装傻，还能怎样？

祁远退后一阶，客气一笑："回头见。"侧身绕过女孩。

"那天你和路漫漫在楼梯上救的是我的妈妈！"庄棣棠突然大声道，"那时我就在楼梯拐角处。"

她看见祁远转身，眼中是不可置信，那双飘忽不定的桃花眼中终于有了她的倒影。

"不是我推的，是她自己踩空。"庄棣棠下意识地否认。

祁远想起那日，因为找不到孕妇家属，他一直被困在派出所，直至错过了生日宴。

他不置可否地挑起眉："你要送我们锦旗？"

"啊？"庄棣棠从没见识过祁远的毒舌，一下子没反应过来。

西风乍起，桥边的柳树被吹弯了半个腰，干枯的柳叶哗哗作响，女孩的眼红了半圈："你知道我最羡慕路漫漫什么吗？"

不等祁远反应，庄棣棠就背过身坐下。

"那天运动会，我以为妈妈是特意来看我比赛的，结果她让我跟弟弟道歉——那个男人的孩子，他摔了他们俩的婚纱照，结果推到我身上，分明不是我干的，我都已经跟她说过了不是我干的，她还追到学校来，让我去道歉！

"她说，你就当是你干的不行吗？可是那件事分明就是别人的错啊！她说，难不成让我去说别人家孩子不好吗？我冷笑，那怎么成别人家的孩子了？你不是和那男的结婚了吗？他不是我弟弟吗？她说，姐姐本来就应该让着弟弟啊！

"绕来绕去，总归是我的错！本来，哪儿来那么多本来！为什么她脑子里有这样根深蒂固的想法？为什么一旦有了争执和矛盾就要往后缩？为什么她不能明白人善被人欺这个道理？为什么？为什么别人的妈妈是那样儿的，我的妈妈却这样……"

庄棣棠说着说着，再也承受不住，抱住膝盖哭出声来。

四下寂静一片。

空气里充盈着植物腐烂的气息，女孩只觉得冷，冷到自己的心都快停止跳动了。

很久很久，庄棣棠以为祁远早就走了，谁知一抬头，那个高高大大的男孩竟然蹲在自己面前，她局促地捂住一把鼻涕一把泪的脸。

“不是所有人都能当好父母的。”祁远默默摸兜，发现自己一如既往地没带纸巾，便随手摸出一张纸钞，递给哭着的女孩，“自己买包纸巾吧。父母不合格的话，只能自己多照顾自己了。”

祁远去学校附近的乐陶居逛了一圈，都没找到人，自己随便点了些东西当午饭。

结果，把蛋挞戳成了煤蜂窝，吃掉了小猪佩奇面点的鼻子，兴致缺缺地回了学校。

反正明天会见到。祁远这么告诉自己。

可惜，之后一周，祁远都没见到路漫漫。

还有——

那张纸钞，庄棣棠没有用来买纸巾，她给自己买了一串草莓串的冰糖葫芦，一口咬下去，甜、酸、冷。女孩的眼泪落在嘴角，是咸。

BAIFENBAI
XIHUAN
NI

Chapter 05 我佛慈悲

“夏寒同学，我喜欢你！就像维尼熊喜欢蜂蜜，叮当猫喜欢铜锣烧，大力水手喜欢菠菜一样！”

（1）

鸟鸣如潮。

路漫漫梦到自己抓到一只大翠鸟，然后，拔毛，剥皮，串竹签，撒盐、孜然、胡椒，刷油，前后左右烤一烤，正是香得骨头痒时，一声钟响，烤好的鸟飞了。

“当——当——”

钟声浑厚，在晨光中铺开，晨光漫过天青帷帐。

路漫漫在帷帐中惊醒，她麻溜地爬下床，给自己倒了一杯苦艾茶，趴在窗口看风景。

窗外，古树繁茂，碧泉清响，空气中满是泥土和松香的气息。

一轮朝阳透过绿意深深的树丛，徐徐东升。

这已经是路漫漫待在远山寺的第九天了，也是路漫漫第九天没有吃到肉了。

这段时间，路漫漫每天起得比太阳还早，趴在窗口看会儿日出，然后翻出英语作文开始背。

背完一轮，去用早斋。

一般是一碗红豆粥加一碟冷拼，红豆松软粥黏糯，冷拼的菜都是山里当季野味，蕨菜、荠菜、笋尖、香菇这些，用水焯熟，待自然冷却，加香油、芝麻、花生碎拌一拌，简直香得魂都要掉了。

路漫漫第一天就着冷拼，喝了五碗红豆粥，从此派饭师父看她的眼神都不一样了。

早饭后，在山路上遛个弯儿，招鱼逗鸟一番后，回厢房温习功课。

厢房向阳，光线充足，等路漫漫学饿了时，刚好去吃午斋。

菠菜拌饭清香爽口，菌菇细面绵软香甜，搭上小番茄、冻豆腐、板栗、木耳这些水灵灵的时蔬，路漫漫每顿吃完都恨不能喊一声“再来一碗”！

然后睡个午觉，继续学习，学累了去客用厨房蹭点小吃，冰糖豆花、翡翠烧卖、枣泥拉糕，但凡是吃的，只要五块钱，管饱吃个够！

远山寺是没有晚斋的，所以路漫漫每天下午要跑N趟小厨房。

有一次，刚好撞见“人事处”的师父。

路漫漫佛心一动，虚心求教：“师父，远山寺招人吗？”

师父上下打量了小姑娘一眼，小姑娘腮帮子高高鼓起，手里捏着一块鲜嫩的菱角。然后，他含笑摇了摇头。

路漫漫也看看自己，恍然大悟：“我是个女的，不合适。”

师父摇头曰：“施主，我们只招大学佛学专业的，最好是一本。”

路漫漫：“……”

“211、985择优录取。”

路漫漫惭愧地低下了头。

末了，他还补充一句：“好吃懒做的不要。”

师父“慧眼识猪”，路漫漫算是彻底被留在红尘之中了。

（2）

其实路漫漫只是换了个环境学习而已。古刹清静，更容易让人沉下心学习。

这还是周雅的主意，说是几年前她同事的孩子不思进取劣迹斑斑，结果往庙里一送，高考竟然考中了复旦！

周雅早就想效仿了，无奈高三的孩子不好请假。

所以，当路漫漫鲜虾肠粉吃到一半时，就被周雅押去派出所录指纹。

结果，孩子当然是清白的。

接着，周雅便以“孩子受委屈了，不想上学”为由，一边跟学校那边痛心疾首地表态，一定会好好劝孩子，早点回来上学，一边眼也不眨地给路漫漫报了一个“十五日远山寺静修”，估计砸了不少香油钱。

路漫漫想想就心疼，更心疼的是，手机、零食、美男图都没收了。与路漫漫相伴十五日的，只有一部老人机和一箱子书。

谁知古刹真能安人心。

整天在这“山光悦鸟性，潭影空人心”的环境里，路漫漫现在能连续学两个小时，都不眨一下眼。

不过，也有例外。

“一年三百六十日，风刀霜剑严相逼。

“明媚鲜妍能几时？一朝漂泊难寻觅。

“花开易见落难寻，阶前闷杀葬花人……”

路漫漫以极其平板的调子背着《葬花词》，一边背，一边腹诽仲博仁：死老头子，偏偏喜欢《红楼梦》的调调，害得整个年级的学生都要背里面的诗词，什么风啊雨啊花啊泪啊——累死老娘！

“未若锦囊收艳骨，一抔净土掩风流——”

“那个字念póu，不是杯。”路漫漫的和尚念经被一道温柔的女音打断。

此时已近黄昏，路漫漫坐在澄心湖畔的一块山石上，四处望去，山石嶙峋，只见松枝迎风细颤，落入湖中，湖心映着一枚红澄澄的夕阳。

就是没人。

路漫漫背后沁出冷汗，该不会是她背得太差，林黛玉的鬼魂来寻她了吧？

她顺手抓了一把石子，壮胆打了几个水漂，石子在湖面凌空翻腾，打碎了夕阳。

湖面一阵一阵扑通水响。

水响之后，是细细的女子笑声。

路漫漫要崩溃了，书也不要了，打算冲出松林，没想到迎面撞上一个漂亮姐姐。

姐姐葱管儿一样的纤指捏住路漫漫的肩，柔声细语道："你那个字念错了，未若锦囊收艳骨，一抔净土掩风流。"

路漫漫哭出声："黛玉姐姐，我错了！我下次一定好好念……您先放我走，我回头请大师给您加持……"

"傻孩子，我自己就是个出家人。"

路漫漫脑中灵光一现："妙玉姐姐？"

（3）

路漫漫早就想找寺院大师，倾诉一下自己青春的烦恼了，当下抓住漂亮姐姐的手，大吐特吐起来。

从佛前许愿，到愿望实现，到烦恼倍增，再到用功补习，考年级第一，被怀疑作弊，到派出所录指纹，最后，流落此地。

当然，她很刻意地漏掉了祁远那部分。至于原因，恐怕她自己也不清楚。

"妙玉姐姐"手握佛珠，沉思良久，开口道："我有个和你差不多大的儿子，他——"

话还没说完，路漫漫惊得从石墩上滑下去。

"您、您不是出家人吗？"而且，看上去可一点都不像个十八岁孩子的妈啊！

"孩子是出家前生的。""妙玉姐姐"柳眉间闪过一丝落寞。

红尘世俗，纠葛繁多，路漫漫脑中瞬间飘过N种"清纯少女误入歧途，生下孩子遁入佛门"的新闻报道，识趣地闭上了嘴。

“他从小学到初中、高中，从来只考第一。”“妙玉姐姐”继续未完成的话题。

路漫漫额前飘过三杠线，心想，出家人不是不问俗事吗？

“你明白了吗？”“妙玉姐姐”很佛系地笑。

路漫漫睁大了无辜又无知的眼，心里吐槽，明白您儿子年年考第一。

“妙玉姐姐”像是读懂了路漫漫的心思，嫣然一笑：“下次还考第一。”

“啊？”路漫漫被那妍丽的笑容晃花了眼。

“下下次继续考第一，这才是解决问题最好的办法。”“妙玉姐姐”从随身挎着的竹篮子里取出一条红围巾，绕在路漫漫脖子上，“小丫头，想清楚了就赶紧回学校吧，佛门太静、太冷。”

路漫漫脖子一暖，摸着红围巾愣神的工夫，“妙玉姐姐”已经不见了。

“围巾！”路漫漫失声叫道。

“不用还啦！本来打算送儿子当生日礼物，没想到织坏了！给小姑娘你保保暖吧！”

细细的女声从松林背后传来，听不清是轻快还是落寞。

湖面金光一闪，刺痛了路漫漫的眼，抬头望去，金乌西坠，玉兔东升。

（4）

“最好的办法就是一直考第一。”路漫漫把这句话在心中念了一百遍，然后，在老人机端庄的人工报数女音中，打通了程思媛的电话。

“路漫漫啊！你个死鬼，终于记得给我打电话啦！这么些天，你说你死去哪儿啦！”

这是一句充满白眼气息的话。

路漫漫无奈地纠正：“媛媛啊，‘死鬼’不是这么用的。”

“我不管！我不管！你知道吗？祁远当着全校师生的面向你表白了呢！”

路漫漫揉揉眉心：“说人话！”她人在寺庙呢，祁远跑哪儿去跟她表白！

“你听我说！在你离奇失踪的第三天，祁远就跑到办公室全都坦白了。”

程思媛大美女说话时尤擅用夸张修辞，路漫漫得自己翻译一下：“他是不是找老师说，是他帮我温习的功课、画的重点？”

“全校那么多人，他不教别人单单教你？孔子曰，一日不见，如三秋兮！你一失踪了他急得跟什么似的，三天两头往我们班跑，最后闹到了办公室！路漫漫你用你那猪脑袋想想，他不是喜欢你是什么？同学情？战友情？师生情？”

程思媛字正腔圆，引经据典，气势如虹。

“孔老爷子可没说过这话，‘一日不见如隔三秋’是《诗经》里的！”

路漫漫先纠正了程大美女的文学常识，然后一击致命：“这么说，老师不会觉得奇怪吗？老师就不担心我们早恋？”

即便是用来辩驳，“我们”和“早恋”这两个词连起来说时，路漫漫的心跳骤然快了一拍。她立马告诫自己勿动妄想。

电话那头的人沉默了半晌。“祁远说，是一班的哼哈二将威胁你，如果你考不到年级第一，就会找你麻烦！作为同班同学，他是为了挽回一班的颜面，才出手相救的——反正我不信，你信吗？”

路漫漫一愣：“老师们相信了？”

电话那头传来程思媛怪怪的声音：“信得不能再信！漫漫啊，我觉得要是哪一天祁远说学校来了外星人，老师们也会信。”

路漫漫扑哧笑出声：“他说的是真的。我之前和那对红绿灯——哼哈二将结了一点梁子。”

“反正我觉得他喜欢你。”程思媛最终坚持己见。

一个百分之百完美男孩会喜欢一个零存在感女孩？

路漫漫从来不敢奢望。很久很久之前，她就掐灭了心中不切实际的奢望。

见矫正无望，路漫漫一本正经地转移了话题：“对了，当时老师一定要我录指纹做对比，说是调了监控，发现有人半夜潜入办公室。参考答案也的确少了一份。思媛，如果这是真的，那偷答案的人到底是谁？学校后来有查吗？”

“你还去派出所了？天哪！”程思媛在电话那头大呼小叫，“派出所是不是都是一米八的小哥哥！是不是都是八块腹肌……”

路漫漫：“……”

学校那边为什么没有动静呢？举报她的又是谁？难道事情就这么被压下去了吗？

“对了，漫漫啊，昨天祁远还向我打听你来着，我要不要把你电话号码告诉他呀！”程思媛的口气忽然暧昧。

祁远？祁远！路漫漫脚下一顿，猛然想起自己的百分之百超能力，再看看眼前青烟缭绕的香炉，庙舍背后连绵起伏的群山。

祁远想必早就知道她在哪里了吧？

“算了，随你吧！”路漫漫彻底投降。

（5）

路漫漫决定立马就走，就当她自恋吧，她可不想大半夜地被祁远找上门。对旁人，她大可以问心无愧；对祁远，她可心虚得很。

祁远辛辛苦苦把她拉到第一，她却连辩解都不辩解一下，就躲到寺庙里，实在不够义气。

这也是这些天她从来不敢往祁远身上想的原因。

她刚刚艰难地把行李箱拎出二十厘米高的门槛，一个小和尚马上跑过来帮忙。

“小施主，您真的还是明天再走吧！明天一早就有缆车，好把您这箱子送下去。现在都晚上八点了，山路难走，又不是欠债的追上门儿，您这是何苦呢？”

小和尚七八岁的样子，比路漫漫矮一个头，皱巴着脸说话，小大人似的。

“姐姐我还真是欠债了。”路漫漫摸摸小和尚光溜溜的脑袋，从口袋里掏出一块大白兔奶糖，塞小和尚手里。

路漫漫拉着行李箱正要开溜，衣角又给人拽住了。

“这个，是厨房师父让我捎给您路上吃的。”小和尚捧出一个大大的保鲜盒，里面分格装着素烧鹅、翡翠团、马蹄糕、水菱角各样素食，“师父说，小施主将来一定会金榜题名的！”

小和尚眼睛亮亮的，小灯笼一样，照亮了路漫漫的心。

路漫漫鼻头一酸，接过食盒，蹲下身，抱了抱小和尚：“姐姐考完试，一定来还愿。”

等路漫漫一放开手，小和尚就脸蛋红红地跑远了。

（6）

大雄宝殿灯火通明，供香缭绕，路漫漫虔诚跪拜，感谢佛院这些天的照顾。

“重吗？”一道熟悉的声音飘荡在满是香火的空气中。

路漫漫一扭头，那个倚在门框，面露嘲讽的少年，不是祁远还有谁？

路漫漫心一虚，腿一软，直接坐行李箱上了。她稍稍调整了一下姿势，脚后跟踢一下行李箱：“你说这个啊？的确挺重的。”

少年的侧脸紧绷着，刀削过一般：“我问的是，龟壳重吗？”他火急火燎地赶到山上，她却忙不迭要跑路。

“什么龟壳？”路漫漫装傻。

祁远远远瞪了路漫漫一眼，大步跨到路漫漫跟前，一把攥紧路漫漫的右臂，直接把人拉到佛前：“你敢对着佛祖发誓，说你不是缩头乌龟吗？”

可怜的行李箱咯吱咯吱滑到一米开外，撞到了堂上一个小钟座，一时间，叮叮当当，钟鸣不绝。

四下通明的烛光中，少男少女执手立在佛前，一个咬牙切齿，一个满脸惊愕。

路漫漫心想，算了，狗脾气又上来了，我大人大量，哄哄你吧！她开口道：“乌龟很好哇，自备房车，延年益寿对吧……哈哈……”

祁远气得一时噎住，烛火照亮的脸上写满了“这世上怎么有如此不要脸之人”。

路漫漫嘿嘿笑，心想，对吧，乌龟还皮厚，祁大脾气，您就尽管骂吧！

果然，钟声颤颤悠悠，渐消渐歇，祁远同学开始了第二轮言语碾压：“路漫漫你到底是什么意思？想要拥有百分之百存在感的是你，现在好了，你考第一了，存在感也有了，你却一头躲进这个小破庙是什么意思！”

路漫漫不作声，表示自己没什么意思。

“有人举报你，老师不信你，我知道你委屈，可你要是跟他们说，是祁远帮你补习的功课，我还能否认不成！”

路漫漫悄悄翻了个白眼，心想，然后成为全校女生的公敌吗？我又不是你女朋友干吗担这份罪！

“什么事都要拖着，拖到不能再拖了就缩起来，又拖又缩，然后感叹我等凡人，天资不足，注定成为不了百分之百的人——你好意思吗？”

路漫漫低眉垂眼，绞着手指，实力诠释“真不好意思”。

祁远实在太生气了，自己气得五脏六腑火烧火燎的，眼前的女孩却仍然嬉皮笑脸，跟他做戏。

要说的话太多了，从初秋那天在远山寺初遇，到后来一系列啼笑皆非的事情，祁远都已经敞开心扉了，真正把这个女孩子当朋友了——

她考试，他替她画重点；她被冤枉，他第一时间赶到办公室；她无故失踪，他担心她想不开，问遍了所有能问的人；终于，她想起了他，他第一时间冲到远山寺，却撞见拎着行李箱开溜的她。

祁远觉得自己真是可笑到可怜，攥住路漫漫的手松开了，自言自语道：“为什么想成为百分之百的是你，天天在背后操心的是我……”

少年眼眶微微发红，一向挺直的腰背竟有些发颓。

路漫漫不忍心地开口：“祁远，我——”

话还没说完，祁远就扭头对佛像道：“你走吧！”背影坚决而固执。

路漫漫愣了一下，转身便走。

烛火藏影，少女纤细的身影逐渐消失在少年眼尾的余光中。

祁远鼻腔陡然一酸，心想，没了你路漫漫，我祁远会过得更好。我每天能多睡点觉，少生点气，能——

咔一声脆响，少年睁开微微湿润的眼，少女正站在他跟前，双手捧着咬开的半截菱角，笑盈盈地看向他。

“不要生气了嘛！”路漫漫踮起脚，凑到祁远眼下，“尝一尝，又甜又糯！”

祁远偏过头，不动声色地吸了吸鼻子，瓮声瓮气地说：“我对菱角过敏。”

“不好意思啊，我不知道……”路漫漫讪讪地缩回手，又觉得剥完不吃有点可惜，便趁着祁远还没回头，悄摸摸塞进嘴里。

“所以说你危险啊！一盒子点心，偏偏选了我过敏的菱角。”

祁远现在很后悔蹚了路漫漫这潭浑水，一回头，奶凶奶凶地冲路漫漫瞪了一眼。

路漫漫从未见过祁远如此娇嗔的表情，一惊，嘴里成块的菱角还没来得及嚼，就滑到喉咙口，上不得，下不得，噎得她喘不过气，直翻白眼。

祁远眼见不对，立马从后面抱过路漫漫，卡住她的腹部，使劲向上拎，一通手忙脚乱，那截白嫩嫩的菱角终于回归大地。

（7）

两人都是一头冷汗，背靠背，精疲力竭地瘫坐在蒲团上。

“我们不要吵了好不好？”祁远用背靠了一下路漫漫。

路漫漫心想“根本没有吵好不好，是我单方面挨骂”，嘴上却答应得很快：“好，No problem（没问题）！”

又来了！这漫不经心，哄孩子的口气！祁远忍不住皱眉，总是这样，每当他越认真，她越吊儿郎当。

但好不容易迎来和平，祁远强自压下心中战斗的火苗，继续说：“吴老师让我带话，这次奥数的全国选拔赛也报了你的名额，我们一起准备吧！”

“什么！”路漫漫大惊转身，祁远背后一空，重心失衡，然后，后脑勺重重砸到蒲团上。

掷地有声。

“哎呀呀！你没事吧！”路漫漫反应过来，一把抱住祁远的头，“对不起啊，我就是太震惊了，奥数是你们这种人玩的，不是我——”

“我们这种人是哪种人？你又是哪种人？”祁远一秒变脸，不客气地推开路漫漫的手，然后，后脑勺再次着地。

咚一声，路漫漫都替祁远觉得疼。

祁远强忍着泪花坐起身，面露嘲讽地质问：“路漫漫，你就是打心底看不起我们这样的人是吧，觉得我们装，觉得活那么努力干吗是吧！其实你就是胆小鬼！你什么都不努力，然后告诉自己，你自己一点也不想要这些东西！”

路漫漫原以为“是吧”后面是个问号，没想到祁远自顾自讲下去，连一个说不的机会也不给她，压了很久的火瞬间也上来了，冷笑反问：“你这是说我吃不着葡萄说葡萄酸？”

祁远嗤笑一声，目光灼灼地盯住某人：“哼……你连说酸的人都不如，你心里想的就是‘吃葡萄还要剥皮这样麻烦的事儿，老子不干也罢’——不是吗？”

路漫漫傻眼，心想，我去，真相了！

祁远蹬鼻子上脸，指着路漫漫的鼻尖开骂：“我告诉你，你就是个无药可救的废柴！我告诉你，你都不如甜甜！”

路漫漫脑中浮过甜甜摇尾巴的撒欢样儿。

“不许你用你那超能力惦念我家狗！”祁远大吼一声，“要不然那傻狗就要屁颠屁颠跑到远山寺来！”

路漫漫面无表情，哦，原来她还不如一条傻狗。

“我不参加。”路漫漫不再绕弯子，有骨气地宣布。

“你必须参加。”祁远口气强硬，一把拉过路漫漫的行李箱往大殿门口走。

“我都说了我不去！”路漫漫冲上去拉住行李箱的拉杆，眼圈红红的。

“你要去！”祁远扯回来，双眼更红。

“祁远，我再怎么努力也成为不了你那样的人！”路漫漫吼出去。

“所以你就甘心当缩头乌龟！”祁远吼回来。

“乌龟有什么不好的！”路漫漫气坏了，“我宁愿当缩头乌龟也不愿意当花孔雀！”

祁远气笑了：“你终于说实话了，原来我在你心里只是只花孔雀！”

花孔雀和缩头乌龟就站在大殿中央拉着行李箱，无声地较着劲。

可怜那行李箱本就超载，架不住两人的拼命拉扯，刺啦一声，拉链崩坏，一摞摞书、一沓沓卷子、一打打稿纸争先恐后地滑出行李箱，铺满了大堂。

落在祁远脚尖的刚好是他送的《五年高考三年模拟》。

祁远心中突然涌起一股温情，再看路漫漫，小姑娘满脸委屈，要哭不哭，前一分钟还觉得面目可憎的人，现在看起来可怜万分。

他叹了口气，折下腰，一本一本捡起书来：

《火星英语最新高考必备》《高考历史历年真题汇编》《文学讲稿》《春雪》《故事新编》《挪威的森林》——祁远的手一顿。

《穿越千年来爱你》《渣皇，你死定了！》《桃花债》《又一春》——祁远眉头一皱。

莲花座下还有一本，祁远捡起一看，墨色封面上，简笔勾勒出一个曼妙少女，一个儒雅高僧，两人相背而站立，抬头望月，月亮下明晃晃七个字：不负如来不负卿。

“路漫漫！”

（8）

路漫漫这个人，真的是能在一分钟内，让别人三番五次颠覆对她的认知。

祁远抬头找人，只见大堂上空无一人。再仔细瞧右手侧文殊菩萨旁，黄幡背后，似有人影晃动。

“你还知道害羞！”祁远一边撩起黄幡，一边簌簌抖着手里的书，“你在这小破庙念的就是这书？《不负如来不负卿》！”

路漫漫的确在这黄幡后，不是躲，而是僵住了。她手中还捏着一张男明星的海报，看模样是意大利人，轮廓深邃，眼神迷人，衣服穿得……相当清凉。

祁远撩起黄幡的那一刻，也僵住了。

只见黄幡背后，也就是佛像的背后，密密麻麻坐满了小和尚，每人跟前摆着一个小木鱼。

虽然烛光昏黄，小和尚们一双双眼却闪亮亮地、好奇地看向祁远手里高高举起的书。

路漫漫架不住小和尚们好奇的目光，迈着凌波微步，躲到高个儿祁远后面去了。

“造孽啊，造孽！”祁远无声地瞪一眼路漫漫，急忙收起手里的书。

少年少女在这清静之地，吵了一晚上架，尴尬得紧。

场面再度陷入诡异的沉默。

“施主，这世间一花一草一木，一龟一雀都是平等的，您二位论理时迁怒其他生灵，不好。”

侧厢房走出一个中年和尚，一手执佛珠，一手向祁远和路漫漫施礼。

“师父！”小和尚们齐声叫道。

"你们怎么跑到佛像后面偷听施主们的谈话呢？回去把《般若波罗蜜多心经》抄一百遍！"

"刚刚晚课钟响了，我们就来了呀！"带头的小和尚言语之间很委屈。

祁远猛然想起被自己一把推开的行李箱，以及被行李箱撞得叮当响的座钟。

"是我们不小心碰到了钟。师父，天都这么晚了，您还是别罚孩子们了。"路漫漫从祁远背后探出半个头。

"施主说的是，天都这么晚了，二位还是早些下山吧！"大和尚又施了一礼。

小和尚们也跟着施礼。

于是，路漫漫和祁远被彻底赶出了寺庙。

（9）

月色如水，浸润着山道。

夹道的松柏迎着山风哗哗作响，每一根松针都闪闪发亮，一只松鼠在道上乱窜，从少年的背影里跳到少女的背影里，一转眼又溜到树梢。

祁远拎着一个二十四寸、装满了书的行李箱打头走着，一路上一声不吭。

路漫漫小丫鬟似的跟在后头，时不时想要换着拎下行李箱，却都被祁远沉默的胳膊肘给挡回来。

大概是费力的缘故，祁远早早脱了羽绒服，系在腰上，路漫漫的目光自然而然地落到了少年凸起的肩胛骨上。

隔着一层山阶，路漫漫隐约感觉到少年身上冒的热气，像是点燃的松香。

到半山腰，大概是嫌热，祁远索性扯掉腰间羽绒服，直接搭在臂弯里。

路漫漫趁着这点工夫，成功抢回了笨重的行李箱。

然而，还没等她下一级阶梯，祁远人就拦在底下阶梯上了。

两级阶梯差，路漫漫堪堪与祁远平视。

少年微微喘着气，浓密的眉睫上缀满了细密的汗珠，薄唇抿成一条直线，一声不响地盯着路漫漫，大有一直耗到天亮的架势。

路漫漫原地投降，乖乖交出了行李箱，然后，极其狗腿地接过祁远的羽绒服。

两人默默地、一级一级地走下去。

到了最后一级阶梯，祁远突然放开行李箱，一脸冷漠地说："你不是一直要拎吗？拎吧！"

路漫漫："……"

她一动手腕，行李箱哐当一声从山阶落到平地。

"好费力哦！"路漫漫毫无感情地奉承，然后，推着行李箱向着少年的背影追过去。

行李箱的轮子呼啦呼啦响，少年的嘴角在少女看不到的角度微微弯起了一个弧度。

今晚月色真好哇！

（10）

路漫漫乖乖地回到学校，乖乖地开始补奥数。

她这人，最受不了别人的好意，尤其是美少年的好意。

可是，她忘了，美少年会变身！尤其是在教人题目时，会变成一条超级无敌凶猛的"毒蛇（舌）"！

"路漫漫，你脑子刚刚去月球背面转了一圈吗？这么简单的题都要做五分钟！你干脆别考了！"

我本来就不想考啊！路漫漫在心底哀号，偏偏不敢说出口。

梁文康又看起了每日一戏。

梁妈妈看孩子们辛苦，准备了一大堆零食点心，全都被梁文康给包了。因为两个当事人，一个忙着骂人，一个忙着被骂。

一周之后，梁文康的脸以肉眼可见的速度胖了一圈，露出笑时，双下巴隐约可见。

而祁远瘦了半圈，路漫漫瘦了整整两圈！

当梁妈妈知道真相后，举着扫帚满院子通缉自家儿子："你个不成器的东西！人家参加竞赛，多吃点东西补脑子！你什么都不干，还抢食！哎哟，苍天啊，我怎么这么命苦，养了一头猪啊！"

梁文康躲在门缝里委屈地回嘴："你儿子也要参加高考的好不好！"

总之，在一系列鸡飞狗跳中，祁远完成了对路漫漫的奥数突击。

第二天就是全国选拔赛了，祁远不放心，多给路漫漫画了几个高数重点。这么一拖，竟然拖到晚上十点半，还是周雅打电话过来，两人才记起了时间。

祁远坚持要送路漫漫回家，一路上又唠叨了许多考场细则、答题规范之类的。

等下了地铁，似乎该说的都说完了。

两个人沉默地走在街道上，一时间竟有些尴尬。

今晚的街道似乎比往日热闹些，直到一家糕点店里传出"Jingle bells,jingle bells"的欢快曲音时，路漫漫才惊问："今天是圣诞节？"

她突然想起大概一个月前，她还想买那条围巾给祁远当谢师礼加圣诞礼物呢！

"今晚是平安夜。"祁远啼笑皆非，居高临下地揉揉路漫漫的脑袋，语气里是他自己都察觉不到的亲昵。

当时，商店里挂满了小彩灯，身边一对对情侣相拥着走过，空气里弥漫着糖炒栗子的甜味，耳畔圣诞歌来回盘旋。

像是电影里的慢镜头一样，少女仰起脑袋，颈间红围巾迎风飘摇，猫咪嘴一开一合，时间仿佛定格在那一刻。

路漫漫问："为什么想成为百分之百的是我，天天在背后操心的是你？"

女孩子的目光很亮，祁远心被烫了一下。

对啊，他祁远从来不是喜欢多管闲事的人，为什么会对你路漫漫那么好呢？

祁远的卧室床头柜底下，静静躺着一张崭新的五元纸钞，一副金丝圆框眼镜，一只隐形眼镜护理盒，还有一盒红彤彤的金嗓子喉宝。

祁远心里的卧室，早已珍藏了女孩太多的剪影，最打动人心的一张，是女孩虔诚地跪在蒲团上，为他许愿的侧影。

这些，都是祁远很久很久以后，在无数个辗转难眠的晚上，蓦然发现的秘密。

可惜，在女孩猝不及防发问的此刻，少年下意识地选择了逃避。

“我跟佛祖许愿，如果帮你成为百分之百的人，他就帮我爸妈复婚。桃代，我妹妹，她需要一个正常的家庭。”

路漫漫听祁远这么说道。

女孩忐忑了很久的心一点一点平息，像是一点一点，结在窗玻璃上的冰花。

这才是正解啊！路漫漫你失落什么，不是早就明白了你们之间是绝对不可能的吗！路漫漫在心底苦笑，果然好看男孩子的温暖举动，总是让人产生错觉。

她给了自己三秒钟的时间调转心情，一仰头，又是那个没心没肺的路漫漫。

祁远看见女孩眼中的光慢慢褪去，但是笑得很温柔：“那我可要加倍努力呀！”

大狗甜甜全然不知少年心事，只是凑在少年少女腿边撒娇卖欢。

闪烁的夜灯中，两人一狗，沿着街道一角，静静地走完平安夜之路。

（11）

青蒲高中特地为选拔赛开了一个大大的考场，礼堂里坐满了B市各个高中选拔出的竞赛学生，四面墙壁上，一面一扇钟。

九点开考。

时钟已经转到8点55分，前面的那张桌子还空着。

祁远此时恨不能拥有路漫漫的超能力，让那丫头隔空看看他的表情。

又过了两分钟——祁远冲出门。

正在拆试卷袋的老师赶忙拦住：“你干吗去？”

“厕所！”祁远身一闪，溜出了门缝。

路漫漫果然不在教室，这个缩头乌龟！祁远一脸苦大仇深地走了。

程思媛从窗口探出半边身子喊：“祁大仙儿，你要不搬来我们班吧？一天到晚往这边跑，实在太辛苦，我这位置让给你！”

她一边喊一边斜睨着庄棣棠。

还是两周前，程思媛眼看着庄棣棠在路漫漫课桌抽屉里摸摸索索。

那时候教室里都没人，程思媛也只是碰巧回来拿东西。

等她走近了看，发现庄棣棠手里拿着的正是祁远送给路漫漫的一串红。虽然只是串冰糖葫芦，但它寓意着最好的考试祝福。

“你干什么呢？”程思媛刻意拔高声音问。

庄棣棠手一抖，一串红上的糖浆掉在地上，里面裹着的山楂果也烂了。

“你看，这都烂了，招虫子了，我得把它扔掉。”庄棣棠腼腆地笑着。

那腼腆里有一时转换不过来的惊吓和嫉恨，程思媛最终没有说什么，只是对庄棣棠格外留了个心眼。

那个温柔大方的班长真的像表面一样吗？

（12）

路漫漫这次可实在冤枉，为了早点到考场，她还特意抄了近路。

考场在图书馆的报告厅，图书馆后是个颇具规模的花园。

从外边沿大道走正门恐怕要走个二十分钟，从花园里沿着主轴线走，十分钟就到了。

花园是民国时建的，叫作镜园。据说是为提醒读书人心如明镜，时刻内省。里头长廊回折，怪石嶙峋，溪水潺潺，花草葳蕤。

尤其是春夏之际，紫藤萝花开满时，一道瀑布就从花霞间流淌而出，那简直就是人间仙境。每当这时候，总有一对对穿着校服的男女生，在紫藤花下背英语。

现正值寒冬，西北风乱窜，花园里除了四季常青的松柏，再无其他活的牲口。

谁料路漫漫穿过鹤亭时，迎面走来两个男生。亭口路窄，路漫漫便让道亭子右侧座廊边。

两个男生一进亭子，就一左一右堵住路漫漫的路，把她锁在亭子的东南角。

“路漫漫，好久不见啊！”

路漫漫有些发蒙，直到右边男生开口：“恭喜啊年级第一，按理说我们哥俩不该来找你，可谁让你顶替了我冯哥的名额，今儿他考不成，你也别想考！”

是“红绿灯”组合。这一次两人都穿着校服，头发也干干净净的，路漫漫第一眼竟没认出来。

她不自觉地往后退，直到木头沿廊抵住了膝盖窝。

冬天的河面已经结了一层薄薄的冰，路漫漫的背后有些发寒。

“你们什么意思？”路漫漫把书包撇在背后，警惕地问。

“你别以为有祁远给你打幌子，我们就真以为你没作弊！你和祁远骗得了全校人，也骗不了我们兄弟俩。”

右手边个子稍微高一些的男生一拳打在路漫漫脸侧的柱子上，然后龇牙咧嘴地收回手，连着吸气爆粗口。

路漫漫稍微有些紧张的心也给这场面给逼没了——这傻大个儿，电视剧看多了吧。

“举报信是你们写的？”路漫漫试探着问。

“你管得着吗？”

“写举报信的人那是替天行道，看不得你和祁远狼狈为奸！”左右两人同时开口。

怎么听口气不像是这两人干的？路漫漫皱起眉："缺的那一份答案也是你们偷的？"

"放屁！我们要有答案还考倒数！"右边一个高声嚷嚷，单眼皮小眼瞪得溜圆。

"闭嘴！"左边男生一脚踢出去。

路漫漫真的努力了很久才不让自己笑出声来，一时间觉得这两人真是校霸中的绣花枕头，连带着口气也松快许多。

"我赶着去考试！回头跟你们聊哈！"她一边打招呼，一边打算钻出重围。

"都说了你抢了我名额，今天除非你踩着我尸体过去，要不然别想去考试！"左边长得秀气一点的男生挡住路漫漫。

路漫漫简直惊呆了，很想说一句"兄弟们，你们还是少看点脑残剧吧"，然而，鉴于他们苦大仇深的眼神、凶神恶煞的气势，路漫漫还是礼貌地问了一句："到底是什么名额？"

"你装什么蒜！一个学校只有十个奥赛参加名额，我原来是第十，后来也不知道祁远跟老师说了什么，我就被你顶替了——祁远他欺人太甚！"左边的男生眼中闪过嫉恨。

"呃，你们不是倒数吗？"

"偏……偏科不行啊！"

"把你的准考证交出来！"右边男生嚷道。

路漫漫还真不知道这事儿，愣神的工夫，书包已经被人扯住，她下意识抓紧书包，三个人瞬间扭作一团。

不知是谁踢了路漫漫一脚，她重心不稳，整个人就往后仰——

亭子底下的河是连着文津河的，是活水，只结了一层薄薄的冰。

耳边风声呼呼作响，冰面寒气迎头扑来，路漫漫只觉得全身的血液全都结冰了！她不会游泳，一颗心真真实实吊在嗓子眼，吓得叫都不敢叫了。

还好，有人拉住了她，顺带拿走了挂在她胳膊上摇摇欲坠的书包。

（13）

“你没事吧？听得清我说话吗？”

耳边嗡嗡的，像有人说话。

脚又落回实地，路漫漫这才感到害怕，腿一软，直接滑坐到地上了。她哭着说：“准、准考证我不要了……不、不考了……呜呜……你、你们走、走啊……”

这都什么事儿啊！本来也不是她自己想考的啊！

眼前的男孩朗声一笑：“路漫漫，你什么时候变得这么胆小了？”

路漫漫抖着手抹眼睛，这才看清，蹲在自己眼前的，是一个不认识的男生，长相极为精致，眉眼鼻唇像是精心雕刻过一般，漂亮得触目惊心。

“给，你的书包。那两个草包已经溜走了。”漂亮男孩把书包递给她。

路漫漫这才回神，吸了吸鼻子：“谢、谢你啊！”

漂亮男孩掏出一块烟灰色手帕，动作轻柔地帮路漫漫擦眼泪：“小番茄，你真的不记得我了？”

路漫漫一僵，“小番茄”是她小学时的绰号。她有些难以置信地盯住眼前的男孩。

“路漫漫，你没事吧？”祁远就是在这时候冲进亭子的。他一把叉住路漫漫的胳肢窝，把人从地上撑起来，上下看着，“有哪里受伤吗？”

路漫漫脸红地摇头。祁远这姿势，实在像举小孩，可路漫漫已经不是小孩了。

“你、你放开我。”路漫漫小声嘀咕。

祁远后知后觉，赶忙撒开手。路漫漫腿一软，眼看着又要坐地上了，那个漂亮男孩眼疾手快，一把将人拉住。

“哪里受伤了？”祁远又紧张起来。

路漫漫很不好意思地埋下头：“被吓得腿软了。”

祁远突然就到路漫漫跟前，背对着她蹲下。

路漫漫眨眨眼。

祁远扭过头，一道汗滚过他英挺的侧脸："时间还来得及，我背你去考场。"

路漫漫犹豫了。

"快点！你不要考，我还要考呢！"

路漫漫趴上去了。

男孩的肩背宽厚，隐隐冒着热气，路漫漫的脸忍不住又红了。

就在祁远走出亭子的那一瞬，那个漂亮的男孩在他们身后喊道："小番茄，你这可不够义气啊！小时候，你可当着全校师生的面，跟我告过白呢！"

祁远的后背一僵，脚下步子更快了。

（14）

二十分钟过去后，上厕所的祁远终于回来了，后面还跟着一个小姑娘。监考的老师真是气不打一处来。

路漫漫在书包里翻了半天都没找到准考证，尴尬地卡在门口。

"别找了，肯定在他们手里，我去帮你要回来。"祁远一个转身又要冲出去，却被监考老师一把揪住。

"祁远，你再出去就别考了！"

路漫漫吓了一跳，腿也不软了，赶紧把祁远往里面推："你……你快进去考试吧，我、我自己回去找！"

"不用找了，被我捡着了！"少年清音，如玉掷地，引得考场里的同学一个个往门口去瞧。

祁远一撇头，路漫漫身后，那个自称被路漫漫告白过的男孩弓腰站着，捏住准考证搁在路漫漫肩上，确保路漫漫的脸和准考证上的照片在同一水平线上。

"老师，我们可以进去了吧！"男孩冲监考老师笑得一脸灿烂。

那笑容格外撩人，的确有闪瞎人眼的魅力，即便是看侧脸，路漫漫还是盯着出了神，更何况正面迎战的监考老师。

于是，被艳压的祁远，成了在场唯一清醒的人。他一手扯过准考证，一手拎起路漫漫的后衣领，把人捎进考场，按在座位上。

漂亮男孩绕过监考老师，直接坐在靠门第一排。

考场里重新恢复安静，只剩下笔划纸的沙沙声。

路漫漫用了十分钟回了一下神，还是不可置信地往前排那个背影看去，那个男孩，是夏寒？

“同学，你叫什么名字？”

时光溯流而上，回到路漫漫小学毕业典礼的那个下午，那个她满心欢喜捧着告白礼物的下午。

六年同班，她满心欢喜地跟他告白，他却一脸漠然地问她叫什么名字。

又是六年，她早已把那段自卑深深埋在心底，装作不在乎的模样，得过且过地活着，可他又回来了，一眼认出了当年的小女孩，叫出了她的名字。

然后，他一脸兴味地说：“你这可不够义气啊！小时候，你可当着全校师生的面，跟我告过白呢！”

她暗藏了这么些年的往事，他这样轻而易举地抖搂在阳光下曝晒。

（15）

夏寒回头了，冲路漫漫眨了眨眼。隔着老远，他还是看到了路漫漫脸颊两侧浮起的红晕。小番茄的小红脸还是一如既往地给力啊！夏寒露齿一笑，转过头奋笔疾书。

那张脸的颜值杀伤力太大，于是，路漫漫的自怨自艾自行终止，再度陷入神魂颠倒的花痴中……

祁远故意把试卷翻得哗啦响，无奈前座的路漫漫有如入定。

烂泥扶不上墙的阿斗！祁远在心里骂道，一边不动声色地踹路漫漫的座椅，一边在心底叫嚣，路漫漫啊你可清醒一点，这是考场可不是相亲会场！

在祁远坚持不懈的提醒下，路漫漫终于恢复了神智，甚至还想到了夏寒回头的原因。

天哪，太丢人了，路漫漫双手捂脸。冰凉的手指贴在热乎乎的脸上，她渐渐找回了神智。

她立马提起笔，强迫自己看题，千万不要再乱想瞎想。

试卷一共四道题，时长四小时。

路漫漫迟到了半小时，发呆了半小时，花了两个小时做完了前三道，做最后一道题时明显感到力不从心，于是又开始浮想联翩。

她是真的占了“红绿灯”的名额吗？

那两人看着一副混混样儿，竟然能进奥赛选拔？真的是偏科吗？

如果真的是呢？好歹也是理科实验班的人，那她岂不是鸠占鹊巢？

然而，她还没来得及愧疚，椅子底下，又是一记祁远的佛山无影脚。

路漫漫无奈，只得继续埋头苦算，好歹赶在收卷子前写完最后一笔。

“小番茄，为了报答我的准考证之恩，请我吃个饭吧。”路漫漫正收拾东西呢，夏寒笑嘻嘻地凑上来。

都说事不过三，这一次，路漫漫终于稳住了，没在夏寒眼前犯花痴。

路漫漫真的不知道该如何面对夏寒这个人。

说实话，他是她的童年阴影。

小女孩毕业前的告白其实只是想传达一下喜爱的心情，就好比喜欢一个漂亮的玩具。只要夏寒大大方方说一声“谢谢”，这事也就和和美美过去了。哪怕说一声“我不喜欢你”，留一些遗憾，也比那句“同学，你叫什么名字”强。

那句话之后，路漫漫学着不张扬、内向、普通、木讷，自然而然成了人群中最不显眼的那撮。

可是这些，路漫漫又不好跟夏寒说，尤其是眼前已经长得如花似玉的夏寒。

已经有不少人向路漫漫这边看，托了夏寒和祁远这两个帅哥的福。

“要一起吗？”路漫漫扭头问祁远。

路漫漫尴尬的神色取悦了祁远，明明某人刚刚还黑着脸。

不用路漫漫开口，祁远也会自己跟上去。当然，路漫漫开口，祁远会很高兴地跟上去，就像甜甜一样。

已经下午一点多了，刚好错过用餐高峰，食堂里坐着的大部分都是今天参加竞赛的考生，走几步就听见对答案的声音。

路漫漫刻意挑了人少的窗口买饭，又刻意挑了角落的位置坐下。

考后对答案的人真的很缺德啊！

“小番茄，你现在是不是不喜欢我了？”夏寒可怜兮兮地眨眼。

路漫漫一口汤呛住，咳个不停。她生硬地转移话题：“祁远，我真的占了冯军的名额吗？”

冯军，就是哼哈二将的左先锋。

“就他那智商？准是从哪里顺的答案。”祁远腾出一只手给她顺背，另腾出一只眼睨着夏寒。

夏寒饶有兴趣地看着这一幕，然后，长长的眼睫一垂，感伤似的叹气：“也是，时过境迁，你兴许都忘了跟我告过白了，我可牢牢实实记着呢！”

说罢，夏寒搁下筷子，正襟危坐，像小学生朗诵课文一样复述某人当年的告白——

“夏寒同学，我喜欢你！就像维尼熊喜欢蜂蜜，叮当猫喜欢铜锣烧，大力水手喜欢菠菜一样！”

就连语气，也是故意模仿小女孩奶声奶气的。

路漫漫实在忍不住，打了一个哆嗦。天哪，这真的是她当年的告白吗？

祁远默默翻一个白眼。

“小番茄，你的脸又红了！”夏寒伸手戳戳路漫漫的包子脸，然后一脸手感颇好地感慨，“真希望我们能一起参加集训啊！”

祁远恶狠狠地盯着夏寒餐盘上的鸡腿心想，这么大个鸡腿还堵不住你的嘴。

“祁远，最后一道题的答案是不是七分之根号一百四十？”一个戴黑框眼镜的男孩端着餐盘经过时停下。

祁远一时表情切换不过来，半脸愤恨半脸温和地点了点头。

眼镜男孩手里的餐盘一阵乱抖动又怕又喜地走了。

“你也算的这个答案。”夏寒挑起俊秀的眉。

“我应该完了，我最后一道题算出了三个答案。除了那个，还有七分之根号一百四十一和零。”

路漫漫表面哭丧着脸，心里其实偷着乐。她这辈子再也不想做什么奥数题了！

“本来就是三个答案。”

祁远和夏寒齐声说道。

BAIFENBAI
XIHUAN
NI

Chapter 06
一起成长吧

“这样没心没肺、过河拆桥的徒弟，最好给多瑙河水冲走……”

“那……我有很多很多的幸福、欢喜、温暖、快乐，还有冬天正午的阳光、铜锣烧、周雅做的糖醋排骨……所有的这些，我都分你一半，怎么样？”

（1）

考试结果当晚就出来了。二百多号人中，只有三个人最后一题算出三个答案，满分交卷。

冤家路窄，路漫漫、祁远和夏寒三人转头就被关进了小黑屋，配备一个黑面男教练，一摞黑漆封皮的参考书。

被强制性地上了一个晚上课之后，路漫漫当场向包公脸教练表态弃权。

谁知第二天周雅竟然拎着一只行李箱来了学校，笑眯眯地把女儿卖给了学校，还特友好地跟教导主任握了一次又一次手。

祁远和夏寒家里也送来了换洗衣物之类的，总之，三人正式开始了密闭式集训生涯。

祁远和夏寒都是奥赛老手了，题型知识点基本认全。

路漫漫却是个半路拜师的，很多公式和理论听都没听过，刚上了两节课就露出了马脚。

包公脸教练鲍云翔的脸更黑了，当然他也看出了路漫漫大脑超速漂移的资质。

一边是训练有素的实战型种子，一边是啥都不懂的智商天才，教练观察了半天，决定更改教学策略。

一边，他让夏寒和祁远刷题升级，遇到不会的他适当指点；另一边，他集中主力炮轰路漫漫，恨不能削开路漫漫的脑袋瓜子，往里面倒知识点。

就这样没日没夜地学，路漫漫瘦的可不只是脸了，原先还有些丰腴的身材硬生生削去一层肉，少女纤细的骨骼抽条似的显露出来了，并且渐渐往骨感美的方向发展……

这样训练了半个月，祁远和夏寒两个男孩相对好受一些。怎么说他们一天也能睡足八个小时，路漫漫就惨了，满打满算，每天最多睡四个小时。

于是，当第三周晚上十点，祁远收拾收拾准备走人时，就看见了趴在卷子上睡得正香的路漫漫。

女孩身上披着一件男款灰色大衣，大衣上有一种松木和薄荷混合的气味儿。

祁远往夏寒的位置看去，那边早没了人。

他四边看了看，确认房间没人。

他先是迅速脱下了自己的羽绒服，再轻轻揭开路漫漫身上的大衣，随手甩到夏寒座位上，再把包裹着自己体温的羽绒服轻轻盖到女孩身上。

女孩毫无察觉，刘海凌乱，浓密的睫毛底下，好大一团乌青。巴掌大的小脸埋在胳膊肘里，像只可怜瘦弱的流浪猫。

“流浪猫”咂了下嘴，哼哼唧唧地说梦话：“烤鸡翅……”

这几天，据说为了加速大脑运转，学校给他们仨准备的都是营养餐，味道寡淡。

祁远心中一动，冲出门去。

学校附近就有家肯德基，教练出去吃夜宵大概一个小时，这一来一回，时间也够了。

（2）

路漫漫做了一个梦，梦见自己被一群数学符号追杀，躲到了鸡窝里。然后，她一把抓住鸡，拔了毛，用黄泥裹住，架在火上烤。那香味儿越来越浓……

路漫漫一睁眼，就见祁远捏着一个香喷喷的烤鸡翅吃着。

她那不争气的肚子十分曲折地叫了一声。

“那什么，我能吃一个吗？”路漫漫笑嘻嘻地凑上来，像个小哈巴狗。

祁远本来想逗她一下，结果，一抬头，看路漫漫那张脸——整个面部轮廓从小圆脸进化成瓜子脸，婴儿肥没了，眼睛显得更大了，鼻梁越发挺俏，鼻骨上的小灰痣在偏黄的灯光下微微发红，针扎似的刺人眼。

祁远一双眼不受控制，直勾勾地盯着路漫漫瞧。

“怎么了？”路漫漫摸摸自己的脸，“我脸上有水笔印？”

祁远不自然地移开目光，把桌上的全家桶塞给路漫漫：“都给你吃，我去门口守着，包公脸回来了，我给你暗号。”说完，风一样蹿出了门。

祁远在寒风中摁紧自己的胸膛，冬夜寂静，少年急促有劲的心跳声在走廊回荡不止，女孩一双透亮的眼仿佛就在眼前，带着一点点暖黄色灯光，一点点迷糊，一点点俏皮，还有许许多多的心动。

暗处突然传出一声闷笑：“你喜欢路漫漫？”

祁远乱跳的心猝然一紧，口不择言：“你才喜欢路漫漫！你全家都喜欢路漫漫！”

说完，像是不能相信自己竟然会说出这么蠢的话来，祁远微微睁大了眼，愣在原地。

“我当然喜欢路漫漫！”

一声含笑的应答从祁远背后响起，高高瘦瘦的少年从仿罗马式的大理石圆柱后绕出，手里夹着一根点燃的香烟，乳白色的烟雾从少年指尖逶迤散开，一丝一丝渗入黑夜。

是夏寒。果然是他。

祁远眉心微拢，想起了路漫漫身上披的那件灰色大衣。

原来是烟草味儿，不是什么松木。祁远揉了揉眉心，心想，最近往寺庙跑得多了，连带着脑子也木了，都是路漫漫——

“路漫漫，我从小学就喜欢她了。”夏寒手中点燃的香烟一明一灭，说话的声音突然弱了下去，“所以——”

夏寒突然凑近祁远，月光下，两个少年的下颌靠得很近，棱角分明，一不小心就会触伤对方。

“你还是放弃吧！”夏寒的葡萄眼忽而明媚地眨了一下，瞳孔漆黑，盛满了漂亮而虚假的笑意。

长长的走廊里灌满了风声，一排排灯盏来回摇曳，光影在两个少年锋利的面容上此消彼长。

祁远冷笑一声：“你这喜欢还挺历久弥新，都这么喜欢了，当初她跟你说蜂蜜、铜锣烧、菠菜时，你怎么不答应呢？”

夏寒笑了，祁远这小子挺记事啊！

他弹弹烟灰，侧身后仰，靠上圆柱，吐出一口烟：“当初，被迷惑了。”

（3）

缭绕的烟雾刚好擦过祁远鼻尖，凉凉的薄荷味，祁远记得，很小很小的时候，祁浮韫身上就是这样的味道。

他绕到圆柱背面靠着，停在风向的上游，沉默不语。

“来一根？”夏寒向后伸出一只手，手里是一根新点燃的烟。

“一根烟的工夫，给你讲讲路漫漫小学时的故事，听不听？”

带火星的烟在洁白的罗马石柱旁晃了晃，夏寒侧头一看，祁远正背着手，递出一根橘黄色的棒棒糖。

不知道是不是故意的，棒棒糖打碎了燃着的火星。

“少年，吸烟有害健康。”祁远声音里满是戏谑，“一根棒棒糖的工夫，怎么样？”

夏寒冷笑一声：“小朋友，叔叔已经长大了。”

“长大不需要通过吸烟来证明。”祁远抽过夏寒手里的烟，扔到地上。

夏寒也抽过祁远手里的棒棒糖，准备给它来个粉身碎骨。

“路漫漫送的。”祁远好巧不巧补上一句。

夏寒的手一顿，拆开了包装——小熊维尼脸的棒棒糖，笑容有些傻气——甜橙味儿的。

夏寒眼睛有些酸：“我从一年级到六年级都跟路漫漫同班，她拿第一就像是喝白开水似的，而我辛苦了一学期，最后还是第二。

“那时候我爸跟我妈闹着要离婚，我总以为是我的原因，是我考得不够好，邻居亲戚的孩子都考过第一，只有我没有。

“我真的是恨透了她。

“真的，有好几次我都想揪住她的头发，把她的脑袋往墙上撞。”

说到这里，夏寒低低笑了一声，伸脚踢踢祁远的影子：“幼稚吧？”

“如果是我，应该早就动手了。”祁远在柱子背面说，一本正经的语气。

夏寒哈哈笑了：“你比我爽快！我不行，我没那胆！所以，毕业典礼那天，她跟我告白时，我故意假装不认识她。那天是我整个小学最开心的一天——也是我现在想来最后悔的一天。

“那天，当着全校师生的面，优秀毕业生路漫漫小朋友哭成了一只烂番茄。”

“烂番茄？”祁远下意识地重复。

“路漫漫从小就白，藕粉团子一样，脸红起来特明显，小番茄一样，我们班男孩子给她取的绰号，有趣吧？”

祁远故意没有回答。他缺席的那部分，让他心里酸得冒泡儿。

夏寒呢，故意停下不说。

沉默。

一时间，只有晚风、甜甜的香橙味儿，月光和少年的身影。

“哈——哈——哈——”

终于，祁远毫无灵魂地附和。

夏寒笑了笑："后来，小升初，我特意避开了她，去了私立中学，终于如愿以偿地考了几回第一，我爸妈还是离婚了。从那之后，我就经常想起路漫漫。"

祁远心想，万年老二喜欢上万年第一？所以您老是有受虐倾向吗？

夏寒像是听到了祁远的想法，哈哈大笑说："我只是慢慢想明白了，我之所以那么关注路漫漫，并非是她一直考第一，而是她身上温暖的气息。

"她身上一直有一种圆满的温暖，她对人笑时，眼睛敞亮亮的，里面就像窝着小太阳。

"喜欢我也是那么坦坦荡荡，每天帮我削好一支干干净净的铅笔，自己的铅笔却随便拿嘴咬一咬就用；遇到我不会的题时，就耐心地换着法子讲到我听懂为止，其实我小学奥数还是她教的呢！每次我爸妈忘了接我时，她就站在校门口陪我等，一边等一边随口编故事——我到现在都记得她编的酱萝卜和兔子的故事，哈哈……

"这么好的小女孩，谁能不注意呢？"

谁能不注意呢？

祁远侧头看训练室，女孩纤细的身影被灯光打在窗帘上，引人遐思。

小时候的路漫漫和长大后的路漫漫交叉重叠，总是考第一的她和从没考过第一的她，认真的她和散漫的她，耐心削铅笔的她和心浮咬笔的她……

"祁远，我跟你打个赌，这次比赛，不管我们能不能考第一，她一定能。你信吗？"夏寒也盯着那道身影问。

祁远还没来得及回答，包公教练就在长长的走廊尽头吼开：

"你们两个小毛猴，真当自己身上长毛啦！外面风这么大，还穿着单衣在风口聊天，要是感冒了，找你们算账！"

祁远一秒闪到门跟前，用脚后跟踢了踢门。

就教练那大嗓门儿，隔着消音墙，路漫漫都能听见，祁远他们其实完全没有站哨放岗的必要。

路漫漫利索地收拾残局，拿草稿纸抹抹嘴，毁尸灭迹。

结果，两个在寒风中穿毛衣的男生没感冒，反而在空调室吃着全家桶的路漫漫感冒了。

当然，路漫漫怕老师鼻子尖，闻出味道，特意一边开着窗，一边啃鸡翅这件事，两个男生都不知道。

为了避免交叉感染，学校还特意又聘了一位竞赛教练，去教祁远和夏寒。

路漫漫有幸承包黑脸包公鲍教练一人。此人坚信，感冒与大脑运转速度是既不充分也不必要关系，于是，路漫漫继续过着惨无人道的训练生活……

（4）

一直到飞机上，祁远和夏寒才算正式重见路漫漫。

学校还是挺良心的，因为要飞十八个小时，三个学生和两个老师都是商务舱。就是，这位置安排得有些尴尬。

老师们倒好，两人手牵手坐了前排。

后排左边坐着夏寒和路漫漫，右边坐着祁远和一个外国小女孩。

两男一女实在是个微妙的搭配，尤其是这一女还夹在两男中间。

即便中间隔了条狭窄的走廊，还是架不住祁远以五分钟一次的频率凝视左方。

路漫漫和夏寒说话了。

夏寒还给路漫漫递菜单，还给她拆洗漱包。

夏寒刚刚是给路漫漫擦嘴角了吗？

睡了睡了，路漫漫终于睡了！

祁远喜不自禁，终于扭头翻起自己的眼罩，却被邻座金发小女孩用一种意味深长的目光盯住。

“哥哥你喜欢那个姐姐吗？”小女孩突然凑到祁远耳边悄悄地问，说的是英语，加上换牙的缘故，小女孩嘴漏风，“Like（喜欢）”这个词都有些变音，像是“Lucky（幸运）”。

飞机骤然下降，祁远一颗心突然失重，他抓紧扶手，装出听不懂英语的样子，拿出盘子里的松露巧克力："小妹妹要吃这个吗？"

小女孩也不客气，一口包下，甜甜叫道："Sweet（甜的）！"眼光却落在路漫漫身上。

祁远生怕小女孩还要说出什么来，赶忙喊空姐收了餐盒，拉上眼罩，蒙头装睡。

然而，like与lucky两个字母一直在他脑中打转儿。

飞机上升又下降，祁远脑中一团糨糊——喜欢到底是怎样的感觉？

祁远越睡越烦，索性扯开眼罩，一转头就看见，路漫漫头靠在夏寒肩上睡得正香，她盖着的毛毯滑了一半，反而一个劲儿地往夏寒那边的小毛毯凑。

夏寒很乐意地让出了半边肩膀和毛毯，祁远不乐意了。

他假装去洗手间，回来时，特意停在路漫漫跟前，左戳戳，右戳戳，路漫漫依旧睡得不省人事，甚至还往夏寒那边缩了缩。

好你个路漫漫，见色忘义到西天去了！祁远心中窝火，索性一不做二不休，直接上手，把路漫漫的脑袋扳正，再把她的毛毯拾起来，严严实实盖住，原地观摩两分钟，这才回去坐下了。

"Double ice-cream（双份冰激凌哦）！"小女孩冲祁远眨起明媚的大蓝眼。

"Deal(成交)！"祁远爽快地付了封口费。

长途漫漫，有些人一头栽进了黑甜梦乡；有些人，人和心，上下颠簸一天一夜都没睡着。

（5）

路漫漫自从闭关训练的四周以来，从来没有睡得这样香过，下了飞机，一点时差都不用倒的，整个人重新活过来了一样。

一行人一起走向行李传送带。路漫漫盯着机场指示牌上奇怪的字母，随口问道："我们这是在哪儿啊？又不是英文，又不像法文？意大利语吗？”

“布加勒斯特。”祁远顶着两只大大的黑眼圈回答。

“布加勒斯特？”路漫漫跟着重复，语气里满是疑惑。

“罗马尼亚的首都。”夏寒跟着解释。

“罗马的首都不是意大利吗？”路漫漫睁着一双水灵灵的大眼，天真地问。

“意大利的首都是罗马！”祁远忍无可忍，左手从背后勒住路漫漫的脖子，右手捂住此女的嘴。

夏寒笑盈盈地继续解释：“罗马尼亚在公元1世纪时，是罗马帝国的一个分支，唔，相当于一个省，很多很多年后，就独立开来了，现在是东欧的一个小国家，曾经还是社会主义国家呢！”

尽管嘴被捂住，路漫漫的眼还是很实诚地表达出了对夏寒的敬佩之情，真是文理双全的小帅哥啊！

祁远撇嘴：“嘁，还不是百度百科来的。”

“漫漫，你该不会不知道，你自己参加的是罗马尼亚大师赛吧？”一道温润的男声从路漫漫侧后方传来。

路漫漫一扭头，秒变星星眼：“程家哥哥！你——你怎么在这儿啊？”

“你还不知道吧，我就是这两小子的陪跑教练！”程予安上前就要揉路漫漫的脑袋，而路漫漫早就被祁远和夏寒一左一右拉得后退一步。

“本来就笨。”祁远老母鸡护崽子似的说。

“摸一摸更笨，别把笨气传染给您。”夏寒补充。

程予安可不是什么好果子，祁远和夏寒可看得真真的，训练期间，每天都有女孩来练习室堵他，每天都不带重样儿的。

花花公子程予安扫了两个弟子一眼，意味深长一笑。

“你们俩懂什么，你们程师兄可是上上届罗马尼亚大师赛的冠军！”

黑脸包公鲍教练从背后突袭，一把拉住程予安的大手，盖在路漫漫脑瓜子上：“沾沾仙气唔……你们三个也要再接再厉啊！去年就差1分啊！一分之差败给了日本队……”

“又来了，又来了……”路漫漫仗着个儿矮，脑袋一缩，在鲍教练慷慨陈词之际溜到另一头等行李。

好不容易能清静会儿，一个外国小姑娘突然拉住她的衣摆——

祁远一回头，看到的就是邻座那个小女孩趴在路漫漫肩上说悄悄话的画面。

“古人诚不欺我，唯女子与小人难养也。”祁远已经放弃挣扎了，好吧，说喜欢就是喜欢吧。他祁远难道还不能喜欢她路漫漫了？

谁料，路漫漫听完小女孩的话，一扭头，就没心没肺地冲他招手：“祁远，这是你的行李吧！”

等大家都取完行李，祁远看路漫漫那自然到不能再自然的反应，大义凛然地跟上去，一咬牙问：“刚刚小女孩跟你说了什么？”

“好像是‘很幸运认识我’，有个Lucky什么的？我也没听清。”路漫漫努力望着天花板回想。

祁远真不知道自己现在该高兴，还是该悲哀。他深深叹了一口气：“认识你真是我这辈子最大的不幸。”

“哎？”路漫漫一头雾水，她又哪里惹着这位小祖宗了？

夏寒突然俯身：“我可听清楚了小女孩说什么，我来告诉你，是——”

“爸！”祁远突然喊出声。

“爸？”路漫漫下意识地重复，一行人顺着祁远的目光看到了一位气质斐然的男子。

男子一身暗蓝色的短夹克，内搭黑色线衫，褐色长裤刚到脚踝，时尚且优雅。怎么看都像是机场广告牌里走出来的男模。

“祁远？你怎么在这儿？”男子走近，摘下墨镜，露出一双与祁远神似的桃花眼，目光掠过路漫漫和夏寒等人，一时间波光潋滟，笑意丛生，“和同学们一起出来玩儿？”

说着，他朝在场唯一的女性路漫漫伸出手：“小丫头你好，我是祁远的爸爸，你是？”

“同学，”祁远挡在路漫漫前头，有些埋怨地开口，“爸，我们是来比赛的，你别闹了。”

“对，祁先生，您好，我是祁远的教练，您孩子是来参加罗马尼亚大师赛的。”黑脸鲍教练上前寒暄。

“罗马尼亚大师赛？”祁浮辐略一思索，给了祁远肩膀一拳，“你小子，我还想着你进MLB呢，你什么时候打起斯诺克了？”

鲍教练脸彻底黑了：“祁先生，我们参加的是国际数学竞赛，不是什么运动比赛。”

祁浮辐桃花眼一眯，正要说什么，忽然斜后方一个栗发大波浪鬈发美女冲他招手，喊了一个大家都没听懂的外文名字。

祁浮辐回头挥了挥手里的机票，然后匆匆捏一把祁远肩膀：“我在罗马有个画展，在这边转机，我家儿子要好好考啊，考个第一，爸爸画展办完，飞过来给你庆祝！”说罢，大跨步跑到大波浪外国妞身边拎行李去了。

一行人看得目瞪口呆。

只有夏寒看到熟悉的场景，熟悉的配方，腹黑发作，故作天真地问：“你妈？”

“你妈！”

祁远一身戾气地转身，拖着行李箱气呼呼地走了。

整个过程，路漫漫都躲在祁远胳膊肘后面偷看他爸爸——

比起祁远，祁浮辐的面部轮廓更为深邃，但少了少年的锋利，尤其是笑起来的时候，简直像是英伦电影里走出来的翩翩绅士。

然而，一秒之隔，翩翩绅士变花花公子，路漫漫又想起了祁远错过的十八岁生日，一时间也替祁远愤愤不平起来。

她气不过，对祁浮辐的背影做了个大大的鬼脸，然后，气鼓鼓地拎着行李箱，气呼呼地去追祁远。

留下的一群人面面相觑。

（6）

考试如期地在一个雨天开始，并在一个彩虹天结束。

当半个城市被彩虹所跨越时，鲍教练已经乐成了人形彩虹，而路漫漫就是那个彩虹的源头。

竞赛一共六题，一题七分。整个考场都没有人答出第六题，就路漫漫一人得了满分42分，捎上祁远和夏寒两人的35分，全员金牌，不过是金牌里面分一二三，妥妥的团体第一。

这可快把鲍云翔乐死了，黑脸通红通红，脚步也浮起来了，喝了假酒一样，拖着路漫漫到处炫耀嘚瑟。

虽然是金牌，祁远并没有考第一名。

他仰头对着屏幕上的成绩看了很久，然后一声不响地挤出人群，出了礼堂偏门。

礼堂里不知什么时候溜进一个乐队，上来就是一首《拉德斯基进行曲》。欢快且激昂的情绪龙卷风一样席卷了整个人群，只有夏寒一个人注意到祁远消失的背影。

“我早说过了，你要是小气了，那我就不客气了。”

夏寒对着背影说，目光越过人群，落到路漫漫一跳一跳的马尾辫上。

（7）

祁远没有考第一，祁浮韫也没有来。

是祁浮韫没有来，所以祁远没得第一？

还是祁远没得第一，所以祁浮韫没来？

谁也不知道，反正等所有人都注意到“YUAN QI”这个名字时，祁远已然失踪。

包公教练鲍云翔一张黑脸烧成红炭，就连一向风度翩翩的程予安也逢人就抓，抓人就问，却依然找不着祁远的半点踪迹。

颁奖典礼上，金牌获得者离奇失踪？主办方连带着也有些慌，一群外国人围着鲍云翔耸肩摊手。

路漫漫是最先反应过来的，她挣扎着用蹩脚的英文解释，说祁远身体不舒服，奖就由她代领。

明眼人一看就知道这是在圆谎，但也没法儿了，后面一堆银奖铜奖的等着领呢，还有的参赛国成员一领完奖就要赶飞机，所以，原本想象中庄严肃穆的颁奖仪式就这么潦草告终。

鲍教练应该是最期待这场颁奖仪式的，想一想，他的三个弟子，齐刷刷举着金牌，多有面儿！

事实并非如此。

“祁远这小子！再不接电话……”鲍云翔叉着腰站在大厅怒吼，一扭头看到路漫漫，神色才温和下来，“那什么，你跟夏寒要么先回宿舍，要么就在附近逛逛，别走远哈！”

（8）

“去找祁远吗？”

“我们去逛逛吧！”

刚出大厅门，路漫漫和夏寒同时开口。

雨后的空气湿润异常，葱绿的乔木随风摇摆，落下一串串雨水，一只翠鸟飞过彩虹桥。

“待会儿，他自己应该就会回来的。路漫漫，不是每个人都是像你一样，天生就能考第一。你需要给我们这些做第二的一些时间缓冲。”

这个站在眼前的，彩虹一样的女孩，夏寒想要抓住，哪怕不惜诋毁旁人。

祁远，就假设你跟我当年一样小气，如何？

“他不会的。”路漫漫先否认了。

她仰头瞪了夏寒一眼，似乎觉得气势不够，蹬上长椅，居高临下地继续完成“瞪”这个动作。

夏寒忍不住笑了起来：“他现在或许最不想见的人，就是你。”

这话本是故意气路漫漫的，等话说出来，他自己竟然也觉得有些涩口。

夏寒的眼睛很漂亮，葡萄一样，又黑又亮，漂亮得近乎反光。路漫漫瞪着瞪着，就瞪不出气势了，她气呼呼地一甩头：“我不管，找不找他是我的事，见不见我是他的事。我就问你，去不去？”

夏寒扶住路漫漫摇摇欲坠的小身板，温柔地问："附近有一家很甜的日式点心店，有各种颜色的铜锣烧，要不要去尝尝？"

路漫漫，给我一次机会吧。这一次，选我，好吗？夏寒在心中祈求。

路漫漫的神色很困惑，浅褐色的瞳孔里是浅浅的彩虹印记，像是在犹豫。

"我们吃完，还可以给祁远带一些。"夏寒握住路漫漫的手。女孩的手小而软，凉凉的，像椰奶果冻。

意料之中的挣扎并没有发生，路漫漫的眼神更疑惑了，一滴雨水滴在二人交叠的手上。

女孩清脆的质疑同时响起："夏寒，你记得我吧？在我表白之前，你就记得我对吧？"

"我给你削了那么多铅笔——

"我给你、给你讲了那么多题——

"我还跟你一起等、等你爸妈，那么多个黄昏，那么多个故事——

"你——你怎么可能记不得我？

"你是故意的！

"你竟然是故意的！"

女孩结结巴巴、张张皇皇，在一瞬间推导出六年来都没有弄清的问题，气急落泪。

"难道是因为我一直考第一吗？"路漫漫难以置信地问出口。

泪水一滴一滴地砸在夏寒手背上，夏寒整个心都缩起来了，缩得疼痛。他上前，轻轻地抱住女孩，揽过路漫漫的发："对不起……对不起。"

我那时候太小、太傲，不知道怎么回应别人的爱，也不知道怎么去爱别人，所以现在被你质疑时，什么都做不了，只能说对不起。

女孩的战栗似乎传染给了夏寒，少年抬头，泪还是流了出来。

"所以，你觉得祁远也会跟你一样，因为第二疏远我、冷落我，假装不认识我！"

路漫漫推开夏寒的拥抱，哽咽着问。

夏寒并没有回答的机会，因为，下一秒，路漫漫就吼出声："我告诉你，他不会！"

怕夏寒不相信似的，路漫漫急得直跺脚："你等着，我要亲自把他带到你跟前，告诉你，他不会！"

她吼完就跑，恨不得下一秒就把祁远抓到夏寒面前来做证。

"路漫漫！我喜欢你！从小学一年级开始就喜欢你！喜欢你十年了！难道你不懂吗？"夏寒也吼。

女孩的背影顿了一下，然后，逐渐消失在彩虹尽头……

夏寒明白，自己彻底输了。

"路漫漫，你不要喜欢祁远，喜欢我，好不好？"

夕阳出来了，彩虹消失了，异国的黄昏中，少年无力地垂下头。

（9）

路漫漫在夏寒面前吼得气壮山河，心里却是没底的。她不断地给自己心里暗示，要是祁远真因为考不到第一就跟自己赌气，那么上一次，期中考之后，祁远就不会理她了。可是他还帮她跟老师去争辩，去寺庙找她——寺庙？

路漫漫突然想起了自己的百分之百存在感，这段时间，她一直想着祁远，那么，祁远是一直知道她在干什么的了？

他知道她在找她，他却不找过来？

他真的没生气吗？

国际奥数比赛可不是期中考试！他没考第一名都是因为你，因为你，路漫漫！

然而心底又有另一个声音告诉路漫漫，祁远不是这样的人。

路漫漫快被自己心中的两个声音给烦死了，罗马尼亚这么大，她要去哪里找祁远呢？

街上人来人往，各种身高，各种肤色，路漫漫四处张望，又急又慌，眼泪直掉，差点被消防栓绊了个跟头，依旧没有看到她期盼的身影。

夕阳一点点落下去，街灯陆续亮起来，路漫漫走在陌生的街头，二月的天气里，冷得直发抖。

“祁远，你这个大浑蛋！”

路漫漫找了条背风的街，一边哭一边蹲下，从背包里取出围巾，裹在自己脖子上。

肚子又不合时宜地叫了起来。

“又冷又饿……”路漫漫委屈巴巴地站起身，继续漫无目的地凭感觉寻找，“祁远，你最好早点出现在我面前，要是晚一分钟，我就剥你的皮，喝你的血！”

说是找祁远，路漫漫最后还是顺着香味，到了一家小吃摊前。

摊主是个大胡子老爷爷，正炸着面包圈，黄黄软软的面包圈上淋上酸奶、果酱、杏仁碎，最后用切碎的包菜卷着，扑哧咬一口——

路漫漫在边上看着，鼻涕混着口水一起流。

等买的人都散了，路漫漫才小心翼翼地拿出十元人民币想要试试。

老爷爷脸上圣诞老人一样的微笑瞬间消失，戴着手套的双手交叉在胸前，比了一个大大的叉。

“祁远，你看到了吧！都是因为你！”

路漫漫揉着肚子，一步三回头地离开了小吃街，索性掉头钻进艺术街。

艺术街上多少服饰各异的年轻人，有滑板疾行的，有吹拉弹唱的，有拉着人搞行为艺术的，一个穿着狼人服饰的黑人小哥突然凑到路漫漫跟前，做出邀请的姿势，路漫漫吓得哇哇叫：“祁远，你再不来，我就要被狼给叼走了！啊啊啊！”

祁远并没有来，“狼人”倒是成功地被路漫漫绝地女高音给击退。

（10）

夜越来越深，尽管灯火通明，路漫漫还是提心吊胆，她尽量顺着墙根溜着，很希望下一个拐角就是派出所。

很可惜，下一个拐角是一堵墙，死局。

路漫漫叹了一口气，正打算原路返回，忽然灵机一动，盯上了正在墙上喷漆画的外国小哥。

她果断上前打招呼，一边笑成招财猫，一边极其殷勤地指向他脚下的一堆彩漆喷罐。

外国小哥貌似对东方小姑娘要干什么很感兴趣，大度地点了点头。

路漫漫不客气地左挑右拣，最终挑了一个姨妈红的漆罐。

路漫漫先试试手，随手喷了“我的名字叫红”六个大字。

效果很惊艳，堪比谋杀现场。

路漫漫满意地看着自己的新作，心想，喷什么才能让祁远立马来找我呢？

祁远，你妈喊你回家吃饭？

路漫漫摇头，没等他回家，她路漫漫已经饿死街头了。

祁远，你这个缩头乌龟！考个第二就不敢见人啦？

不行，太长了。

祁远，路漫漫喜欢你？

不不不，要是把这话写出来，估计祁远得跑得更远了！

路漫漫抱着漆罐，发了愁。

一旁的外国小哥对着墙上的几个中文字也在发愁。这女孩拿着他的漆罐，破坏了他的构图，写的是啥呢？

路漫漫和外国小哥大眼瞪小眼。

突然，路漫漫灵光一闪，露出小贝壳一样整洁的牙齿，那我就写句你也看得懂的。

手起手落，一阵血红色的喷雾中，铅墙上突现一行大字——

YOU ARE MY LUCKY(画掉)100%（补上）BOY！

祁远，你看见了吗？

我想让你知道，有这样一个男孩，他高大帅气、成绩优异，虽然脾气有点让人捉摸不定，却永远让人放心。

他永远能在路漫漫最需要的时候施以援手。

体育场上他替她挡下一颗棒球，他把她从骗子女巫那里救出，她和他一起送孕妇去医院，他帮她补习功课，她被诬陷作弊他先着急，他为她操心追到寺庙，她考场上发呆他也着急……

这么一步一步，与其说佛祖给了路漫漫百分之百的超能力，不如说佛祖给了路漫漫一个百分之百男孩。

祁远是路漫漫的百分之百男孩。

所以，祁远，请你一定出现，我们一起回家。

然而，此刻正深情解读自制标语的路漫漫，完全忽略了这句话没有主语。

外国小哥看到这句话，误以为是东方小姑娘跟他表白。

小哥眼里瞬间攒了一道光，以光速扑上前来熊抱住路漫漫，浓浓的荷尔蒙气息呛得路漫漫差点自闭。

什么情况？

路漫漫余光中瞥见自己写的大字，懊悔万分，立马嚷嚷："No！Wrong！Not you！祁远！祁远！"

路漫漫手拽脚蹬，依旧没有推开人半分，她正打算用铁头攻击时，小哥蓦然松开了她，她心中一阵感激涕零。

然而，下一秒，小哥就拉住她的手，像是要去什么地方。

路漫漫这下是真的怕了，使尽浑身力量往后拽，就这样以屁股着地被人拖行的姿势，出现在祁远面前。

（11）

祁远上前掣住外国小哥的肩，同时说着什么路漫漫听不懂的话，对方愣了一下，哭笑不得，看了路漫漫一眼，然后松开了她。然后，又拉住祁远往原来的方向走。

祁远要被拖走了！

路漫漫吓了一大跳，连忙从包里掏出小皮球，想都不想就冲外国小哥砸过去，正中脑门。

外国小哥晃晃悠悠地跌倒在地。

祁远惊呆了，对着涕泪四流的路漫漫："你、你什么时候买了个皮、皮球？"

路漫漫紧张极了，一方面怕把人砸坏了，一方面担心来不及跑，祁远却在这么关键的时刻问些无关紧要的问题。

她哆嗦着上前，拉住祁远的手："跑、跑哇！"

"哎！你的皮球！"

祁远就这么被路漫漫拉着，喝了几条街的冷风，停在一个黑黢黢的河岸边。

路漫漫实在撑不住，长时间饿着肚子，又跑了这么久，她趴在河堤上干呕起来。

"路漫漫？"祁远蹲下轻抚路漫漫的后背，"你还好吗？"

熟悉的声音响起，路漫漫紧绷的神经终于放下。

异国街头独行的所有后怕同时涌上心头，路漫漫不顾形象地大哭："你怎么现在才来！你、你知道我有多害怕吗？你知道我找、找你找得多、多辛苦吗？"

女孩的头发湿漉漉黏糊糊的，也不知道是泪还是鼻涕，还是二者混在一起，粘在脸上，好不狼狈。

祁远此刻的心却似在寒冬中被注入岩浆，反反复复地沸腾，他想一把抱住这个女孩，却又怕吓着她。

忍了又忍，他终是从大衣内口袋里掏出炸面包圈，递给路漫漫："你不是饿了吗？"

路漫漫不看面包圈还好，一看到又哭起来了："你、你明明跟着我，还不出现，我就这么让……嗝——让你讨厌吗？"

"是我不好，我错了。"祁远给路漫漫顺气，"来，先喝口水，再吃点东西，吃饱了再骂，我就在你身边，先不生气了好不好？"一边说，一边脱下大衣，包住浑身冰冷的路漫漫。

面包圈凉脆凉脆，甜甜酸酸，刚好下口。

路漫漫吃了两口，从旁边揪出一块，递到祁远嘴边。

祁远摇头："我不饿。"

话刚说完，肚子就已经咕咕响起。

“这边我又没咬过。”路漫漫以为祁远嫌弃自己。

祁远突然笑了，桃花眼尾微微勾起几丝促狭：“那我就不客气了。”

说着，他突然靠近，低头在路漫漫手上的面包圈上狠狠啃了一口。

原来还剩一大半的面包圈，眨眼只剩一小半。

啃完，祁远还心满意足地舔完嘴上一圈酸奶果酱。

路漫漫看着面包圈上整整齐齐一排牙印，不乐意了：“你这么吃，我怎么吃啊？”

祁远大力揉着女孩额前的碎发，嘴里含糊道：“我都不嫌弃你这个小鼻涕虫，你还嫌弃我？”

小鼻涕虫？

路漫漫真是越想越气，一口气把剩下的面包圈当成祁远给嚼了。

“不过，你哪里来的钱？”

路漫漫他们一行食宿都是由主办方安排的，加上孩子们小，带队教练并没有给他们当地货币。

“我出国前自己换的。”祁远不动声色地拽过左手袖口，遮住空荡荡的腕子，他才不稀罕祁浮韫送的手表。

祁远担心路漫漫想远，立马扯开了话题：“你那个皮球又是哪里来的，丢了没关系吗？”

“那是我妈妈送我的出国礼物，说给我锻炼身体用，就小十块钱，换我们两条小命值了！”路漫漫随口答道。

祁远忽然想起这两天，每天早上七点钟，楼下大厅响起的拍皮球声。

他和夏寒还以为是哪家熊孩子……

路漫漫一家简直让人哭笑不得。

要是祁浮韫送他一个皮球，他估计都不会把它带上飞机。就算带上了也不会每天早上认真拍五十下，连出门还带着——

不！祁浮韫压根不知道他要出国，祁浮韫不是说要来看他的吗？比赛都三天了，他人影都没见着。他的诺言，比孩子们吹的肥皂泡泡还要廉价！

“是因为你爸爸吗？”路漫漫刚好问出口。

祁远埋下头，没有回答。

“还是因为……我？”路漫漫问到最后，声音有些颤抖。

祁远依旧没有开口。

路漫漫急了，慌乱之间，拉住祁远的手解释：“我又不是故意的，我只是把会做的题做完了呀！”

祁远的手冰冷冰冷的，路漫漫吓了一跳，赶忙把自己身上披着的大衣拽下来，打算还回去。

（12）

祁远就是在这时候抱住路漫漫的。

一开始他只是想按住女孩的手，或许是女孩的气息太温暖，他实在忍不住，俯下身，连着大衣，整个拥住女孩。

路漫漫像是吓呆了，忘了挣扎。

祁远满意地得寸进尺，把路漫漫脖子间的红围巾解开一半，绕在自己脖子上，然后把脑袋埋进女孩脖子里。

少年的头发又冷又硬，扎在脖子里痒痒的，路漫漫仰着头，艰难发声：“那什么，祁远，这什么……”

“你不要动，就这样待一会儿，讲一个故事，我就暖和了。”祁远闷闷地说，把女孩搂得更紧了。

“故事？我想想啊！”路漫漫迅速在脑海中搜索最短的故事。

“从前，有一个王子看上了灰姑娘……”祁远按住不安分的路漫漫，开始讲故事。

“哎，你讲？”

“乖，好好听。”

“这个王子喜欢世间所有美好的事物。刚好在那一年，灰姑娘就是王子眼中最美的，所以，王子不顾父母和亲戚的反对，娶了灰姑娘。

“这样幸福快乐地过了三年，灰姑娘学会了插花、茶道、古典乐，学会了上层社会女性需要学会的一切，并且生下了小王子，成了一位雍容富贵的夫人。

“大家都在羡慕这个灰姑娘，相信丑小鸭也能成白天鹅。

“直到有一天，王子发现了更美的姑娘——灰姑娘依旧是美的，可是架不住王子只看得见最美、最当季的花。

“当季的花想要香车宝马，想要天上的星星、月亮，想要……灰姑娘的位置。

“人无千日好，花无百日红。

“灰姑娘害怕了，只能寄希望于她自己的孩子，于是，这个孩子从小就必须考第一，必须做一切他父亲喜欢的事情。

“可是，到头来，王子和灰姑娘还是分开了。

“王子呢，一如既往，每天都在寻找新鲜的、美的事物。

“灰姑娘呢，回到原来的世界里，假装做一个被抛弃的、心如死灰的灰姑娘，事实上，每天都等着王子接她回城堡。

“那个孩子啊，每天都想，长到十八岁了还是每天想，想着是不是自己做得不够好，不够出众，所以王子和灰姑娘才那么容易抛弃自己，忘记自己？

“路漫漫，这就是我的故事。”

女孩的脖颈纤细且温暖，温暖到祁远想流泪。

（13）

这是祁远第一次主动地跟别人谈起自己的身世，不是为了博同情卖可怜，也不是刻意解释自己失踪的原因，只是一切刚刚好——

漫天的星斗刚刚好，捎着浆果气息的晚风刚刚好，静静流淌的河水刚刚好，眼前的女孩身上的温度刚刚好。

自己生活的这十八个年头，在这样刚刚好的环境下说出来，祁远反而觉得没有那么凄凉，那么苦大仇深，反而有点像一个悲哀的童话。

他有些好奇路漫漫的反应。

她会心疼他吗？或许还会踮起脚尖摸摸他的脑袋，说一句“我们祁远，真是辛苦了”。

祁远想着那个画面，忍不住笑出声。

“那个，祁远，我脖子酸。”路漫漫踮着脚，拍拍祁远弯着的背，“你腰不酸吗——啊！”

话刚说完，路漫漫整个人眼前一花，就被祁远拎起，安置在河堤护栏上了。

护栏很高，路漫漫坐上去，刚好与祁远平视，只是背后深深的河水让路漫漫有些胆战。这下不用祁远动手，她自己先抓住祁远的肩膀，紧紧不放。

“你知道你背后是什么吗？”祁远气势汹汹，咬牙切齿。

“水啊！祁远，我要下去。”路漫漫回头看了一眼，那日差点被“红绿灯”推进文津河的记忆瞬间浮出，吓得她抱紧祁远脖子，哇哇大叫。

祁远本想吓一吓这个没良心的小东西，看到路漫漫灵魂出窍的样子又不忍心了。

“那是多瑙河。”他伸手环过路漫漫的后背，抓住栏杆，做了一个人形护障，“你仔细看看。”

“《蓝色的多瑙河》？”路漫漫脱口而出。

“《蓝色的多瑙河》。”祁远重复着，然后，轻轻吹起口哨。

欢快的乐声，混着静静流淌的河水，混着波光粼粼的月色，融化在罗马尼亚的夜中。

“喂，祁远。”

“怎么啦？”

“其实，考第二，你心里还是有点不舒服的吧！”

“嗯。”

“那也没办法，这是天生的，我又不能把智商分给你——啊！祁远，你敢放手！我要掉下去啦！”

“这样没心没肺、过河拆桥的徒弟，最好给多瑙河水冲走……”

“那……我有很多很多的幸福、欢喜、温暖、快乐，还有冬天正午的阳光、铜锣烧、周雅做的糖醋排骨……所有的这些，我都分你一半，怎么样？”

“你说的？不反悔？”

“我说的！反悔就被多瑙河的水怪给吃了！”

“哈哈哈！多瑙河你听见了吗？”

“多瑙河你听见了吗？”

“听见了吗？”

“祁远要和路漫漫，和向日葵一样，永远向着太阳生长！”

“向日葵一样生长！”

少男少女清脆的声音在长长的多瑙河上空回旋，飘荡，随着河水、星辰、掉落的樱桃树叶，一起流向远方……

（14）

祁浮韫还是赶到机场送祁远了。因为这两天，他总是莫名其妙想起祁远身边那个小姑娘，一脸认真地在黄色便笺上写“父慈子孝”，然后一脸阴森地笑。

父子俩客客气气地告别，祁浮韫甚至给了祁远一个别扭的拥抱。年长的与年少的，稚嫩的与成熟的，两人的肩抵在一处，温习一场没有正经告过的别。

路漫漫站在一旁，笑得像一株挺拔向上的向日葵。

祁浮韫被那样明亮的笑容一闪，也就释然了，打消了原本盘问的念头——也是，这么个花样年华，谁还没有个幸运女神呢！

“对女孩子要绅士哦！”祁浮韫揉揉祁远脑袋，然后，把儿子往小姑娘身边一推，吹着口哨离开了。

祁远揉揉路漫漫的脑袋，笑意黯然：“你对我爸使什么坏了？”

路漫漫俏皮眨眼：“保密！”

Chapter 07
叫祁远的小狗赢了

路漫漫轻轻揉一下祁远额前的红印子："怎么又醒了，头疼不疼？"

祁远只管傻笑："嘻嘻，今晚……月色……很美。"

（1）

比赛刚好在春节，路漫漫回家已经是大年初三了。本想好好补一周的觉，谁知第二天梁文康就发来微信："路漫漫，快来快来，一起堆雪人！"

堆个大头鬼！路漫漫本想装死，没想到第二条消息接着赶来："我和祁远已经堆了个身子啦！你快一点，还来得及滚个头！"

路漫漫哀号一声，从暖暖的被窝一头扎进冷冷的空气，鬼叫："周女士，你又趁我睡着关空调！"

"今天太阳打西边出来啦，起这么早！"周雅的声音从厨房传来，混着荷包蛋的油香，"自己盛粥啊！"

手机振动了一下——"热乎乎的豆浆、包子、油条哦！【配图】"

路漫漫围上围巾，冲到玄关换鞋："妈，我同学请我吃早餐！"

"晚饭之前一定要回来啊！你小姨要带你弟弟来！对了！看见有卖冰糖葫芦的带一串回来！"

混世魔王周禹城要来了！

"我可以不回来吗？"

路漫漫一边嘀咕，一边出了家门。

结果，等路漫漫到了开心麻辣烫那边，只发现“茫茫一片雪地好干净”。

雪人呢？祁远呢？

梁文康笑眯眯地按着路漫漫的脑袋一起拍了个自拍，发给祁远。

“小远子马上就到，您先喝口豆浆。”祁远可没那么好骗，必须得交出真材实料。

路漫漫这下知道自己给人诓了，她气得连捏了几个雪球砸过去。

两个人闹着闹着也暖和起来了，索性不等祁远，先堆起雪人来。

等祁远气喘吁吁跑过来时，一只丑萌丑萌的雪人已经立在梁文康家院子里了。

该雪人脑袋与身体等高，两粒黑豆凑成一双小眼睛，一根胡萝卜插成冲天鼻，烂了半边的番茄糊成一张嘴，一张大饼脸上还用番茄汁涂上了可疑的腮红。

祁远从未见过如此生动形象的丑，生怕这位雪人一张口唱出：“丑八怪爱伊爱伊爱哎哎哎哎哎——”

“小远子，你终于来啦！有人等你等到望眼欲穿啦！”梁文康马上凑上去献殷勤。

路漫漫恶狠狠地砸了梁文康一身飞雪。

“开春火气这么大可不好！”祁远走过去揉路漫漫脑袋，算是打招呼，“给你。”说着，把一个大黑袋套到路漫漫脖子上。

祁远今天意外地穿了件红外套，大红爆竹那般俗气的红，硬生生给祁远穿出明媚与俊朗来。

路漫漫一时看呆了眼，傻乎乎地捧着袋子一动不动。

“哇！樱桃！有钱人哪！”梁文康从袋子里掏出两个黑乎乎的果子，一把塞口里。

祁远也掏出俩，蹲到雪人跟前，抠掉黑豆，一左一右安上樱桃。

只是换了个眼睛，雪人就从丑兮兮变身傻乎乎。

等祁远把胡萝卜掰一半塞回去，只留下尖尖的头，烂番茄嘴边再用雪粉饰一下，傻乎乎的雪人就升级为小可爱了！

梁文康看祁远花了不到一分钟就搞定了这些，不禁感叹："祁远，你以后去开个整容院吧！肯定生意火爆！"

一直到祁远把路漫漫脖子间的围巾扯下来，路漫漫才从祁某人的神颜中回过神来，然后，羞红了半张脸。

都认识这么久了，还犯花痴，真是丢脸丢到姥姥家了！路漫漫把脸埋到黑袋子里猛吃樱桃。

甜甜也馋，扒住路漫漫的羽绒服一直往上蹭，毛茸茸的脑袋挤着路漫漫的。

"祁远，你怎么这么不绅士，你看人家路漫漫，脸都冻红了！要到袋子里取暖！"

梁文康跳出来控诉。

然而，当他看到围上红围巾的雪人由小可爱升级为巨可爱之后，立马抛下自己的仗义之心，搂着雪人一阵自拍。

路漫漫正捂着脸，忽然脖子一暖，抬头，竟是祁远把他的黑色羊绒围巾绕她脖子上了。

甜甜已经被梁文康挟持去拍照了。

"不，我不用。"路漫漫手忙脚乱地摘围巾，一不小心手碰到祁远的手，脸更红了。

"是我太热了，劳烦你当一下衣架。"祁远亮出招牌微笑，桃花眼里情深似海。路漫漫把头一扭，心想，老天爷啊，让我死了吧！

（2）

三人一狗在雪地里闹了一阵，回屋煲起火锅party来。

"阿姨说，葱不是要等汤开了再放吗？"路漫漫平日里补习，也跟着看了些梁文康妈妈做菜的技巧。

"管她呢！反正今天我爸妈不在，我们三个人，想怎么吃就怎么吃！"梁文康一不小心暴露他请客的真实目的。

"原来庆祝我们得奖是假，不想当留守儿童是真！"祁远抓住梁文康，灌下一听啤酒。

三个人正闹得不亦乐乎时，门被人推开了。

“不好意思，今天不营业啊！”梁文康一回头，看到了夏寒。

因为之前帮祁远跑腿送书什么的，他也见过夏寒几面，一时间弄不清楚人是不是祁远请过来的。

夏寒倒是一点也不意外，他大大咧咧地走进来，拉过一张椅子坐下，刚好坐全一桌，冲路漫漫暧昧一笑：“有人请我来的。”

梁文康看祁远，祁远看路漫漫，梁文康又看路漫漫，关键的是，夏寒也看路漫漫，并且，从包里掏出一个点心袋递给路漫漫。

其实谁都不知道，是梁文康发的朋友圈里，雪人脖子上的红围巾邀请夏寒来的。

那条红围巾，路漫漫在罗马尼亚就一直围着，夏寒只是跟着梁文康朋友圈的定位过来碰碰运气，没想到真遇见了。

微信提示音响起，路漫漫拿起手机一看，是祁远。

“你喊他过来的？”

路漫漫正要回复，夏寒突然开口：“上一次我们说要一起去的点心店，后来我去给你带了些铜锣烧，有草莓味的、香草味的、巧克力味的，还有你最喜欢的抹茶味。”

“我们上次的……铜锣烧？”路漫漫下意识重复，突然想起祁远失踪那天，她与夏寒的争吵——

“路漫漫！我喜欢你！从小学一年级开始就喜欢你！喜欢你十年了！难道你不懂吗？”

少年张皇的怒吼就在路漫漫耳边——那个黄昏，她所无视的告白。

可是那个少年依旧去了点心店，买回了她最喜欢的铜锣烧。

路漫漫是被一连串的微信提示音拉回现实的。

“我们？”

“路漫漫你有在听吗？”

“你清醒点！”

“不要以为他跟我们去了一趟罗马尼亚，我们跟他就是一伙的——我告诉你，我们是我们——我和你——我们，他是他！”

“他！”

"一！"

"个！"

"人！"

桌子左侧，祁远狠狠盯着夏寒，手机触屏键音嗒嗒嗒响个不停。

夏寒呢，一面大大方方给祁远以回笑，一面当着祁远的面，拆开点心盒子，挑一块铜锣烧，递到路漫漫嘴边。

梁文康支起下巴，满脸八卦。

路漫漫深深叹了一口气，客客气气地用手接过铜锣烧："谢谢啊！天气冷，要不先喝口汤……呵呵……"

夏寒主动递来碗。

祁远啪一声把手机摔桌上，冷笑道："有些人，自己没长手啊！"

路漫漫连带着祁远，一起盛了两碗汤，然后，赶忙拿起手机啪嗒一阵输入："那次你不是知道吗？我还为你跟他吵架呢！"

那天在罗马尼亚，路漫漫三句话不离祁远，按照她那个百分之百的超能力，祁远可是全程围观了她和夏寒的争执。

路漫漫不提还好，祁远脑中瞬间浮现出，那天夏寒抱住路漫漫的画面，心中直冒酸泡。

"哦。"

路漫漫收到一则微信。

哦？

紧接着——

"被初恋抱住的感觉怎么样？"

"帮人家削了那么多铅笔，讲了那么多故事到底没白费！"

"大帅哥现在来倒追你，心里高兴死了吧！"

路漫漫摔下手机，直接上嘴："祁远你简直不可理喻！"

祁远桃花眼狭长，习惯眯眼，这次气急了，便一点点睁大眼，瞪过去。

路漫漫的眼睛不用刻意睁就滴溜圆，也奶凶奶凶地瞪回来。

整个过程，微信提示音漫天飞。

夏寒挑了挑眉，敲了敲筷："我说，两位——还有两个大活人在旁边呢！你们这样，会不会太明显了？"

梁文康实在忍不住，笑翻了椅子。

"那我就直说。"祁远冲夏寒一抬下巴，"这里不欢迎你。"

正在啃鸡腿的甜甜嗅到主人的柠檬酸，跟着冲夏寒吠了一声。

"漫漫也不欢迎我吗？"夏寒委屈巴巴地问路漫漫。

路漫漫刚咬了一口铜锣烧，还没嚼开呢，又不能吐出来，只能露出笑脸打哈哈："那什么，新春大吉，来者是客——哎呀！肥牛熟了，赶紧吃赶紧吃，不然一会儿就老了。"一边说，一边给夏寒和祁远一人夹了一筷子。

"漫漫，我也要，我也要。"梁文康跟着起哄，被左右二人瞪成马蜂窝。

祁远吃完肥牛，清清喉咙，继续作战："听清楚了吗，你是客人，客人就要有客人的自觉。"

夏寒不动声色地反击："这可说不准，万一主人什么时候又失踪了，有客人在，还好照应些，漫漫，你说是不是？"

漫漫埋头吃虾。

梁文康："失踪？又？之前谁失踪了？"

"大冷天的，只不过考了个第二，就闹脾气搞失踪，任由一个女孩子满大街地找都不出现，实在算不上什么男人。"

梁文康不解，戳一戳祁远的胳膊肘："谁考第二了？你们俩——你们仨不都是冠军吗？冠军还分一二三的吗？"

路漫漫偷瞄一眼祁远隐而不发的青脸，赶紧给夏寒捞了一把年糕："吃这个吃这个，芝士馅儿的，好吃不粘牙。"

实际上这年糕可粘牙了，路漫漫盯着夏寒祈祷："赶紧吃，赶紧吃，最好把牙都粘住了，说不出话来。"

谁料夏寒又要开口——路漫漫赶紧抢话："他不是因为这个，吃饭吧！"并且给了夏寒一个威胁的眼色。

夏寒终于闭了嘴，夹起一块年糕，然而——

"祁远你玩失踪？你们在国外到底发生什么事儿了啦！哎哟，我都好奇死了！你们怎么都这样，话说一半，好讨厌！”梁文康撒娇求问。

你才讨厌！梁文康这个大嘴巴，路漫漫真想一巴掌拍死他。

“不是第二，难道是缺失父爱？”夏寒放下年糕，嘴欠地攻击，“据我所知，祁先生最后不是到机场送行了吗？按我家的标准，你这儿子做得太计较。”

夏寒这句话的信息量就大了——伤人一千，自损八百。

路漫漫再也没力气劝架了，她索性当个没事人，屏蔽周围充满火药味的气氛，埋头大吃特吃。

梁文康可没这么容易熄火，他抓耳挠腮地拉住祁远：“祁浮韫也去了？你们还见面了？”

祁远脸一拉，筷子一摔，终于爆发了：“第二又如何？缺父爱又如何？我敢做敢当，不像某些人，不过当了六年的老二，最后毕业的时候，就翻脸不认人！农夫与蛇也不过如此！”

“六年的老二？谁啊？谁是农夫？谁是蛇？”梁文康总是能听到新的爆炸性信息，偏偏说话的人都屏蔽了主语。

夏寒落寞地垂下眉眼，长长的睫毛簌簌抖动：“我说过了，那时候还小，漫漫，对不起。”随之是让人心碎的叹气。

祁远咬牙切齿，手捏成拳头，心想“装！就你能装”，然后气呼呼地发微信。

“不用理他！他那是苦情戏！”

谁料路漫漫根本没看手机，正忙不迭摆手：“都这么久了，没事儿了，真的！”

“真的？”夏寒抬眸，葡萄眼亮晶晶的，漂亮的脸蛋像是从漫画里临摹出来的。

路漫漫正要点头，祁远突然冷笑：“亡羊补牢？晚了！”

“怎么，就准你改过自新，我就必须永世不得翻身？”夏寒反唇相讥。

“那也要看犯错的大小程度，时间长短和受害者心情损伤程度。”祁远严阵以待。

“那什么……受害者什么的，谈不上。”路漫漫弱弱地举手。

祁远桃花眼一眯，指着夏寒问路漫漫：“你敢说你没受他的影响？明明天生考一百分的人，怎么小学之后，再也没有拿过第一？”

夏寒听完愣了一下，不敢相信似的问路漫漫：“他说的，是真的吗？”

路漫漫想都没想，嘴先否认：“你别听他胡说。”

祁远冷笑：“我胡说，不知道当初是谁死皮赖脸想要成为百分之百存在感的人？”

“祁远！”路漫漫跺脚，眼中闪过泪花。

“我在！”祁远明知这样做不对，可是一看到路漫漫帮夏寒说话，他心里就不舒服。

他心里不舒服，也不想让路漫漫心安。

“路漫漫，对不起。”夏寒的眼睛红了一圈，默默地灌了一杯啤酒。

“不关你的事！”路漫漫回应着夏寒，却红着眼向祁远吼。

“你们到底在说什么啊！”梁文康好不容易逮着机会插进来，可惜三人眼睛红红，拒绝回应。

梁文康抓耳挠腮，拿筷敲碗：“喂喂喂！你们三位，你们坐着我家的椅子，蹭着我家的饭，喝着我家的酒，然后，说着只有我一个人听不懂的话，有意思吗？”

“闭嘴！”三道声音同时喝道。

甜甜吓得鸡腿掉了，躲到梁文康背后，然而好奇心不死，从梁文康背后慢慢探出狗头。

“什么嘛！我自己的家，我还不自由了？”梁文康抱住甜甜，郁闷地喝起啤酒，“你也来一口？”

“你出去！”祁远对着夏寒，开始赶人。

夏寒屁股也不挪一下，冷笑：“哼！都是考第二的人，何必这么斤斤计较。”

祁远炸了：“谁是第二！你才第二！你全家都二！”

夏寒对路漫漫笑道：“你看他，心里终归不舒服。”

祁远一拍桌子：“你妈……”

路漫漫卒，趴在桌上装死，彻底不发声。

夏寒笑嘻嘻地继续："说脏话不好，老二。"

"别老二个没完，有种咱们俩比比！"祁远不耐烦地一推碗筷。

"比什么？"夏寒脱掉外套，卷起衣袖。

装死的路漫漫眼珠滴溜溜转了一圈。

"大过年的挂彩多不好！"梁文康横在桌子中间，举起啤酒罐，"要不比喝酒吧，吃吃喝喝，多应景——啊！"

梁文康的脚被路漫漫踩住，来回碾了三圈儿。

"啤酒？"夏寒轻蔑地问。

祁远转身从厨房拎来一瓶红酒、一瓶白酒、一瓶黄酒，"咚——咚——咚——"摔桌上，哂笑："就怕你不敢喝。"

"那什么，学生拼酒不好吧！"路漫漫一把抱过酒瓶，"如果你们非要凑个色儿的话，我来给你们拼！"

毕竟男女有别，谁也不能从路漫漫怀里抢酒啊，祁远和夏寒只能看着路漫漫抱着酒嗒嗒嗒地跑回厨房，又重新拎出三瓶——

一瓶鲜牛奶，一瓶鲜橙汁，还有一瓶苹果醋。

"拼这个怎么样？"路漫漫眼睛锃亮，一脸期待。

祁远和夏寒嘴角隐隐有些抽搐，一脸"开什么玩笑"的表情。

"我没有开玩笑啊！"路漫漫瞪大眼，无辜道，"如果你们不介意的话，我们可以请骆老师、仲老师、鲍教练，哦，我都忘了钱主任了，不知道他们今天有没有空啊？"

路漫漫一边说，一边掏出手机。

梁文康瘸着脚，眼疾手快地抢过手机，帮祁远和夏寒做了决定："喝！他们喝！"

阳光大好，两个大帅哥面对面而坐，喝着精心调制的果味奶茶，原本那种煮酒论英雄的江湖豪气消失殆尽，软绵绵的下午茶氛围愈加浓厚。

梁文康实在憋不住，鼻腔中漏出一丝笑音，被夏寒和祁远同时瞪住，他索性不憋了，一边捶桌一边狂笑。

路漫漫满意地捞着火锅，有一搭没一搭地吃着。

正是在这个时候，不知道是谁开的头，祁远和夏寒也不管杯子里的到底是什么了，竟还认认真真拼起来了！

这么左一杯右一杯的，忙到路漫漫都来不及兑饮料了。到后来，祁远索性拎起手边的那瓶苹果醋，仰头直喝，夏寒则拎起牛奶直灌。

“怎么办啊？他们喝这个还较上真了？”路漫漫给梁文康递了一个眼神。

真是红颜祸水啊！梁文康一边心里想着，一边递回眼色：“不就是牛奶果汁吗？喝不死人的，顶多多跑几趟厕所！”

然而，话音刚落，夏寒突然跑开，随后屋里的人听到一阵撕心裂肺的干呕声。

“我就说他喝不过我。”祁远拎着空瓶向路漫漫邀功，打了一个满是醋味儿的嗝，“我是第一，第一！”

路漫漫嫌弃地皱脸：“好好好！你第一，乖乖坐下，吃点菜。”

嫌弃是嫌弃，祁远一口饭没吃就喝冷饮，路漫漫还是有点担心的，谁知她刚给他夹了一颗牛肉丸，祁远就推开她，也跑到外面吐了。

正在打盹的甜甜，一秒站起，跟着冲出去。

一分钟后，祁远推开门，脸色惨白。

梁文康赶紧去扶：“怎么啦？哪里不舒服？”

祁远喉咙像被卡住，说不出话来，便指了指院子。

路漫漫和梁文康出门一看——

夏寒竟然晕倒在院子里了，甜甜正围着他边嗅边打转儿。

路漫漫过去一摸，手冰冷，额头滚烫。

三人吓得不行，梁文康立马背起夏寒，让祁远扶着，赶去医院。

厨房里还煨着猪蹄煲，梁文康临走前，给了路漫漫钥匙，让她收拾一下，再锁门去医院。

（3）

“甜甜乖哦，留在家里看门，哥哥们马上回来。”透过门上的玻璃，路漫漫跟甜甜告别。正锁着门呢，衣服下摆就被人抓住了。

“桃代，你怎么在这儿？”路漫漫吓了一跳，“你是来找哥哥的吗？”

“哥哥坏！不要哥哥！”小女孩嘴边红红的，不知沾上了什么。

路漫漫赶紧蹲下检查，摸一摸原来是果酱。

路漫漫福至心灵，回头看了一眼院子里的雪人，果然，巨可爱的雪人变成盲眼雪人了。

“为什么不要哥哥呀？”路漫漫掏出纸巾，给小朋友擦嘴。

“哥哥、哥哥他不让我吃樱桃。”桃代声泪俱下地控诉，“他、他把一大袋樱桃都带走了。”桃代一边说，一边比画一个她人那么大的圈儿。

刚吃完一大袋樱桃的路漫漫左瞟右瞟，心虚地转移话题：“那什么，待会儿姐姐先带你去买樱桃吃，然后一边吃一边找哥哥怎么样？”

正说着呢，梁文康电话打过来了，路漫漫简单交代了突发状况，并把自己的打算告诉了祁远。

“千万不要带桃代去医院，她……她从小生病，对医院有不好的回忆。方便的话，你可以先带她去咖啡厅坐一坐，我这边忙完了再去接她。”

电话里祁远的声音很疲惫，还带着点沙哑。路漫漫搂住桃代，连声应着，犹豫着要不要问一下夏寒的情况。

“夏寒是急性肠胃炎，现在在打吊瓶，打完吊瓶观察一晚上就行了，他家里已经来人了。我们等他醒了再回来，桃代……就先麻烦你照看一下——对了，不要给她买樱桃，她今天已经吃了一箱了，再吃铁定闹肚子。”

一箱樱桃……

“樱桃樱桃，去买樱桃……”桃代拉着路漫漫的手晃啊晃，圆溜溜的眼睛锁住她。

路漫漫看了看眼前这个奶萌奶萌的小女孩，开始头疼。

周雅的电话又来了。

“五点之前回家吃晚饭哈，别忘了买糖葫芦！”电话那头还有周禹城那个混世小魔王开玩具火车的声音。

路漫漫还没来得及说一句，电话就挂了。

看一下手机，现在是三点，路漫漫仰天长叹，今天怎么事儿这么多啊！

冰糖葫芦？周禹城？

路漫漫灵机一动，眉眼弯弯，开始套路小朋友："桃代，你是不是不想跟哥哥回家啊？"

桃代一脸嫌弃："哥哥坏死了，哥哥不要。"

路漫漫心中大笑，祁远，你也有这天！

"那去姐姐家玩好不好？姐姐家有一个和你一样大的男孩子，叫周禹城，长得可帅啦！可以陪你一起玩，好不好？"路漫漫循循善诱。

果然，一听到小帅哥，桃代整个人都文静下来了，也不理路漫漫，只埋着头数手指："一二四五六……"

路漫漫心中暗喜。

"那我们先去给禹城哥哥买串冰糖葫芦，当见面礼，好不好？"

至此，桃代对樱桃的执念被路漫漫成功瓦解。

可惜，路漫漫太低估六岁小女孩的威力。

此后发生的事情，让路漫漫觉得，如果一个人觉得生活太无聊，不妨养一个六岁的小女娃，未来的人生将充满了惊吓与惊喜。

（4）

事情是这样的，路漫漫拉着桃代在商场逛了一圈，娃娃也抓了，糖葫芦也买了，正要走时，一个偶像团队突然开始路演了。

接下来半个小时，路漫漫见证了一个六岁小女孩疯狂的追星实貌。

在路漫漫印象中，六岁的孩子应该没什么词汇量的，可是跟着那个偶像团体，桃代先后吼完了四首中文歌、两首英文歌，中间还来了一段无比精彩的rap！

现在六岁的小孩都这么溜吗？

路漫漫对着又唱又跳，嗓子都要吼哑了的桃代完全束手无策。

"接下来，将由'青柠CORONA'的队长苏溯选一位幸运观众，和他一起同台演唱！"

话音未落，全场"我！我！我！"的尖叫声已经此起彼伏。

路漫漫看了一下时间，已经四点半了，她尝试着问桃代：“桃代，我们要走了啊？禹城小哥哥还在家等着我们呢！”

“苏苏哥哥选我！选我！我！”桃代已经激动得忘了路漫漫的存在，周禹城小帅哥？不存在的。

路漫漫不知道这演唱会还要开多久，看样子像是队员下去换衣服，队长中场撑一下。

她咬了咬牙，揪住桃代的耳朵吼道：“如果姐姐帮你抢到，你唱完歌，就跟姐姐回去好不好！啊？”

原来还动如疯兔的桃代忽然安静下来，凝视路漫漫，圆溜溜的大眼里满是不相信。

也是，路漫漫她们位置靠后，刚刚桃代也是一直看荧屏直播跟着唱的，任那偶像眼神再好，也瞅不到桃代这个小娃娃。

“我们拉钩，上吊，谁反悔谁是小狗！”

路漫漫先下手为强，然后盯着舞台上那个叫苏溯的漂亮少年使劲儿想。

盯着盯着，路漫漫发现这个苏溯跟祁远一样，都是桃花眼，笑起来时双眼像一弯倒月牙，眼尾却往上翘，看的人也会跟着笑，跟喝醉了酒一般。

哎哟！想岔了！路漫漫赶紧回神，对着台上的偶像念叨：“快点看到我，快点看到我，快点——”

“那位扎着小猪佩奇发带的女孩。”叫苏溯的偶像开口。

追光灯跟着扫来，路漫漫被光照得睁不开眼，拿手挡住。

荧屏上，路漫漫的马尾发带上，小猪佩奇的脑袋有了一个大大的特写。

“哇！真的是我们哎！”桃代一蹦三尺高。

上台表演，路漫漫是拒绝的，作为一个连儿歌都会唱跑调的人，路漫漫丢不起那个脸。

可是偏偏苏溯指的人是她，舞台方表示看桃代漂亮可爱，她可以作为附属品上台表演，约莫于吉祥物的作用。

如果单独让桃代上台的话，观众会有受骗感。

路漫漫觉得，对方太侮辱桃代人格了，竟然把一个活生生的小朋友说成附属品、吉祥物！

然而，吉祥物桃代欢欣鼓舞地接受了自己的新身份，还举双手双脚保证，一唱完就乖乖回家——

总之，一句话，路漫漫被赶鸭子上架了。

（5）

上了台，路漫漫才知道，偶像之所以成为偶像是有原因的。

单看颜，古罗马雕像那样深邃的面部轮廓是路漫漫的最爱。因此，路漫漫平日里粉的是欧美颜，也没怎么关注国内偶像团体。

那个叫苏溯的男孩看上去也就和路漫漫差不多大，唇红齿白，五官格外精致。

少年高高瘦瘦，白衬衫搭黑色破洞牛仔裤，一阵风似的走过来，给路漫漫递话筒，然后示意路漫漫转身，荧幕上有三首歌曲，让路漫漫选。

三首中，路漫漫只听过一首，是电视剧《泡沫之夏》的插曲《黑猫与牛奶》，她指着那首问桃代，桃代却只顾着看自己的偶像。

现场像是很急，没有任何开场白，欢快的前奏骤然响起。

路漫漫还没反应过来，已经错过了第一句。

然后，路漫漫看提词器上的第二句时，也看到了台下黑压压的人头以及挥舞的荧光棒。那种似乎要泼到舞台上的热情，吓得路漫漫当场结巴。

第三句，苏溯替她接起来了——

刮风下雨的夜晚

小黑猫只能吃着垃圾堆里发臭的菜……

舞台下的粉丝顿时一阵尖叫，路漫漫更慌了，她下意识去找桃代，却发现桃代躲在她背后，发着小抖。

这下丢脸丢到全国人民面前了！路漫漫绝望地看了直播大屏一眼。

突然，手被人抓住了。

一双温暖干燥的大手。

小男孩就是一个小男孩

没有过去也没有未来

青柠一样清甜的音色环绕着路漫漫，路漫漫恍恍惚惚被人拉到舞台中央，跟着歌声的是舞台下观众发出的疯狂尖叫。

刮风下雨的夜晚小男孩只能不知所措地望着恐惧发呆……

“不用怕，跟着我，一起唱，一，二，三——”

路漫漫的眼镜被苏溯摘掉了，她下意识抬头——模糊的视线中，少年的轮廓白到发光——她的心就在那一刻奇异地放松下来。

她试着哼了两声，很低的——

在一个樱花盛开

晚风徐徐的夜晚

少年的手，少年的声音，一样的温暖有力，路漫漫慢慢放开——

小黑猫遇上了小男孩

小男孩给了它一碗温温的牛奶……

然后，她彻底放开——

在一个樱花盛开

晚风徐徐的夜晚

小黑猫遇上了小男孩

小男孩给了小黑猫温温的牛奶

从此他们懂了爱

从此他们懂了爱……

追光灯尾随着少男少女，舞台下的观众也奇异般安静下来，一声一声打着拍子。

歌唱，仿佛是下意识的行为。

“这大概是我一生中最百分之百的时刻吧！”路漫漫迎着追光灯，露出了最璀璨的笑。

唱到第二轮时，路漫漫突然想起了桃代，手一摸，果然小家伙偷偷躲在她背后。

小屄包，不是要见你偶像吗？就这么点胆儿？

路漫漫果断甩开苏溯的手，趁着他愣神的工夫，把桃代的手塞进他的空手里，然后她牵起桃代的另一只手，若无其事地继续唱歌。

结果，后半场下来，桃代完美地诠释了吉祥物这个角色——参考模特为熊本。

下场的时候，路漫漫为桃代争取到了一个拥抱偶像的机会，苏溯附赠揉刘海服务。

“谢谢你！”路漫漫接过眼镜时笑眼弯弯。

或许只有真正自信的人才能传达别人自信的力量。路漫漫真心感谢给予自己力量的这个人。

然后，竟也意外地被揉了刘海。

舞台下万千吼叫，千万羡慕嫉妒恨统统抛却脑后。

（6）

祁远一直到晚上七点，才风尘仆仆地赶到路漫漫家。

路漫漫开门时吓了一跳——

祁远只穿了薄薄一件黑色羊绒衫，脸色苍白，睫毛上覆满雪花，双唇微微发紫，一身清冷，看得旁人都觉得心疼。

“快进来！你的外套呢？”路漫漫赶紧拉人。

“没事儿，我接了桃代就走。麻烦你帮她收拾一下。”被屋里的暖意一烘，祁远反而忍不住打了个寒噤。

真像一只淋雨甩毛的二哈，路漫漫不厚道地笑出声，脑袋上就挨了一巴掌。

“什么待客之道啊！快，进来啊！”

这样病弱倔强的美少年，周雅肯定不会放过。

路漫漫无视祁远发出的求救信号，乐呵呵看着大妈生擒美少年的戏码，还随手关上了门。

“哎哟，这大冷天的，小伙子太逞强了！”周雅自来熟地在祁远背上拍了一掌，然后端来一碗热乎乎的汤圆，“先喝点热汤，暖和一下。”

“漫漫啊，你去我屋里找一找你爸的冬衣，找一件漂亮的，给祁……”

“祁远。”祁远毕恭毕敬地回答，“阿姨，真的不用麻烦了！我接了桃代，马上就走。”

“桃代睡着呢！刚刚和漫漫的小弟弟一起玩，太累了，还吃饭呢，就睡着了，挪漫漫屋里头了——我们正吃着呢，你呀，也一起吃了回去！”

周雅身上有一股浓烈的花椒香油味，祁远很小很小的时候，奶奶还在世时身上也是这样的味道，温暖、世俗，让人忍不住想要依靠。

祁远喉结滚了又滚，一句话没说出来，眼眶反而有些发热。

幸好这时候路漫漫拿着衣服出来了：“妈，这件怎么样？”

祁远抬头一看，是一件墨绿色的短款外套，防风面料，时尚大方，挺括有型，好像还是新的。

祁远本以为是件旧棉袄什么的，一看到新衣裳下意识就摆手：“不用不用，我现在已经暖和过来了。”刚说完，就打了个喷嚏。

周雅看穿了祁远的小心思：“不用怕弄脏，她爸反正不穿，这么好看的衣服。”一边说，一边把衣服披到祁远背上。

祁远用眼神向路漫漫提问，路漫漫趴到他耳边悄声道：“老路嫌弃颜色，不想穿绿的。咱是社会主义接班人，不迷信啊不迷信。”

祁远被那个“咱”字给取悦到了，乖乖地穿好外套，还被路漫漫拉得站起来，给前后左右观摩了一番。

祁远个儿高，肩又宽，天生的衣架子，加上皮肤白，墨绿超衬肤色。

“好看吧？”路漫漫得意扬扬地问周雅。

“是啊，怎么有这么好看的男孩子啊！”周雅从围裙兜里掏出手机，对准祁远，“小远啊，不介意给阿姨拍两张吧？”

话还没说完，咔嚓咔嚓声已经连成一片。

“那个，漫漫，你也过去，一起拍一张，好朋友之间怎么能没有照片呢？这以后看啊，都是美好的回忆……”周雅有条不紊地指挥着，“靠近点儿！再近点儿！哎呀！现在你们这些小孩子都这么保守呀！挽个胳膊，搂个肩膀不会呀！对对对……”

一直到饭桌上，周雅还在反复筛选照片。

路漫漫想着祁远上顿没正形的午餐，就给他先盛了一碗红枣枸杞鸡汤，特意拣了些笋、菇、山药这些素菜进去，然后，把香喷喷的辣子鸡摆到自己面前，大吃特吃起来。

“发给老路，他不穿，自然有人穿。”周雅边捣鼓手机边念叨，“让他以为我养了个小白脸，哼哼，让你不回家过年！”

小白脸祁远正在喝汤，活生生给呛住了。

路漫漫一边赶紧给祁远拿纸巾拿水，一边抱怨周雅：“妈！你看你把人给吓得！再说也不现实，老路要真觉得有什么，肯定以为祁远是你私生子！”

托了路漫漫的福，私生子祁远喝水时，再次被呛到了！

正闹着，周雅电话响了。

“老路挺快的啊！兴师问罪来了！”路漫漫看热闹不嫌事大。

周雅本是高高兴兴地接起电话的，听了两句，眉头就皱起来了。

祁远有些坐立不安，以往他的年夜饭都是一个人吃，或是在酒店里吃，从没见识过这么欢快闹腾的席面。

“是你小姨，说不来吃饭了！临时被老板拉去加班了！”周雅叹口气，夹了一筷子青菜，又放下，重重叹了一口气。

路漫漫赶紧跟着把筷子放下，给周雅递过一杯可乐：“母亲大人，您消消气哈！”

祁远也看着眼色放筷子。

周雅一口干完可乐，杯子重重扣在桌上：“那个不要脸皮的小瘪三！当年我和你爸早就看准了，不是个好东西，你小姨偏要死要活地要嫁！这下好喽！孩子都上小学了，爸爸跑喽！现在一个人拉扯孩子，苦啊！”

路漫漫给祁远递眼色，让他自便。

祁远刚刚拿起筷子。

周雅一巴掌拍桌上：“你以后找男朋友一定不要看脸，光皮相好有什么用，好皮相都是用来骗人的！”

祁远愣是把送到口里的糖醋排骨，完完整整地吐出来，规规矩矩坐好，不敢动一下。

“好孩子，不是说你啊，你该吃吃，该喝喝！我就是觉得我那小妹妹太辛苦，当年全家捧在手掌心的……”

周雅说着说着就捂住了眼，路漫漫叹了一口气，心想，这老路也真是把周雅养成孩子似的！多大人了，还在孩子眼前哭。

“妈！你放心，等我长大了，我就嫁给老路那样的人！”路漫漫特意哄周雅开心。

“你爸？你爸有什么好的，一天到晚海啊海的，过年也不回啦，当初怎么不跟海的女儿结婚呢！”周雅越想越心烦，索性倒了些家里酿的米酒，独自喝着。

“你吃你吃，再不吃菜又要冷了！”路漫漫招呼祁远。

五分钟后——

“小远啊，阿姨敬你，谢谢你辅导我们家漫漫！”周雅给祁远倒上满满一杯，“我家漫漫能考第一都是因为你！阿姨谢谢你啊！”

“妈！我们还是学生呢！”路漫漫瞪了周雅一眼，然后命令祁远，“你不用理她！”

谁知，一扭头，就见一杯400毫升的米酒被祁远咕嘟咕嘟喝了个底朝天。

然后，某人一头栽倒在桌上！

“妈！你看啦！”

（7）

路漫漫好不容易把祁远搀到沙发上去，正要给他拿毯子时，手被人抓住了。

“你醒啦？”路漫漫回头一看，祁远双眼紧闭着，脖子、脸颊红成一片。

“不舒服吗？”

“水，渴……”

周雅刚好送来一杯蜂蜜水，本来她想来个一醉方休的，没想到被小伙子抢了先。

“小远酒量不行啊！”周雅尬笑打哈哈。

就这酒力，中午还想与人拼酒？路漫漫接过蜂蜜水，给了一脸酡红的祁远一个大大的白眼。

“不喝了，喝……饱了！”祁远噘着嘴，怕人不相信似的，还假装打了个嗝。

杯子里只剩一口，路漫漫晃晃那一口，再瞧瞧祁远耍赖皮的模样，给跪了。

“跟你小时候一模一样。”周雅乐呵呵地欣赏醉酒的小帅哥，心里舒坦许多。

喝了蜂蜜水，祁远好歹睁开了眼，只是目光呆滞，谁到了他眼前都喊“漫漫”。

周雅一脸意味深长地看向自己女儿。

路漫漫解释：“我们学校叫漫漫的人多了去了。”

就在此刻，祁远拉住路漫漫的毛衣下摆：“唔……路漫漫……你给我削铅笔。”

“削铅笔？”路漫漫怀疑自己的听力，“现在削铅笔干什么？”

“你都给夏寒削铅笔，不给我削！小气鬼！”祁远拾起果盘里的一颗橘子，砸向路漫漫。

“这什么跟什么呀？”路漫漫无力扶额。

周雅看热闹不嫌事大：“夏寒啊！小学时候那个小帅哥是不是？哟！那脸长得比姑娘还漂亮！”

祁远不乐意了，手指自己，大舌头道：“我……我比他还、还要漂亮！”说完，冲路漫漫来了一个眼神wink。

周雅完全想不到小帅哥是这反应，拿起手机就要拍，路漫漫呈“大”字形往祁远身前一挡：“妈，你快去煮醒酒汤啊！”

与此同时，路漫漫的手被人拽住：“削铅笔……削铅笔！削铅笔笔……笔！”

路漫漫无奈，只能从房里扒拉出卷笔刀和铅笔，当着祁远小朋友的面，三下五除二削出一支笔芯尖尖的铅笔。

路漫漫拿着铅笔在祁远眼前来回晃：“你看，我削好了啊！”

“不要！”祁远气呼呼地扭过头，“骗人！”

路漫漫真想拿个抱枕把祁远砸晕，可一看到气鼓鼓的祁远，还有那不断往回瞟、求关注的小眼神，只能耐心问：“我哪里骗你了？”

“要用小刀削！这个、这个是作弊！”祁远指着卷笔刀，委屈巴巴地控诉。

“老天爷，把我给削了吧！”路漫漫无语望天。

“你看你，就是偏心！你给夏寒就用小刀削，给我用卷笔刀……”祁远胃痛似的捂住肚子，整个人蜷成一只大虾，眉头深深，可怜透了。

周雅母爱泛滥，翻箱倒柜找出一个生了锈的文具刀来，怼自家女儿：“削支铅笔又不会死！”

“不许凶漫漫！”祁远突然跳起来，挡在路漫漫跟前，恶狠狠地盯着周雅，眼眶发红，鼻头微皱，薄唇紧抿，像只奓毛的小狼崽。

周雅以蒙娜丽莎的微笑和祁远对视一分钟，然后，一撂茶杯：“不煮醒酒汤了，他这样，灌下去也醒不过来。”

“妈！”

“别喊我！我去洗碗，你自己照顾好祁远！”

“妈！”

（8）

这边路漫漫刚削好铅笔，那边祁远又嚷嚷着要做奥数题。好不容易陪着这只醉猫做完题，又要开始讲故事。

“从前有座山，山里有座庙——”路漫漫坐在沙发扶手上，拍着祁远的背缓缓道来。

“庙里有个路漫漫，嘻嘻嘻！”祁远插嘴。

故事一卒。

“在很久很久以前的一个森林里……”路漫漫刚开头。

“住着七个小矮人。”祁远再次截和。

故事二卒。

你要体谅喝醉了的人。路漫漫让自己保持微笑，再度开口："从前——"

"我要听你自己编的故事。"祁远整个人又痛苦得蜷成一只大虾。

"从前，有一只叫夏寒的小狗，和一只叫祁远的小狗打架。"路漫漫故意停下来看祁远的反应。

祁远猛地睁大眼，一歪头，一副狗势汹汹的模样。

"从天亮打到天黑，最后，那只叫祁远的小狗赢了。"

此故事让祁远同学极度舒适，终于安静下来了。

就这样胡编乱造了一个又一个故事，祁远终于睡着了。

路漫漫轻手轻脚地给祁远盖上毛毯，周雅正好洗完碗走过来。

"路漫漫，把祁远扶到你房间去。"女主人发号施令。

"那我今晚睡哪儿？"路漫漫一脸问号。

"和我睡。"

"我不，我拒绝。"周雅那个睡相，路漫漫一个晚上能被母亲大人的腿压醒八次。

路漫漫伸手指着祁远的脸："是男人就睡沙发。"

"路漫漫……"周雅举起锅铲龇牙。

"我不，我就算是睡沙发也不和你一起睡。"路漫漫拿起抱枕当盾牌，做最后的挣扎。

母女俩正用眼神交战时，祁远一把拉过路漫漫指向他的手，枕在脑袋底下，傻笑道："跟我睡，我们一起睡……"

"哐——"周雅一锅铲拍上去，祁远彻底晕了。

周雅得意地冲锅铲吹了口气，看了路漫漫两眼。

路漫漫立马跪地求饶："妈，我跟您睡，跟您睡！"

路漫漫费了姥姥劲儿给祁远挪她房间去，走之前，想了想，还是去洗手间拧了把热毛巾，给他擦了脸。

他迷迷糊糊睁开眼，咧嘴一笑："路漫漫……"

路漫漫轻轻揉一下祁远额前的红印子："怎么又醒了，头疼不疼？"

祁远只管傻笑："嘻嘻，今晚……月色……很美。"然后，脑袋一歪，趴在桃代身上睡着了。

路漫漫看了看头顶的大灯泡，再看看傻乐的祁远，想起平日里又酷又拽的他，也乐了。

她安置好祁远兄妹，关了灯，悄悄退出房门。

月色如水，薄纱似的笼着甜甜的梦境。

（9）

祁远做了一个美梦，梦见自己回到了小时候，妈妈陪他一起上学，还给削铅笔、讲题目，陪着他一起等爸爸来接，还给他讲了故事。

只是最后，爸爸的车上好像跳出一只红太狼，一铲子把他给砸晕了。

嗯？

粉红色被子？粉红色的床？粉红色的书桌和墙？他这是在哪儿啊？

祁远猛地坐起，头猝然一晕，又忍不住躺下，再次睁开眼时，仿佛看到了桃代圆乎乎的后脑勺。

"桃代？"祁远试着叫了叫。

后脑勺转过来，是一张皱巴巴的小脸。桃代趴在床边，嫌弃地开口："哥，你待会儿能不能跟阿姨解释一下，我们不是亲生兄妹，我只是爸爸妈妈不在了，被柳阿姨领养了而已。"

祁远这下也不晕了，他立马把桃代抱到床上来，忍着头痛问："桃代怎么了？"

桃代胖乎乎的小手推开祁远："哎呀！哥哥太丢人了！我没脸认！"

丢人？祁远愣了一下："我昨晚……"这时，一支铅笔从祁远耳后滑下来。

“怎么有支铅笔夹在我耳朵上？”祁远疑惑。

“哥哥你还好意思问！昨天晚上姐姐费了好大劲儿哄你，你都不让摘下来！”桃代声泪俱下地控诉祁远做的蠢事。

其实，昨晚桃代早醒了，可是当她兴高采烈去客厅找哥哥时，就看到哥哥拉着姐姐削铅笔，还有后面的一系列惨烈场面。

桃代实在是没脸看了，才又偷偷跑回卧室装睡。

有了桃代声泪俱下的控诉，祁远是想断片都不成了，更何况桃代说一句，他脑海里就放电影似的闪过画面。

祁远坐在床边良久，思索一个可能性，挖地洞出去会不会好一些？

这大概是祁远长这么大，过的最羞耻的一个春节了！

（10）

祁远做足了心理准备，才拖着桃代出了房门。

四下静悄悄的。

“路——”祁远发现自己已经羞耻到开不了口。

客厅桌上摆了两人份的早餐，白粥还冒着热气。

祁远走近，发现桌上贴了一张便笺，是路漫漫的字迹：

“我去看看夏寒，我妈送小弟弟回家，桌上有早餐和醒酒汤，你自己热一下，还有，墨绿色外套一定穿回家！老路一定感激不尽！门直接带上就行，自动上锁的。”

“姐姐和阿姨去哪里啦？”桃代伸着脖子四处望。

祁远把桃代抱到椅子上，点点她的鼻子：“她们哪，怕我们桃代脸皮薄，不要我这个哥哥，就先出去啦！”

桃代皱皱鼻子，眼神乱瞟，就是不看自家哥哥。

祁远喝着粥，看着路家温馨的摆设，忽然有一瞬间觉得，让他在这里坐到天荒地老，他也愿意。

BAIFENBAI
XIHUAN
NI

Chapter 08
脸红的思春期

布帘另一边的祁远脸更红了。

路漫漫低头看一下紧贴在自己身上的小背心，虽然只露出了锁骨，但她还是反应过激，尖叫出声："臭流氓！"

（1）

新的学期开始，路漫漫已经做好了名声大噪的准备。可是，她万万没有想到，让她出名的不是罗马尼亚大师赛的冠军，而是苏溯的粉丝。

那段合唱版的《黑猫与牛奶》录像，不知怎的在网上流传开来，竟还上了微博热搜"苏溯 被甩手"。

路漫漫赶到教室时，程思媛正在看B站的高清视频。

视频里，路漫漫唱到一半，突然甩开苏溯手的镜头被单独剪出来，放大，返播了三次，后期配上一行黄标大字——"世界上第一位甩开'青柠CORONA'队长手的女人"。

下一秒，苏溯一脸惊愕的表情，也被粉丝截图做成表情包，配上"难以置信"四个大字。

路漫漫站在程思媛背后，看到她来回拉进度条，好看手机屏上来回滚动的弹幕。

当苏溯牵起路漫漫的手时，弹幕一飘过："请问我是眼瞎了吗？我们家小苏苏竟然主动撩妹了，是谁把他教坏的！"

画面一闪，是苏溯给路漫漫摘眼镜的特写，画外音同时道："不用怕，跟着我，一起唱，一，二，三——”

弹幕二紧随：“天哪，气音苏溯苏苏苏苏苏……苏死我吧！”

弹幕三：“天哪，我自动变粉啦！”

当路漫漫甩开苏溯的手时，苏溯惊讶的表情被特意做成0.5倍速，弹幕几乎占满了屏幕——

“哈哈哈，我们苏儿的表情！”

“难以置信！”

“世界上竟然有人愿意甩开我的手。”

“来来来，到姐姐怀里来，姐姐的手给你牵。”

“哈哈哈，撩妹失败笑出猪叫。”

“苏溯内心OS：我可能挑了个假粉。”

……

到后来，苏溯和路漫漫一左一右牵着桃代的手合唱时，少年温柔帅气，少女甜美妍丽，桃代娇憨可爱，时不时交错的对视，甜到冒泡的氛围，还有最后的摸头杀，让弹幕集体和谐——

“我批准，让这三个人去演新版《泡沫之夏》！”

“我批准，我们家苏苏可以在这个视频里谈恋爱！”

“我批准，把这三个宝给锁死了！”

……

也有个别不和谐的声音：“这妹子一般啊，一看就纯素人啊。”

但立马就被人怼了回去：“前面那位阿姨，把您脸上的妆卸了再说好嘛。”

“我也想素成这样，满脸的胶原蛋白。”

“现场的人来爆料！小妹妹才是真爱粉，小姐姐是为了妹妹上台的！”

“所以我们苏儿的手被甩开了啊，哈哈哈，还是很搞笑。”

“我们苏苏想拍爱情剧，结果被小姐姐掰成亲情剧。”

……

视频终于结束了，路漫漫眼睁睁看着程思媛再次按下重复键。

（2）

如果说这个视频里面的女主人公是别人，估计路漫漫也会姨母笑地反复“食用”，可现在路漫漫是满满的羞耻。

她深吸一口气，把程思媛的手机扣向桌面：“美女？真人就在你面前看看我吧！看看我！我们都一个月没见了！”

路漫漫就不信，自己在这小妮子眼前晃了十来分钟她都没注意。

“别打扰我换位思考，自动代入与魂穿！”程思媛掰开路漫漫的手，拿起手机。

路漫漫无奈了，瘫回自己座位，思考人生。

“恭喜你啊！”庄棣棠整理课桌时，假装不经意地开口。

路漫漫看着她那不太恭喜的笑容，惊讶道：“你也追星？”

“我是说罗马尼亚大师赛。恭喜得冠军。”

“啊……谢谢。”路漫漫有点疑惑，她也没跟庄棣棠说啊。难道是学校张榜了？

“是在网上看到的，你看。”庄棣棠递过手机。

是微博界面，有一个叫“Sakura 青蛙”的ID在“苏溯 被甩手”的热搜下强势爆料，直接甩出罗马尼亚大师赛官网公布的成绩单。

自此，路漫漫的姓名、学校、学生照，甚至连路漫漫的微博ID，都被热心网友扒个底朝天。热心网友中，不乏青蒲校友。

“坦白从宽！我的微博号是不是你泄露出去的！”路漫漫转回身，兴师问罪。

程思媛笑得一脸心虚，转移话题：“漫漫啊，你看你都快成小网红了，你看看你这粉丝数，蹭蹭UP啊！”

路漫漫的微博号只有一个用处，追星。

扒名而来的苏溯粉丝，抱着猎奇心理，很快知道了视频里的小姑娘粉了一堆国外明星，什么甜茶啊、大表哥啊、佩斯啊、大舅啊、小雀斑啊……欧美圈的美男数不胜数——逛路漫漫的微博简直就是一场洗眼盛宴。

然而，就是这姑娘，被他们那个眼瞎的“爱豆”挑中，上台合唱。

青柠苏溯粉丝们顿时有一种“天道好轮回，苍天饶过谁”的释怀感，并且出于报复心理，这些粉丝把扒来的路漫漫的八卦消息，顶到苏溯微博评论首位。

下午三点整，官方正主点赞并回应：“不要打扰小学霸学习和【嘘】喝甜茶。”

程思媛课间指给路漫漫看时，激动得语无伦次：“苏苏苏溯@你了哎！你看你粉丝！小网红了呀！”

被扒得底裤不剩的路漫漫：“你上课玩手机，我要告诉老师。”

正说着，手机振动了一下，是祁远发来的微信——

一张截图：苏溯牵着路漫漫的手，两人相视一笑。

图上刚好有一条弹幕：“只有我一个人注意到苏苏和漫漫的同款围巾吗！”

祁远：“麻烦还一下，我的围巾。”

紧跟着又来了一条微信，是梁文康的：“路漫漫，做好被炮轰的准备，祁远看视频看得那叫一个青筋暴露，七窍生烟！”

路漫漫捂脸趴倒，天哪，这世上还有谁没看过那视频吗？

她不知道的是，她的漫漫百分之百生涯才刚刚开始……

（3）

路漫漫做贼似的在学校待了一整天，好不容易等到放学，一路上竟然收到了四封信，其中两封还是“红绿灯”组合的。

这一天对路漫漫来说，实在过于玄幻。

然而等她到家，她看到了更玄幻的场景——周雅正在给一只小白鼠喂一碗褐色的汤。

“妈，你在试毒吗？”路漫漫瞧周雅一脸肃穆，脑中闪过N场谋杀戏，连说话的声音都放轻了许多。

周雅集中注意力观察小白鼠：“我在试验这个什么补脑液是不是真的补脑。”

补脑液？说句拉仇恨的话，路漫漫自觉她脑子不要太好。

“补什么？”

周雅不理她，兀自念叨：“你看啊，我在眼前的笼子外放了一块米糕，还在它头顶上吊了一块。要是它够聪明的话，就应该吃头顶上那块，而不是眼巴巴去挠笼子。”

路漫漫看了一眼小白鼠和它头顶上的米糕，面无表情地嘟囔一声：“我看它需要的是增高液而不是补脑液吧！”

“广告代言费一百万。”周雅叹了一口气。

“什么？”路漫漫吓得手里的年糕掉了半截。

“今天有人来找我，说让你代言一个补脑液，说是喝了他们家的药，你脑子好使了，考了个冠军……唉。”

“这、这不是骗人吗？”路漫漫给吓结巴了。

“这不是有一百万吗？有了这钱，你小姨就不用那么辛苦了。”周雅又叹气。

“妈，你这是要为了亲妹妹卖了亲女儿啊！要是这药不好使，我是要坐牢的！你想想我如花似玉一大姑娘，大学还没上恋爱还没谈就要在牢房苦度青春……”路漫漫被吓成话痨。

“所以，我这不试验着吗？”

周雅继续叹气，笼子里的小白鼠为了吃笼子外的米糕，把脸都挤成条状了，就是不看一眼头顶上的米糕。

周雅一锤定音：“我看，不中用。”

路漫漫：“……”

这下她相信，自己百分之百成名了。

（4）

第二天，路漫漫从班主任那儿知道，因为她是罗马尼亚大师赛的冠军，所以获得了P大、T大在内的六所高校保送资格。

去交个人材料时，路漫漫想起祁远肯定也要去，就把围巾给带上了。

也是奇怪，同在一个楼层，这两天，路漫漫愣是没遇见祁远。

她哪里知道，这是祁远在刻意避开她。

祁远当然生气啦！

这个路漫漫！围着他祁远的围巾，跑上台跟别的男生唱歌！还被说成情侣款，天生一对！

所以，当路漫漫在办公室遇见祁远，开心地打招呼时，他选择了无视，并先行离开。

祁远同学一面迈着大长腿，以龟速前行，一面耳听后方，期盼某小短腿火速追来。可是，想象中急促的脚步声并未出现。

祁远出了门，靠在罗马柱上，决定再等某人五分钟。

两分钟后，路漫漫晃悠悠地出来了。

祁远正要傲娇地现身时，有人先叫住了路漫漫。

“同学，你的钱掉了！”

路漫漫的掉钱，多少有些刻意。

路漫漫中庸了十多年，人生的金光大道突然向她敞开，她总有种不真实感。

福祸相依，路漫漫总担心接下来会有个什么“祸”，因此天天期盼自己掉钱消灾。

这些天，她天天揣一些现金在兜里，放得特别松，偏偏一毛不掉——这好不容易掉了一次，哪里来的好青年啊！

路漫漫假装没听见，继续往前走。

下一秒，她的胳膊就被人拉住了。

“同学，你的——你是路学姐吧？”

对方是一个娃娃脸的高个儿男生，笑出一对甜甜的酒窝。

路漫漫从未在现实生活中见过如此软萌的男生，一时自己也跟着软萌起来。

“你认识我？”路漫漫贼兮兮地明知故问。

“路学姐好，我是高一三班的顾沐言。”软萌娃娃脸突然一鞠躬，吓得路漫漫后退了半步。

娃娃脸自己似乎也很紧张，很快速地说着什么，还递出一本笔记本。

路漫漫蒙了：“你刚刚说的是……粤语？”

顾沐言的娃娃脸“噌”地红了，很慢很慢地用普通话重复一遍：“学姐，我是你的粉丝，嗯……可以帮我签个名吗？”

路漫漫愣了一下，继而很虚伪地装谦虚：“什么粉丝不粉丝的，只不过得了个冠军，没什么的，多练些题就好了，你也能的！”

祁远在暗处咬着牙，手撕盆栽：“姓路的，当初是谁按着你的脑袋教你做题的？”

娃娃脸似乎没反应过来，跟着重复了一下：“冠军？”

路漫漫尴尬了，她又试着问：“要么你是看了视频？”

娃娃脸似乎更迷茫了：“什么视频？”

“那你怎么认识我的？”路漫漫也迷茫了。

娃娃脸一歪头，像一只邀宠的萨摩耶：“我是学姐的书粉！”

书？她什么时候出过书？

路漫漫尴尬地摆手：“你认错人了，呵呵……”

“《花鼠娃娃》《海洋围裙》《桔梗花蚁》《指南针棒棒糖》《樱花芭蕾舞鞋》这些，还有许多，都是学姐写的啊！《303号动物手册》？学姐难道不记得了吗？”可能话说得太多太急的缘故，娃娃脸的普通话有点瓢了，带着浓厚的港台腔。

《303号动物手册》？路漫漫这下恍然了。这还是她小学时候写的一些童话，一开始在儿童文学杂志上连载，后来编辑看风格很统一，就帮她出了一本故事集。据说，卖得颇为惨淡。自此，路漫漫的写作梦夭折。

路漫漫家里书柜的角落里，应该还有一本，书封上还有一张她的童年照，简直黑历史啊。

娃娃脸一脸期待，路漫漫尽量让自己的面部表情不那么扭曲：“老早的书了，难为你还记得！”

“我每年都有看啊！”娃娃脸的酒窝更深了，“学姐真的是一点都没变，和小时候一样漂亮！”

路漫漫回想起童年照上那两坨胭脂红，不由得抖了抖，这小子是在夸她还是损她啊？

娃娃脸对路漫漫猜疑的目光毫无所觉，自顾自地吹起了“彩虹屁”：“我是小学时候来内地读书的，那时候不会讲普通话，一个人超无聊。有一次逛书店就看到了学姐的书啦，刚好翻到里面一个《哑巴海螺》的故事。小海螺因为内壁太光滑，不能像小伙伴一样吹出好听的歌来，被大家嫌弃，只能自己一个人玩，后来，他却一点都不伤心，和沙子玩，和乌龟玩，和海草玩，每天都让自己开开心心的，做一只超快乐的哑巴海螺！”

路漫漫额头浮出三根黑线，这么扯淡的剧情，真的是自己写的吗？

躲在罗马柱后的祁远也傻了眼，这小孩不是脑子有问题吧？这么大了还读童话书？

“从此以后，我就再也不在意别人的看法了，一个人也玩得很好，这多亏了学姐，让我能够去享受孤独。”娃娃脸一脸深情地总结提升。

路漫漫：“呃……你是中国香港人？”

“嗨呀嗨呀，唔系（是呀是呀，我是）——我是跟着爷爷回来找太爷爷的！”

路漫漫：“呃……好，真好！”

娃娃脸星星眼：“对啊！我真的太幸运了！我之前在年级榜上看到学姐的名字，是第一哎！又怕是同名，今天竟然撞见了！学姐，你一定要给我签名哦！”

路漫漫给自己做足了心理建设，然后迅速地在笔记本空白页上签上自己的大名。

“这里，麻烦写上TO 顾沐言，沐浴的沐，言语的言——学姐，我现在的普通话好很多了吧？”

路漫漫一边写一边附和：“对啊，我们沐言真棒！”

路漫漫写完抬头，就看见顾沐言一脸严肃的表情，她赶紧检查字迹，没错啊！这小娃娃又怎么啦？

“学姐，我知道这样很冒昧，可是学姐，你能不能和我交朋友？”

“哐——”路漫漫吓得笔和本子都掉地上了。

顾沐言立马捡起，顺便弯腰直视路漫漫：“我是认真的，麻烦学姐也认真考虑一下。”

“不能！”

（5）

路漫漫一惊，回头一看，祁远正从她背后走来。

两个男生个头相当，一个狂傲，一个软萌，一个像大狼狗，一个像萨摩耶，四目相对火花乱溅。

“你是路学姐的监护人？”萨摩耶先声夺人。

“不是。”祁远用鼻子说话。

“那路学姐你来回答我。”顾沐言转移战场，含情脉脉地看向路漫漫。

“瞧他那样儿，就差在屁股后面插上孔雀尾巴！”祁远被一语中的，剥夺政治立场后不爽腹诽。

路漫漫尴尬地咳嗽：“那什么，萨摩——哦不，沐言小朋友，我们学校禁止早恋。”

“早恋？我们都这么大了，不早了！而且只是交个朋友啊！”

路漫漫傻眼了。

“准确地说，在青蒲高中的这三年里，你都禁止恋爱的。”祁远臭屁烘烘地插嘴。

“那等学姐毕业了——”萨摩耶反攻。

“那你还没毕业。”大狼狗坚守。

“你喜欢学姐吗？”顾沐言一本正经地问。

“什么？”祁远习惯性地眯起桃花眼，一般人受到这种威胁后都会让步。

娃娃脸并没有被吓退，他又用那软萌的港台腔认认真真复述一遍：“你喜欢路漫漫吗？”

气氛一时变得紧绷。

路漫漫本可以拦住顾沐言的，但她没有，连她自己都说不清她想听到什么答案。

祁远的侧脸近乎深然，他对顾沐言说："关你什么事？"

顾沐言突然拉起路漫漫的手，坦然直视祁远的眼："这很关我的事。如果你喜欢漫漫，请你开诚布公，我们公平竞争；如果你不喜欢她，那她的感情事，麻烦你不要插手。"

祁远脑门气出了一层汗，心想，漫漫？几分钟前还是叫路学姐，现在直接叫漫漫！他认识路漫漫一个学期了，都没叫人家漫漫！你叫她漫漫！

他那双桃花眼难得聚焦，烈火一样喷向那双交叠的手。

路漫漫，你不会甩开吗？祁远在心底呐喊。

就这么无言对峙了两分钟，顾沐言拉起路漫漫绕过祁远："学姐最好还是不要喜欢上一个胆小鬼。"

路漫漫停顿了一秒，手里的黑羊绒围巾被捏了又捏，最终没递出去。

（6）

Q→L？

祁远蹲在操场角落的沙坑上，对着一个推导公式，凝眉深思。

"祁远喜欢路漫漫吗？"

头顶上冒出一个熟悉的声音。

"你怎么知道？"祁远惊讶回头。

梁文康也蹲下来："你这不写着吗？干吗写这种废话？还盯了这么久。"

"废话？"

"不是吗？就你看路漫漫那眼神，如果不是喜欢，那就是——"梁文康故意卖了个关子。

"那就是什么？"祁远愿者上钩。

"那就是爱……"梁文康说着说着就唱起来，"那就是爱……"

“不是，连我自己都不知道，你怎么知道？”祁远做无谓的挣扎。

“那是因为你傻”这话梁文康只敢在心里想想。

“你要信不过我呢，你就往操场看看，这环肥燕瘦的，看看你到底喜欢哪一款。”

梁文康说完就拍拍屁股走人，实在懒得跟这货多话。

祁远其实害怕的是，路漫漫不喜欢他。梁文康看破不说破，这关键的一步，还需要他祁远自己迈过去。

梁文康走后，祁远还真跟自己较上劲儿了。

怎么，全天下那么多漂亮女孩子，他祁远凭什么偏喜欢路漫漫不可？

他强迫自己去欣赏不远处正在颠排球的女生，瞧瞧，人家那身材，婀娜高挑，可是，未免太高了，还有那张脸，回眸一笑，有些吓人。

祁远视线左转，定在携手散步的两个女生身上，左边那个胖成蛋糕，右边那个瘦成柴，祁远很好奇，这两个是怎么交成朋友的。

有人冲祁远打招呼，是谁来着？陈渔？陈羽？好像是学生会副主席？身材适中，长得也挺好看的，就是……就是气质不对，是哪里不对呢？

祁远正撑着脑门儿想呢，远远地，一个女孩向他走过来。

这个女孩不太高也不算矮，胖瘦正入眼，走起路来腰不扭胯不动，落落大方，简单随意。

祁远视线再往上移，女孩马尾的弧度正好，额头碎发逆着光看也漂亮，略圆的鹅蛋脸，大眼睛翘鼻梁，猫咪嘴抿成一条弧线，像是有些生气的模样——

尽管生气还是好看，祁远一拍大腿，激动地想，路漫漫，你看，除了你，我还是能喜欢上别人的！世界上哪来那么多非你不可！

女孩停在祁远跟前，开口：“梁文康说你找我。”

祁远一愣，等等，这声音怎么有点熟悉？

祁远集中注意力，涣散的眼神收聚，目光由局部调至整体，差点把自己吓了一跳——这女孩不是路漫漫吗？

闹了半天，他还是喜欢路漫漫？

祁远真是败给自己了。他颇为郁闷地垂下了头，不敢看路漫漫的眼神：“那个……围巾……”

“我想也是这个，刚好带过来了。”路漫漫走上前，把围巾往祁远肩上一搭，转身，“没什么事儿的话，我先走了。”

“那个……”祁远拉住路漫漫的袖口。

“有事儿？”路漫漫一脸平静，甚至有些好脾气地静候下文。

“你生气了？”祁远磨蹭着开口。

“没有啊。”路漫漫微笑着回答。

可这微笑在祁远看来，更像微信表情包里的微笑。

祁某人蹲不住了，立马站起身来。一站起来，这气势也就跟着起来了。

祁远深觉此刻不是摆气势的时机，立马又蹲了下去，可是他又想平视路漫漫的脸，只能刹在半途，蹲马步一样站着。

“刚刚在办公楼那儿，我不是那个意思。”祁远的意思是——我没有直面顾沐言的质问，并不代表我不喜欢你。

“我知道，你不是那个意思。”路漫漫继续保持微笑。

“不，我不是你想的那个意思。”祁远一看到那微笑，就下意识辩解与反驳。

他很怕路漫漫误认为，他祁远不喜欢她路漫漫。

“不用操心，你想的意思就是我想的意思。”路漫漫嘴角弧度翘得更高，一副“你说什么我都配合”+“你高兴就好”的神情。

“你生气啦？”祁远又绕回原点，有些讨好地盯着路漫漫。

“没生气啊！”路漫漫笑得有点想打人了，这祁远到底有完没完！

“没生气，那你这种态度是什么意思？”祁远追根究底。

“就是好好说话的意思啊。”路漫漫一直维持的笑容消失了，很认真地眨眼，像是看不透祁远这个人似的。

祁远慌了：“路漫漫你听我解释，我刚刚我我……我是——”

上课铃刚好响起。

“祁远，你真的想多了，我先回去上课啦！”路漫漫笑眯眯地冲祁远招了招手，走了。

祁远有些懊丧地挪开右脚，脚底板下“Q→L？”的公式已全无踪影。

（7）

“不去上课吗？”

“你转学了？怎么天天在我们学校逛？”祁远听见是夏寒的声音，连头都不想抬。

“我可是特意来给某个胆小鬼一些忠告的，免得他跟我一样惨淡错过。”

你才胆小鬼，你全家都胆小鬼！祁远在心里碎碎骂，面上却乖巧许多，勉为其难地摆出一副受教的姿态：“您请说。”

“告个白而已，有什么难的？”夏寒轻嘘一声。

“你告过白了？”祁远白了夏寒一眼，别站着说话不腰疼。

夏寒举重若轻：“告过了。”

“结果呢？”祁远关切地问，声音里还带着一丝丝紧张。

夏寒嗤笑一声：“明知故问——要是成功了，还有你什么事儿？”“那你还让我告白，万一我跟你一样呢？”祁远紧张兮兮，焦躁不已。

“你这么怕，那你别告白了。”夏寒气定神闲地说风凉话，“反正追路漫漫的人有的是，不差你一个。”

祁远一激动：“怕什么怕，我现在就去告白。”人都走出去两步了——

“我看不成。”夏寒故作高深地摇头。

“凭什么你说不成就不成？”祁远气呼呼地走回来。

“不是我说的，是古人说的。”夏寒神秘地眨眨眼。

“什么？”祁远愣住了。

“路漫漫其修远兮。”夏寒摇头晃脑。

祁远指着操场的西门，下巴一抬："滚吧！"

夏寒从善如流地滚了，祁远竟然有些落寞，想喊人回来，却抹不开面子开不了口。

"本来不想告诉你的。"夏寒走了几步又折回来，脚在沙坑里划开：L→Q。

祁远猛地站起来，眼里蹿出两星火苗："你怎么知道？"

"就你们俩自己不知道。"夏寒无语地翻白眼。

"真……真的吗？"祁远像是中了状元，还一次次向落榜的人确认自己有没有中的人。

落榜者夏寒很想给他套个麻袋，一顿痛打。

"比你想象中的还要多。"夏寒留下这么句没头尾的话，一身释然地走了。

祁远一点就通，嘴角忍不住翘起。周围有人往这边瞟，祁远试着压了几次，嘴角都下不去，终于，放弃挣扎，任嘴角咧到耳根。

同时，大长腿开心地踢起小碎步，他一路念叨着："路漫漫喜欢祁远，比祁远想象中还要多——祁远喜欢路漫漫，比路漫漫想象中还要多，多很多……"

（8）

祁远自从确定自己的心意后，看路漫漫总是自带粉色滤镜：路漫漫做什么都好看，笑起来好看，不笑也好看，生气也好看——她生气是因为他不去告白吗？

祁远一想到这层又觉得路漫漫做什么都可爱，上课打瞌睡也可爱，做功课抠橡皮也可爱，不吵架却跟他闹别扭也可爱……

如此循环下去，呈现在梁文康眼前的是一天到晚发呆傻笑的祁远。

就连班主任济公也看不下去了，下课前问了一句："祁远家里有什么喜事？"

梁文康推一下祁远，祁远正在想，告白这件事不能太急，一仓促就像夏寒那样成了炮灰。他得徐徐图之——首先，他这两天得看住路漫漫，不让其他人有机会告白，顺便再嘘寒问暖一下，让路漫漫自己体会到，他祁远是多么喜欢她。然后，挑一个恰当的时机，来一个深情的告白。当然，不能太煽情，要流畅，自然……嘿嘿……

“他这两天怎么了？”骆一济弹了一下祁远脑门，发现对方毫无反应后，问梁文康。

梁文康谎话张口就来：“他去比赛时遇见他爸了，回来就一直这样，唉……”说完，摆出一副同情又心疼的模样来。

骆一济也叹了口气：“其他老师上课时，顾着点啊！”

梁文康领旨谢恩，转头拿起手机，噼里啪啦一阵百度：

“论如何拯救思春期的少年？”

（9）

路漫漫觉得祁远魔怔了。

快一周了吧，每天早上她去等公交车时，总能遇见祁远。

上车后，祁远一定要坐在她旁边，然后拿出热乎乎的豆浆油条或是鸡蛋灌饼，或是三明治包饭，每天不带重样儿，愣是要她吃完。

头两天，路漫漫愣是被逼着吃了两顿早餐，后来周雅再让她吃早餐时，她就遁了。再后来，周雅也知道祁远送早餐的事儿了，祁远干脆直接到楼下等路漫漫上学。

不止早餐，连午餐、晚餐、夜宵，祁远都一力承包，加上梁文康和程思媛的助攻，路漫漫想躲都躲不及。

一天四顿饭一起吃，课间拉着做保送习题，上下学一起走。两周下来，任祁远颜再好，腿再长，路漫漫还是有一种想把这人踹到月球上的冲动。

周雅听到抱怨后，云：“看不出来啊，人家那是在追你，趁着年轻好好享受吧！还有，一定不准答应哦！”

路漫漫举起右手发誓：“妈，你放心，我绝对不会早恋的。”

周雅摆摆手：“你一答应了，什么护送上下学啊，早晚餐啊都没了。你看现在老路对我……”

路漫漫：“……”

晚上，路漫漫躺在床上仔细想这件事。

她讨厌祁远吗？不，甚至还有些喜欢，可是他们都还小，青春期的少男少女的恋情总是那么猝不及防，然后无疾而终。

如果是这样，路漫漫不太想接受。

还有，祁远是真的喜欢她吗？

或许，只是这两天，向她告白的人多了，祁远觉得自己的小伙伴被抢了？

再者，祁远说到底也没真正接触过几个女孩，祁远和她不过是因为偶然相遇，之后一起吵吵闹闹，相互熟悉。等他们都上大学了，遇到更多的人了，祁远的选择还能始终如一吗？

路漫漫是觉得太快了，她和祁远都需要停下来想一想，在这该死的高三，这火热的高三，这火热的、该死的青春！

哎呀，理不清理不清。

路漫漫晃了晃脑袋，正要睡时，手机响了：

“路漫漫，晚安，谢谢你这么晚还想我【转圈】。”

路漫漫崩溃了，明天，她一定要跟祁远把话说清楚！

（10）

周三午餐时间，松林食堂二层，靠楼梯右手边的一张桌子上。

两对男女正襟危坐，拉出一副谈判现场的架势。

路漫漫先开口：“祁远，我希望你能冷静下来，好好想一想你的心意，嗯，你知道，可能是一时脑热……”

梁文康满意地点头，把话翻译给祁远听：“她说你思春啦！”

祁远的诚意被质疑，也没有恼，桃花眼弯了弯，慢条斯理地说：“我就是想清楚了再行动的。”

“嗯，我建议你放在纵向的时空轴上想一想。”路漫漫皱着眉头，“你知道，我们现在是高三，可我们又不会永远活在高三。”

程思媛附和：“对嘛对嘛！两情若是久长时，又岂在朝朝暮暮。”

梁文康反驳：“一万年太久，只争朝夕！”

程思媛瞪眼，梁文康瞪回去。

路漫漫隐约觉得事情发展不受控制。

果然，下一秒，祁远含情脉脉地看过来：“漫漫，你不用担心，你现在不答应也没关系，等我们上了大学再考虑也不迟，总有一天你会明白你自己心意的。”

这一声“漫漫”叫得一桌子人鸡皮疙瘩都起来了。

路漫漫一口椰子汁呛在气管，咳出眼泪来。她一边咳一边想，天哪，祁远该不会吃了转性药吧！

路漫漫现在开始怀念从前那个叫她“不合格的百分之百”的祁远来。

程思媛给路漫漫顺气时凑到她耳边说：“男孩子的话只能听一半。”

音量却高得足够整桌人知道。

“不是的，我知道祁远，他一向说话算话。”路漫漫下意识就反驳，祁远听了美滋滋的。

梁文康和程思媛对视一眼，同时摆出牙酸的姿势。

“但是，祁远，不要叫我漫漫，请叫我路漫漫。”路漫漫摆出严肃的表情。

祁远完美的温柔表情终于有了一丝裂痕，他双手环抱，往椅背一靠，语带酸气：“怎么，高一那个小不点可以叫你漫漫，我这个教了你半年功课的朋友叫不得？”

路漫漫像是抓找了重点，眼睛一亮：“对啊，朋友！祁远，你对我来说是很珍贵的朋友，虽然我们认识有很多阴错阳差，但我……”

路漫漫垂下眸，一咬牙：“我很喜欢你这个朋友，喜欢到不想失去——”

祁远接过话头，痞痞道：“喜欢到不想失去就纳为己有啊！”

路漫漫：“……”男生跟女生果然不是一个星球的。

程思媛和梁文康交换了一下眼神，同时开口：“高一那个……”

“闭嘴！”祁远和路漫漫目露凶光，默契十足。

气氛一时间有些凝固。

刚好骆一济端着餐盘走过来：“哟！吃饭啊！祁远，有个任务交给你。”

骆一济一边说一边单手从口袋艰难地扒拉出一张折好的A4纸：“市里高中艺术节，每个学校都要参加。这不都高三了嘛，没人愿意报名，你好好号召一下，每个班至少要出一个人头，节目单已经定好了，可以自己选。”

祁远接过纸。

“待会儿回去动员一下。”骆一济比了个加油的姿势，“里面还有《罗密欧与朱丽叶》的‘阳台独幕剧’呢！”

祁远本来想把纸收起来，一听这话，赶紧把纸摊开，果然，第七个节目就是。他顿时满眼放光地看向路漫漫。

路漫漫被那闪亮的目光看得有些发毛，双手在胸前比叉：“不去，绝对不可能。”

祁远闪亮的目光黯淡了一度，梁文康及时煽风点火：“别怕，女孩子都是口是心非。”

程思媛眼珠骨碌转一圈：“去就去，谁怕谁！”

梁文康拉住祁远：“你看，她们答应了，说去！”

程思媛举起筷子戳梁文康：“你不是说女孩子都是口是心非的吗？”

梁文康左躲右闪：“此一时非彼一时，人不能两次踏进同一条河流，女孩子也不是每次都口是心非。”

“你！”程思媛气得在桌下踩了梁文康一脚。

梁文康疼得嗷嗷叫。

“好了，你们别闹了。我了解路漫漫，她从不口是心非。”祁远盯着路漫漫开口。

这话路漫漫听着有些心虚，她口是心非的地方多了去了。

正在打闹的梁文康和程思媛听了这话，同时端起餐盘。

“你们俩这么相互了解，在一起得了，干吗拉上我们一直塞狗粮！哎哎！光天化日的有辱斯文！”

“有辱斯文！”

路漫漫看着结伴而走的两道身影，无奈地笑了笑。

她一直以为自己是神经大条的人，可事情当头，她才知道自己有多怯弱和纠结。

“祁远，我觉得你还是再想一想。”路漫漫有些心虚地低头玩手指。

她不知道祁远此时心里想的是，心虚也好看，祁远，你完了！

尽管如此，祁远面上还是装出一副难过的表情来：“我答应你，我会认真认真再认真地想一想的。”

路漫漫的脸涨得通红，祁远忍住想要去捏的冲动，补充道：“但你要答应我，一起报名艺术节，这个节目。”

祁远说着，手停在A4纸上的第七个节目，《罗密欧与朱丽叶》阳台独幕剧。

路漫漫刚想拒绝，脑中闪过一个念头：如果试一试呢，都说戏如人生，万一祁远在戏里面发现我并没有他想象中那么好呢？

“好，我答应，但你也要答应我，以后我们还像以前一样相处，一天三餐不要刻意一起吃，上下学也各走各的！”路漫漫也学起祁远的谈判技巧，以退为进。

“那万一有人跟你告白呢？”

“我拒绝。”

“那万一我跟你告白呢？”

“……”

（11）

祁远的如意算盘打得挺溜，可惜天不如人愿，最终定下的艺术节演出单有点小错位。

祁远和路漫漫明明报的是《罗密欧与朱丽叶》独幕剧，最后分配下来，两人的名字同时出现在鲁迅《社戏》的戏剧里，角色暂定为戏台上的黑白无常。

梁文康看到演出单时，笑得从椅子上跌下来，在地上打滚。

程思媛没料到最后是这么一个结果，挺为祁远可惜的，可惜的同时又忍不住想笑，这老天怎么这么逗呢！

路漫漫心底是高兴的，面上却也要装得跟祁远一样。

祁远不死心，还特地跑到节目导演组去问，得到的回复如下：教导主任亲临现场嘱咐，高三生时间宝贵，看样子安排些龙套就行，小的们不敢不从。

祁远和路漫漫的角色都不需要彩排，直接换了衣服，拿了道具往舞台上一站，站个五分钟，下台，over。

演出那天，刚好是个阴天，乌云密布，雨欲下不下。

全校师生闷在大礼堂里，老师穿正装，学生穿校服，一个个热得直冒烟，更别说幕后了。

路漫漫他们节目是最后一个，人多，道具更多，为了真实还原“看戏”这一场景，剧组还特意租了几艘乌篷船，空间一下子挤小了许多。

更衣室原本就是用黑布帘子隔开的空间，这样一来，更衣室就少了。偏偏主演还多，路漫漫和祁远这些龙套，只能先等着。

等他们换衣服时，离开场只有两分钟了，两人妆还没化，化妆组又在外面催。

路漫漫演的是白无常，偏偏她穿的是黑毛衣。戏服面料有些薄，灯光一照，跟黑无常没有两样。

天热，舞台更热，路漫漫索性脱了毛衣，直接穿戏服，等系腰带时发现，腰带竟然是黑的！

这个祁远，刚刚分衣服时也不仔细瞧瞧。路漫漫抽下腰带，手一松，白褂子就敞开了，露出里面穿的长款小背心。

换怕是来不及了，祁远也不知道在哪个更衣室里，路漫漫正打算糊弄系上去，隔壁帘子忽然一动，黑色帘子底下伸出一双手，修长的指骨捏着一根白色的腰带。

哎，祁远？他怎么知道腰带混了？

路漫漫稍一动脑，脸瞬间炸红。

布帘另一边的祁远脸更红了。

路漫漫低头看一下紧贴在自己身上的小背心，虽然只露出了锁骨，但她还是反应过激，尖叫出声：“臭流氓！”

舞台上罗密欧与朱丽叶正难舍难分地吻别，吻肯定是借位的，即便是这样，大家还是屏息敛神，比其他任何时候都认真地观看——“臭流氓”就是在此刻响彻礼堂的。

（12）

之后，事情便开始陷入死循环。

尴尬的事情总是让人永生难忘。

因此，当路漫漫和祁远撑着脸皮演完《社戏》，回后台换衣服时，路漫漫不可避免地想起了不久前那尴尬的一幕。

当然，祁远再一次看到了某人若隐若现的锁骨。

这只是个开始，此后，但凡遇到换衣服的场景，路漫漫脑中就会自然而然蹦出那天的场景，真是想拦都拦不住——

譬如，路漫漫睡觉之前脱毛衣时，祁远脑海中自动浮现出只穿着长款背心、爹毛的路漫漫。

少女身形纤细柔软，只是脸红成一只番茄，表情还恶狠狠的，猫咪嘴一张一合，口型像是说“不准看”。

祁远倒也不想看啊，可惜他的脑子也不听使唤，相关场景是自动浮现的。

这样连续过了一周，不明真相的周雅再也看不下去了，她一把抓住路漫漫，把人推进洗漱间，扒衣服：“真是没听过哪家孩子越大越脏，一个星期都不洗澡，也不难受——都这么大姑娘了，还有小伙子追了，那叫谁，祁远对吧？那个帅小伙知道你一个星期都不洗澡吗？”

此时路漫漫被周雅扒得只剩下内衣了——偏偏哪壶不开提哪壶！

“妈！”路漫漫发出了土拨鼠般的尖叫。

她赶紧拉起浴巾给自己裹上，崩溃地吼道：“我自己来自己来！你出去！”

“跟妈妈害什么羞？来，妈妈给你搓背！”

周雅的手眼看着就要扒上来，路漫漫吓得赶紧钻进淋浴间，背抵着门，说什么都不让周雅进去。

“这孩子，不仅越大越脏，还越大越害羞。”周雅嘟囔着出了浴室。

路漫漫逼着自己把高中必备古诗十九首来回背了三遍，就这么裹着浴巾洗澡。等背完第四轮时，路漫漫终于收拾完了。

半个小时后，祁远收到一条微信。

“你看到什么了【刀锋】？”

路漫漫很快收到回复。

“你在说什么【乖巧】？”

“哼！算你识相！”路漫漫把手机一扔，整个人钻进被窝，鬼叫，“让我死了吧！让我死了吧！让我啊啊啊！”

BAIFENBAI
XIHUAN
NI

Chapter 09
你，想成为什么样的人

“路漫漫，我喜欢你！喜欢到我自己都控制不了，喜欢到整个青蒲高中的人都知道了，喜欢到……喜欢到佛祖也知道了！你凭什么觉得我是脑子糊涂一时兴起呢！”

（1）

腰带事件后，祁远再也不死皮赖脸地缠着路漫漫了。

偶尔两个人走廊上遇见了，那尴尬，隔着十米远的路人都能感受得到。

梁文康和程思媛秘密讨论了N次，都没有挖掘出真相，唯一确信的是，这两人变得这么奇怪，是在艺术节《社戏》表演之后。

那声“臭流氓”最后传出N个版本，一是某男生偷看女生换衣服被抓，二是罗密欧与朱丽叶戏剧的恶搞配音，三是某生为了抵制教导主任的专制故意破坏舞台，四是……

总之，由于现场混乱不堪，除了两个当事人，谁也不知道那声响彻礼堂的“臭流氓”是怎么出来的。

可是，关于祁远和路漫漫的谣言却在校园中渐渐流传。

版本一：高冷学仙眼瞎，痴心追求凡尘女子。

版本二：两大学霸相互竞争，芳心互许暗生情愫。

版本三：路漫漫这只狐狸精，利用美貌诱惑祁远教她功课，夺取冠军，达成目的后一脚踢开纯情学仙。

……

总之，是越编越离奇，但多少总有些事实依据。

最后，路漫漫和祁远二人被请到教导主任办公室喝茶。

教导主任钱书熙把一张A4纸摔桌上，恨铁不成钢道：“你说你们俩，啊……这么好的苗子，这么个紧要关头，保送申请书就要交上去了，这时候整什么幺蛾子。”

祁远和路漫漫异口同声：“老师，我们整幺蛾子？”

钱主任拈起A4纸怼到祁远脸上：“你们没整？没整人家家长写信来举报？把你们俩的事说得有鼻子有眼的，什么时间什么地点干什么事都清清楚楚的！”

路漫漫和祁远仔细看了一遍举报信，上面还画了个时间轴：

从祁远给路漫漫补习功课开始，一直到最近两天，两人什么时候碰面，在梁文康家，在肯德基，在路家待了多久。包括近两周，祁远给路漫漫带的什么早点，几点送路漫漫回家，全都一清二楚——冷不丁一看，他们两个人好似始终在某个监视器之下活动。

青蒲的保送资格虽然多，但竞争者也多，里面不乏家里财大势大的，为了挤掉一些名额，耍些下三烂的手法，搞些偷拍跟踪，再捅到学校里来。

学校其实是站在学生这一边的，要不然钱书熙也不会亲自喊祁远和路漫漫来问话。

两个当事人对视一眼，路漫漫是真不知道这其中的曲折猫腻。

祁远猜出个中原委，他双脚并拢，呈立正姿势报告：“钱主任，虽然被这么误会我很高兴，但我们俩真没事儿。”

路漫漫瞪了祁远一眼，祁远眉开眼笑，以柔克刚。

“你你……你们还得了了啊！在我跟前眉目传情！”钱书熙气到发抖，额上青筋暴露，“我本来还想给你们俩留着保送资格的，你们自己品行不端，我我……我……”

“钱老师，是我自己在单方面追求路漫漫，路漫漫她自始至终都没有答应，反而一而再再而三地劝我，让我冷静。还特别声明，现在是高三，以学业为重，说起来，是我一直在骚扰她。”

祁远低眉顺眼，言辞诚恳。

钱书熙听着不像假话，火气熄了大半，他抹了把汗，目露慈善地问路漫漫：“他说的是真的吗？”

“是真的。”几乎没有丝毫犹豫，路漫漫答道。

钱书熙满意地点了点头。

祁远原是担心路漫漫不配合，会为他出头辩解，可现实里，路漫漫答应得如此干净利落，合他原意，他心底深处，渗出一丝无所适从的失落。

“好好好，你是个明事理的。”

钱书熙笑眯眯看着路漫漫，一回头又恶狠狠盯向祁远：“你！好好写个反省书过来，都什么时候了，学习还来不及呢，哪有心思喜欢不喜欢的啊！我会替你们俩跟反映问题的家长好好解释解释的，你们私底下尽量少接触，啊？知道了？”

祁远没有吭声。

“怎么了，还不服？”钱书熙有些头疼，这台阶都给搭好了，你祁远看着下就行了，别再给我添麻烦了。

祁远刚要开口，路漫漫就抢话道：“钱老师，奥斯卡最佳剧本原作家安德烈·艾席蒙在他的作品里提过：‘爱，让每一个被爱的人也要无可豁免地去爱。’路漫漫和祁远绝对没有谈恋爱，但是，如果要追责的话，我愿意和祁远一起承担。”

“你……路漫漫，奥斯卡，爱？被爱？路漫漫你……你书读得不错啊！”钱书熙指着路漫漫，气到颤抖。

祁远忍不住笑了。

“你们……你们是要造反啊！”钱书熙火冒三丈，啪啪拍着书桌，“写检讨！请家长！”

（2）

祁远的家长毫无例外地没有请来。

钱书熙是费尽千辛万苦打通了祁浮韫电话，没想到对方的话让他更来火。

祁浮韫是这么回答的：

“早恋？哈？这算什么早恋，你们老师也操太多心了啊！”

钱书熙差点一口血没吐出来，只能使出撒手锏。

“没了保送资格？什么是保送资格？”等钱书熙苦口婆心给他解释完何为保送后，这位大爷语气轻松道，“嗨，我还以为是什么，没了资格就考呗！”

“祁先生，话不是这样说的，成绩再好也有意外是不是？保送就是杜绝意外发生，百分之百成功！”钱主任开始打鸡血灌鸡汤，但凡是家长，听了这话，绝对不可能对此事放任不管。

偏祁浮韫邪门儿了，他反过来给钱书熙灌鸡汤：“老师，这世界上哪里有百分之百成功，孩子正在花样年华，开心最重要，考好大学也不是成功的唯一方式对吧？你们老师也是，放宽心，孩子们才能自由发挥……”

钱书熙下了打国际长途的血本，换回这么一碗鸡汤，脸色铁青，气得直哆嗦。

为了教育孩子，钱书熙还特意开了免提。

路漫漫全程听着，真是憋笑快憋出内伤了。

她本以为祁远也一样，想来个会心一笑缓和氛围时，却发现祁远低着头，脸色很不好。

地面上，少年被阳光拉长的影子透露出浓浓的落寞。

对啊，哪个正常家长接到电话的第一反应不是关心责备，慌张失措？

极度自由的背后也是极度的冷漠。

路漫漫想起机场里那个像男模一样的美男子，她很难想象出他揪住祁远的耳朵叮嘱祁远好好学习的场景。

其实，祁远是希望他爸爸紧张的吧？哪怕是责骂、勒令、发火，也比轻飘飘的“开心就好”和“回见”更让孩子安心吧……

路漫漫没来得及深想下去，因为“正常家长”周雅，在接到电话后，已火速到达现场。

周雅高跟鞋踏进办公室的一瞬间，路漫漫瞥见祁远的头又低了一分。

钱书熙满腔的怒火刚好有了发泄口，他把事情始末，甚至于与祁远爸爸的对话，添油加醋、如泣如诉地复述一遍。

周雅一看眼前蔫了的两个孩子，心里就有数了。

她周雅是什么人，在国企那么个人际关系复杂的单位待了二十多年的人精。

她先好言好语劝慰了一下钱主任，拍了一个家长对老师能拍的最高荣誉马屁，哄得钱书熙自己都不好意思了。

接着，周雅转头对路漫漫一阵痛骂，压着女儿的脑袋给钱主任三鞠躬，借祁远的话——路漫漫仅是个被追求者，还很理性地劝追求者一起学习——这样，有理有据地把路漫漫给摘出去了。

在周雅的眼神高压下，路漫漫先回教室上课去了。

最后，周雅按住祁远的脖子："还不赶紧跟老师道歉！平日里阿姨跟你说什么来着，脾气不要太臭，你就是不听，还不鞠躬！"

祁远就这么莫名其妙地折了九十度，头顶上响起周雅爽利的辩解："钱主任，不瞒你说，我跟祁远妈妈认识好多年了，漫漫和小远这两个孩子，可真是从小穿一条开裆裤长大的。"

祁远听了一头雾水，刚想抬头看周雅，脑袋又被她给压下去了。

"他们家这情况实在复杂，他爸那样你也看到了，他妈……唉！更别说了。这孩子从小就苦，从小也不知道怎么跟人相处，就跟我们家漫漫玩得来。"

祁远弯腰低头，琢磨着这话要是梁文康他妈说，或许更合适，可惜梁文康妈妈一看见老师就发抖。

"他们俩，说是青梅竹马长大的都不过分。"

眼看着钱书熙眉头竖起来了，周雅立马补充："可是呢，老师你放心，我看得好好的，绝对没有一丝逾矩。之前初中就闹过这么一出，也是请到办公室了。你看，他们要早恋的话，那时候就赶上了，何必等到这时候是吧！"

钱书熙脑袋一歪，单眼皮的小眼睛睁得老大，扫过毕恭毕敬弯着腰的祁远，心想，就算路漫漫家长撒谎，祁远这小子恐怕没这么容易配合吧！

他还是不放心，进一步问："这小子说他喜欢路漫漫，这怎么解释？"

周雅笑得更开了："老师你也是，孩子还小，哪里知道什么喜欢不喜欢，其实就是亲不亲的意思。你非要这么说的话，那小远喜欢我们家漫漫都喜欢十多年啦！"

这是在偷换概念，祁远很清楚自己对路漫漫的喜欢是哪种喜欢，他刚想抬头反驳，周雅一巴掌就扣上他的后脑勺，那一声清脆，吓得钱书熙后退了两步。

"老师，你说是不是？"周雅亲昵地搂过祁远的脖颈，实际上是用手捂住了祁远的嘴，"回头我一定好好教育这小子，让他写个一千字，哦不——两千字的检讨来，让他深刻反省自己的问题，可不可以啊？"

虽然被捂住了嘴，祁远还是忍不住笑了，本来"地中海"想让他们写万字检讨的，现在被周雅一搅和，瞬间缩水了八千字。

钱书熙一下子被哽住了。他处理这种事儿可多了，还是第一次遇到这样的家长。可偏偏周雅说得太顺了，让人不得不信——

可世界上哪有这么凑巧的事，钱书熙还是露出了怀疑的目光。

"你别不相信，这孩子春节还是在我家过的，你看！"这么说着，周雅就调出了那天在家给祁远和路漫漫拍的合照。

照片里，一桌子丰盛的菜，两个孩子举止亲密，眉目含笑，像极了兄妹。

这下，钱书熙什么话都没得说了。

最后，周雅以要好好教育祁远为由，帮孩子请了个假，就这么把人从学校里带走了。

（3）

祁远坐在周雅的车上，默默看着身边这个哼着小曲，转方向盘的女人。

周雅是个厉害角色，并且已经竭尽所能把这件事可能带来的伤害降到最低，不管是对他，还是对路漫漫。

可是她毕竟是一个高三孩子的家长，还是一个相当负责的家长，而她的女儿，可能因为他，失去宝贵的保送资格。

“到了！”

祁远本以为周雅会带他去咖啡厅之类的地方，推心置腹地聊一聊，没想到车停在了大型购物商场前。

“愣着干什么呀！下车！”

祁远就这么傻乎乎地跟着周雅进了地下超市，看着祁周雅买这买那。

“胡萝卜吃吗？”

祁远下意识点头，反应过来后，又快速摇头。

“哎，你们这些孩子，只要是蔬菜，没几个爱吃的，现在高三用眼多，就是得多吃胡萝卜。”

周雅拿了一袋胡萝卜，又拣起茄子，随口问：“喜欢吃肉末炒茄丁还是清蒸茄块？”

“肉末，不要加蒜——”

或许是周雅的语气动作太像祁远想象中的妈妈，祁远话说了一半才反应过来，他的脸微微发热：“阿姨，不用麻烦……我回学校吃就行。”

周雅抬起手腕看手表，笑说：“哟！都十二点了，你回学校吃什么，饼干？那我们家漫漫可不得怪我？”

祁远摸不准周雅这是关心还是敲打，索性摊开了说：“阿姨，我知道我给您和漫漫，咳——路漫漫带来了麻烦，可是我真的想得很清楚，我很确定，我喜欢她。但是如果阿姨您觉得不合适，我一定适可而止。”

周雅放下手里的芹菜，叹了一口气：“你们都大了，很多事情都能自己做主了。只是在我们眼里，你们再大都还是孩子，总是不放心放开手。祁远，我很谢谢你喜欢我们家漫漫，你们都是好孩子……可是，如果，我是说如果有一天，在几年后，甚至几十年后，我希望你想起你曾经为了一句告白而失去了保送资格，你……不至于后悔。”

芹菜在周雅手里翻来覆去，作为母亲，她其实也不知所措。

“我！我不会的！我是认真的！”祁远想举双手发誓，可是手刚抬起，他就意识到自己的动作是有多幼稚。

他万分懊丧地垂下了头。

周雅笑了笑，踮起脚摸摸祁远的脑袋：“刚刚打疼你了吧？”

祁远猛摇头。

“我呀，就是想单纯请你吃个饭，谢谢你盯着我们家孩子学功课。”周雅推着购物车往前走，“如果不是你，她恐怕练不出那个定性——”

“不是，是她自己聪明。”

祁远哈巴狗似的跟在后面，一个劲儿地摆手。

周雅突然回头瞪了祁远一眼：“你还唬我？聪明？聪明能当饭吃吗？”

祁远沉默了，心想，路漫漫，我挽救不了你的形象了，只怪你妈太了解你。

“她从小就这样，别人都说三分钟热度，到了她那儿倒好，一分钟热度都不到——能干什么事啊？”周雅停住，认真地看祁远，“所以，小远啊！我倒不担心你们谈恋爱，我其实担心的是漫漫没几天就把你甩了，那我们家可真对你不起……”

祁远：“……”

说着说着，两人走到了海鲜区。

一个大妈正扯开嗓子喊：“大闸蟹大降价！降价咯！新鲜的大闸蟹！”

祁远顺眼瞧了一下，被这价格吓到了，99元一斤，这是抢劫吧！

“想吃大闸蟹？”周雅笑眯眯地问。

祁远把头摇成拨浪鼓。

“真乖，还想着替阿姨省钱。”周雅又踮起脚，摸了摸祁远的狗头，一转脸对大妈说，“来八只。”

祁远都来不及阻止，周雅又说：“趁着路漫漫不在家，我们把它们消灭掉。以后万一她甩了你，你想起这个，心里也会好受些。”

祁远：“……”

果然，路漫漫长成这样，是有原因的。

（4）

路漫漫家的房子是她爸单位分派的，在老城区，顺着两排法国梧桐走到底就到了。

白日里特安静，路漫漫踩着落叶往前走时，都被自己脚下的枯碎声吓了一跳。

“爸，我们这样不好吧？”

一直走到家门口，路漫漫才后知后觉地发问。

一道醇厚的笑声响起：“天知地知你知我知，有什么不好的！”

在屋内吃饭的祁远竖起了耳朵，回头看周雅，周雅已经开始霍霍磨牙。

“爸你小声点，被邻居阿婆听见了又要告状。”

钥匙插进锁孔声。

“爸，你这次用的借口是什么？”

“就跟你老师说，外婆生病了。”

“妈妈知道了会杀了你的。”

“没事儿，你妈不知道，她上班呢。趁着她还没回来，我们父女俩好好喝一杯，爸爸还带了新鲜的鱿鱼回来，待会儿抹上酱撒上孜然烤一烤，那味儿——”

门开了——

屋里的饭菜香味儿顺着小西风飘到门口——父女俩同时愣在玄关门口。

“老路！”

一声河东狮吼，祁远吓得心脏慢了一拍，规规矩矩地放下筷子，像小学生一样坐好。

“不关你事，你吃啊！”下一秒，周雅语气温柔，笑靥如花，特意挑了一勺蟹黄放祁远碗里。

祁远忍不住抖了抖。

门口，路漫漫和路振华两人正悄悄地开门——

“路漫漫，把你爸押回来！”周雅又是一声，彻底封了父女二人的路。

父女二人你推我、我推你，好不容易蹭到客厅，低眉顺眼地站着，都没注意到屋里还有个祁远。

“我说路漫漫你这一年一年的，酒量见长啊，原来是这么练出来的！”周雅一拍桌子，“还有，我妈身体好好的，我上星期还陪她去跳广场舞呢，怎么，一转眼就病了？啊？”

路漫漫缩到路振华背后去。

路振华小心翼翼地赔笑：“老婆，那什么，孩子学习压力大……”

“大你个大头鬼！”周雅一气，手里的腰圆锤砸碎了蟹盖，她索性捡起来扔到对面去，“一个不教好的，一个不学好的，我这是什么命啊，摊上你们俩……”

“妈！你买了大闸蟹啊！”路漫漫看到蟹盖，惊喜地抬头，刚好撞上祁远望来的视线。

祁远手里，正举着一只肉肥膏满的蟹。

“妈！你不是说二月里没有大闸蟹卖的吗？桌上的是什么？”路漫漫伸出手指向祁远，声泪俱下地控诉，“他手里的是什么？妈！你是我亲妈，还是他亲妈！”

周雅慈祥地笑：“谁懂事，我就煮给谁吃。”

路振华呆了，看了看屋里的小帅哥：“这、这孩子是谁啊？”

祁远刚要站起来叫叔叔，就被周雅一手按下：“我儿子！”

“漫漫，你妈……”

“老路，妈不要我们俩了……”

父女俩抱头痛哭。

祁远一旁看着，坐也不是，站也不是，只能用眼神向周雅求情。

周雅丢回来一个“别理他们，你吃”的眼神。

五分钟后，假哭父女二人组再也号不出一滴眼泪。

周雅冷笑道：“这戏也差不多演完了，再不上桌，蟹就凉了，吃坏了肚子可别怪旁人！”

路漫漫、路振华一秒上桌，风卷云残，十分钟后——

“老婆，你这个手艺真不是盖的！米其林不请你去做厨师都是他们的损失！”

“就是！就是！妈这个肉末茄子真好吃！竟然没放蒜！以后都不要放了啊！”

周雅丢给祁远一个“瞧，尽在掌握中”的眼神儿。

祁远：“……”

这一家人哪……

真温暖。

（5）

早恋事件，多亏了周雅，路漫漫和祁远才没受处分。

然而家长们虎视眈眈，他们俩最终还是失去了保送资格。但同时，学校又偷偷塞给了两人自主招生的资格——好苗子不能浪费，这一直是青蒲高中的教育原则。

之后又是一阵紧锣密鼓的考试。

三月中旬，成绩出来了。

路漫漫和祁远同时进入复试。

庄棣棠却在保送文化课笔试中马失前蹄，生生错过了十拿九稳上名校的机会。

路漫漫这两天在一片低气压中，说话都不敢超过二十分贝，偏程思媛不懂看眼色，一有机会就嘀咕：“原来保送也轮不到某些人哪！要不是我们漫漫和祁远被人诬告早恋，这保送机会也不至于就这么浪费掉了！”

路漫漫赶紧背过手，摇一摇，示意不要说了。

庄棣棠面无表情地修订数学试卷，好像没听到似的。

郭才倒是先炸了："谁知道某些人的冠军是不是碰运气来的！"

程思媛踹了这个娘娘腔一脚："你倒是碰一个试试啊！"

庄棣棠突然一摔书，然后无声无息地趴在桌上，一动不动。

郭才和程思媛大眼瞪小眼，开始了第二轮无声的争吵。

所以，自主招生的面试对路漫漫来说，简直是个解脱。

入选的同学们由相关老师组队，一起去某个高校面试。

当初报名时，路漫漫报的是北约，祁远报的是华约，最后两人面试的学校虽然不同，但好歹都在P市，还是隔壁。

祁远面完试，直接脱离大部队，去隔壁大学找路漫漫。

好不容易到了P市，他打算拉着路漫漫各处转一转。

上午十点开始，路漫漫一直到下午四点才面完试，出来时整个人蔫蔫的。

祁远试着问了两句，结果问什么她都回"嗯"。

祁远无奈了，只能把人拉到附近的特色民巷里先转转，透透气。

巷子是P市最古老的街区之一，热门景点，商铺林立，人山人海。祁远一路拉着路漫漫的手，挤在人群中，心底忍不住偷乐。可是一回头，看路漫漫丢了魂的样儿，他终是不忍心地开了口："就算考不过，还有高考，高考正常发挥就行了，我跟你一起复习，一起备考，嗯？"

路漫漫忽地仰头："祁远，你将来想干什么？"

"我啊，我从小对飞行器比较感兴趣，读完大学，如果有可能的话，想申请去航天空气动力研究所，具体的研究方向还没想好……"祁远挠挠后脑勺，"这个可能要等学了相关专业才好定。"

祁远说完，路漫漫看向祁远的眼神更迷茫了。

两个人刚好停在一家小吃摊前，摊主热情四溢："小伙儿，给女朋友买个吉事果吧！倍儿好吃，保证吃完，你女朋友喜笑颜开。"

这生意做得，祁远心甘情愿地掏钱。

等小吃的工夫，路漫漫突然开口了：

"刚刚面试的时候，老师问：'你想成为什么样的人？'我不知道为什么脑袋一片空白，就是答不上来。

"老师又提醒我：'你将来想在哪个领域发展？想从事什么职业？'我还是不知道怎么回答。后来，老师就问了我一些数学模型……"

祁远从摊主手里接过吉事果，递给路漫漫："很多人都不知道自己喜欢干什么啊，我只是有个大概意向而已，等上了大学可能还会调整。你如果暂时没有的话，可以试着找一找啊，将来还有很长的时间……"

街道上人来人往，吆喝声、笑闹声，还有油锅煎炸声都混在一处，沙沙冲击着路漫漫的耳膜。

祁远的说话声越来越轻，另一句话却在路漫漫耳边越来越响——

那句话，路漫漫藏着没告诉祁远。

面试结束时，一个老教授叹了口气，说："孩子，光聪明是不够的，人生短暂，你得知道把聪明劲往哪个方向使，那样才能有所得。"

路漫漫抬头，祁远正从她手里的吉事果里取出一根小油条，认真地蘸着冰激凌，此时霞光漫天，少年的侧脸美好而安定——

路漫漫突然嫉妒起祁远来，为什么他能那么清楚地知道自己要干什么。

肩被人撞了一下，路漫漫下意识护住手里的吉事果，结果人流推搡，吉事果一股脑盖在路漫漫身上了。

路漫漫被冰激凌糊了一身，肇事者早已消失人海。

祁远低低咒骂了一声，四下一摸，发现没带纸巾，路漫漫也摇头，真衰啊！

"你站在这里不要动，我去买纸巾，很快回来！"祁远把路漫漫领到人流较少的角落里。

（6）

祁远刚走，巷子里就挤过一堆扛着摄像机的人，呼啦呼啦往一个方向跑，路漫漫一不留神，给人挤倒。

眼看就要被人踩踏了，一只手半路拽住路漫漫的腰，往上一提——

路漫漫是被拯救了，那本来就烂糊的吉事果，又糊在这位救命恩人的手臂上了。

路漫漫正要道歉，还没反应过来，就被那人拉着往巷子深处跑。

这什么情况？路漫漫想，她要不要尖叫一下。

那人回头冲路漫漫眨了眨眼——虽然戴着鸭舌帽和口罩，但是，眉眼间有点熟悉？

路漫漫又匆忙瞥了那人一眼，灰黑外套、破洞牛仔裤、白板鞋，有什么在脑海中逐渐清晰。

握着她的手紧了紧，温暖而干燥——苏溯？

路漫漫喊了个口型，对方无声点头。

两个人不知道拐过多少弯，停在一个人烟稀少的民居胡同里。

“你怎么在这儿？”

两个人扶膝喘气，同时发问。

“我是来考试的。”

两个人又同时回答。

“哈哈哈……”

少男少女背靠胡同，相视一笑。

路漫漫心中的积郁发泄了许多。

“我猜猜，小学霸考的是T大？”苏溯扯下口罩，笑得春暖花开。

夕阳的余光中，少年的脸不像上次灯光下那么精致，却真实许多。

路漫漫情不自禁卸下心房，乖乖回答：“不是，是P大。”

“哎？”苏溯像是很惊讶，“P大不是以文科见长吗？我还以为你想当个数学家呢！”

“数学家？”路漫漫忍不住笑了出来，觉得苏溯是在开玩笑。

可是苏溯看她的眼神又很认真，一种完全尊重和信任的姿态。

路漫漫沮丧万分，靠墙蹲下：“其实，我不知道自己要干吗，只是刚好有个自主招生的选拔，然后我就考了，或者说，刚好有个高考，我就考了。高考之后要干吗、学什么专业、从事什么工作，我之前从来没有想过，然后，没有任何预警，突然就到了这一天，我……”

一种深深的无力感席卷路漫漫全身，她双手抱膝歪着脑袋问苏溯：“你呢，你将来想干什么？”

少年成名，苏溯每一个决定都被媒体所追随，路漫漫想起刚刚那一群扛着摄像机狂跑的人，莫名为苏溯担心，话也不过脑子，张口就来：“不要在意别人的想法，想干什么就干什么。”

苏溯一歪头，女孩温柔又坚定地望着自己，浅褐色的眸中布满霞光。

“我啊，想学几年表演。”苏溯也跟着蹲下，“如果可以的话，想在二十岁之前主演一部电影。”

“一定可以的啊！”

路漫漫眼中毫无根据的信任就这么射穿苏溯的心。

苏溯勒住女孩的脖子，往自己怀里一带，顺便摸了几把刘海，心想：“真想捞回家当妹妹。”

“放开她！”一阵暴喝在狭小的空间爆开。

苏溯还没看清楚是谁，一个黑影已经把路漫漫扯过去，护在身后，气势汹汹地瞪过来。

路漫漫拽住祁远的胳膊，小声念叨：“认识的人，认识的人，不要生气……”

“我能不生气吗？”祁远一甩手，回头大吼，“我不是让你站着不要动吗？你知道我找不着你，我有多着急吗？”

春寒料峭，又近黄昏，气温陡然低了许多。

祁远却满头大汗，外套脱了挂在臂弯，薄薄的针织衣隐约冒着热气。

路漫漫不好意思地低头踢石子：“对不起……”

祁远大口喘着气，转过身靠在墙上，一言不发。

路漫漫悄悄跟上去，拉拉祁远的衣袖：“对不起嘛……”

这是个什么场面，苏溯一目了然。他长腿一跨，站定在祁远面前，伸出手：“你好，我是苏溯，是漫漫认识的哥哥。”一边说，一边冲路漫漫眨了眨眼。

祁远抬起眼皮看了对面的人一眼，垂下眼，继续喘气。

路漫漫的视线在两人中间来回游移，她抓住苏溯悬空的那只手，尬笑着缓和气氛：“我同学，祁远，我们一起来考试的。”

“同学啊？”苏溯这一声同学重复得意味深长。

果然，祁远仇视的目光紧随而来。

苏溯冲祁远一眨眼：“同学，借你的同学说句话。”

路漫漫眼巴巴地看向祁远，祁远转过头看石墙。

“来。”苏溯拉过路漫漫，走了约莫五步停下。

“你要走了？”路漫漫仰起头，摆摆手。

“怎么这么聪明呢！”苏溯粲然一笑，然后勾勾指头示意路漫漫靠近点，“告诉你一个小秘密。”

路漫漫踮起脚侧过耳，苏溯略微俯下身，目光却向祁远看去：“那个叫祁远的同学可不是一般的喜欢你。”

此刻，祁远的目光能杀人。他心想，到底说什么话，靠这么近，说这么久？

背对着祁远的路漫漫毫无所觉，沉溺在苏溯的话里，出不来——这……连苏溯都看出来了？

女孩红着脸呆呆站着，苏溯揉了揉她的刘海：“将来想干什么，从现在开始慢慢找。就算找不着，当一个快快乐乐的人不也很好吗？”

女孩还是呆呆的。

苏溯暧昧地冲祁远一眨眼，然后迅速地在路漫漫颊边捏了一下：“将来，记得看我的电影哦！”

捏完就跑。

祁远冲上来时，只能看到苏溯模糊的背影。

“臭流氓！”少年愤恨的声音久久盘旋在古巷上空。

（7）

P市之行后，路漫漫被祁远单方面冷战了。

给他发微信，他不回；班门口堵人，人根本不出来；托梁文康的福，好不容易来了个偶遇，无奈“祁小公举”目下无尘，飘然而过……

这天，路漫漫被叫到办公室。

班主任老仲先是花样夸了一番路漫漫这学期的进步，然后，语重心长道：“自主招生结果出来了，就差一点，唉……不要灰心，好好准备高考啊……”

此时此刻，隔壁工位的骆一济正训着祁远：“以后什么擦黑板，打扫教室的活儿你都包了啊！还有，就算不用高考了，也得装出一副认真学习的样儿来，同学们有什么不会的要主动去教……”

两边的气氛形成鲜明的对比，路漫漫偷瞄了祁远一眼，祁远目不斜视地盯着骆一济的脸点头。

仲博仁也往那边伸了一脖子，叹了口气，摆了摆手。

路漫漫安安静静地“退下”。

直到路漫漫转身，祁远才敢放心地看她的背影，没过？她没事吗？

路漫漫当然没事，自主招生、提前录取什么的，对她来说就像是路上捡到一百块，有也好，没也行，又不指望这点钱过日子。

她自觉是实力派选手，坚信只有高考才是最可靠的。

自主招生给她带来的最大问题是——她将来想成为什么样的人。

这个问题细化一下，就成了她路漫漫想考哪个大学，申请哪个专业？

大学和专业定下了，这就决定了她将来三个月学习生涯的认真程度，是该寓学于乐，还是量力而行，抑或是全力以赴？

路漫漫正发愁呢，肩膀被人拍了一下。

回头一看，没人。

再转过头，一张娃娃脸凑上前。

“学姐好！”

路漫漫笑了笑：“你好！你好！”

“学姐想什么呢，想这么认真？”顾沐言直言快语道，“你已经绕着鲁迅先生的雕塑走了六圈了。”

路漫漫停下脚步，仰头望了望周树人，又回头看了看学弟，突然好奇：“顾沐言，你想成为什么样的人？”

顾沐言傻眼了。

路漫漫略微找到一丝心理平衡，你看，也不是每个人都知道自己要什么的。

“你将来想从事什么样的职业？”路漫漫不放心，进一步解释。

“我呀，我想去出版社工作，当童书编辑，所以我才一定要到青蒲上高中。因为青蒲是本市最重视文科的一个高中，而且，升学率超高。如果可能的话，我想去P大中文系。”顾沐言认真而有条理地说。

“P大中文系？”路漫漫倒吸了一口气，点评道，“你这志向很不错。”

“学姐你也可以啊！学姐的议论文很多次被当成范文印给我们看咧！”顾沐言一脸崇拜，“而且学姐，你数学也超好哎！考高分轻而易举！P大中文系那就是嗯……唾手可得！”

路漫漫吓了一大跳：“弟弟，跟着我念，t-u-o，tuò唾手可得。”

顾沐言不好意思地挠挠头：“我中文还没学到家。”

“还有，小朋友，在鲁迅先生面前，咱还是不要说这个大话了，小心他晚上来找你谈话。”

路漫漫踮着脚，够着顾沐言的脖子，按下去，给周树人雕塑鞠了个躬。

然后，顾沐言许了个愿：“鲁迅先生，请您保佑，我路学姐一定考上P大中文系。”

许完愿，小学弟颠颠地走了，留下路漫漫一个人在雕塑前沉思。

P大中文系？目标会不会太高了？

路漫漫觉得，她有必要征求一下佛祖的意见。

（8）

路漫漫再次从学校消失了。

确认完这个事实，祁远徒手捏瘪了红牛的空易拉罐。

刚喝完红牛就睡着的梁文康被闹醒，一脸红褶子问：“实验室爆炸了？”

这一次，祁远都不想动脑子，而是凭直觉，直奔远山寺。

路漫漫呢，此时虔诚地跪在佛祖面前，捏着硬币，试探口风——

“如果正面向上，就考P大中文系；如果反面向上……就算了。”

第一次，反面向上，路漫漫觉得是硬币有问题，换了枚硬币继续扔。

第二次，正面向上，一正一负，相互抵消，路漫漫觉得不放心，打算来个三局两胜。

可惜天不遂人愿。

于是，三局两胜被扩散为十局六胜，十局又逐渐扩散开去……

一直到连路漫漫自己都记不清几正几反了，她跪在蒲团上思索片刻，最终从口袋里掏出口香糖，剥皮，嚼开，拉出，塞进两个硬币中央。

接下来，百投百中。

这么一番折腾下来，路漫漫口也干了，手也酸了，腿也麻了，好歹求得了满意的答复。

“P大中文系，就这么约定了！”路漫漫喜笑颜开地给佛祖拜了又拜，宝贝似的收起硬币。

“真是个小机灵鬼！”

路漫漫得意自夸时，一道饱含愠怒的声音从后背响起——

“你打算一辈子这样吗？”

路漫漫一扭头，祁远正呈垂直高度俯视她，面沉如水，霍霍磨牙。

“啊？”路漫漫被某人逼得退无可退，一屁股跌坐在蒲团上。

“一辈子都这样，一遇到什么问题，就躲到寺庙里当缩头乌龟？”祁远又往前一步。

“祁远，不是这样的，你听我解释。”

路漫漫一着急，顺口就说出了男女吵架必备经典句，并且很担心祁远下一句是“我不听！我不听”。

“好哇，你解释啊！”

路漫漫松了一口气，可等她对上祁远的视线时，发现并不是那么回事。

祁远的眼中混杂着痛苦与绝望，像是受了莫大的冤屈却投诉无门，只能原地打转，自己跟自己生闷气。

“祁远……”路漫漫轻轻拉起祁远的袖口，却被祁远反手攥住，一把拉到佛像跟前。

祁远的胸口剧烈起伏着：“解释？好哇！当着佛祖的面，你跟我好好解释！

“解释一下为什么九百九十九层阶梯，偏偏你盯中了我的背影？

“解释一下那天晚上，你凭什么要在这里给我祈祷，让我从此牵肠挂肚？

“解释一下那个苏溯，那个顾沐言。

“解释一下从P市回来之后，我脑子里没有一点你的影像？

“解释一下为什么我每天发了疯地想你，你却一点都不想记起我！

“解释一下为什么你这样不在意我，我还该死地，厚着脸皮跑到山上跑到庙里来跟你说这些！

“路漫漫，你跟我解释一下……”

祁远的语调由愤懑到不解到难堪到绝望。

路漫漫被吓着了，她真的是被吓着了。

她从来不知道祁远心里是这么想的，原来无声无息间，这个大男孩藏了那么多心事……

少年的眼里布满血丝，挺直的鼻梁上隐现泪痕，执拗而绝望地直视路漫漫，像是等路漫漫宣判。

“祁远，你先冷静一下。”路漫漫拉起祁远的另一只手，轻轻上前拥住他。

祁远所有崩溃的情绪像是找到了一个支点，他趴在路漫漫的肩头泣不成声：

“明明是你先招惹我的啊！

“可是你呢，你……你从头到尾总是漫不经心，招之则来，挥之即去，想想的时候就想，不想的时候就不想。

“你有没有考虑过我的感受，我突然有一天，再也看不到你的任何画面，知道你已经一天、两天、一周、两周没有想过我！我的感受！”

几乎无缝对接，祁远这边刚抒完情，侧门黄幡里就走出一个和尚，对着路漫漫施礼：“施主，佛堂净地，请勿喧哗。”

本来是路漫漫先拥住祁远的，可是祁远控诉某人的过程中不自觉就把人家小姑娘越搂越紧，现在路漫漫仰着脖子，想动都动不了。

旁边还有一个大和尚看着，路漫漫好不容易从祁远怀中抽出一只手，拍拍他的肩膀，轻声道：“祁远，咱们在佛祖跟前呢，这样不好，咱们先冷静一下。”

路漫漫不知道的是，本来已经差不多要好了，她这么一声“不好”，又让祁远心里的油锅炸开了。

祁远从怀里拉开路漫漫，扶住她的肩，超级大声地喊：“路漫漫，我喜欢你！喜欢到我自己都控制不了，喜欢到整个青蒲高中的人都知道了，喜欢到……喜欢到佛祖也知道了！你凭什么觉得我是脑子糊涂，一时兴起！”

大和尚的木鱼掉了。

供桌上的香的烟灰给震掉一截。

路漫漫觉得脸都丢尽了。

既然已经丢脸了，路漫漫一咬牙，捧起近在咫尺的、祁远的脑袋，在他眉心亲昵地飞快地点了一下，然后扭过头，推开人，装作什么都没发生过。

祁远像被点穴一样，整个人从脖子红到耳根，这样定住了五分钟，然后眨眨眼，再然后嘴角抑制不住地翘起。

和尚：“阿弥陀佛，阿弥陀佛，阿弥陀佛……”

（9）

山道上，一高一矮两道身影，被夕阳染得通红。

“祁远，其实我这次来远山寺，是想跟佛祖拜托一下，我想考P大中文系。”

路漫漫落后一级石阶，特意去看祁远的反应。

祁远呢，双手揣兜里，目视前方，面带蒙娜丽莎微笑，长腿一起一落，兀自下山。

“那什么，我是请了病假出来的，待会儿还要回去上晚自习，你呢？”路漫漫继续说道。

祁远同学毫无反应。

一直走到山下，某人顺拐着眼看就要进山。

“祁远！”路漫漫一个大圈绕到人跟前，大喊。

被点名的人四处张望，眼神那叫一个迷蒙。

海拔线之下的路漫漫感受到了深深的屈辱，她一脚踏上一块大石头，大吼一声：“祁远！”同时把怒气冲冲的脸凑到祁远脸前。

这下，祁远回神了。

路漫漫盯着祁远看了好久：“跟着我，好好走路，这条路可不太好走——”

路漫漫的话还没说全，手就被人拉住了，男生认真地看着她。

路漫漫也不再说话，看着祁远。

她甚至能看到祁远脸上映着霞光的细小绒毛。

一阵晚风吹来，松涛阵阵，无数的松针簌簌而落。

（10）

祁远回学校时，瘸了一条腿，深蓝色的校裤上印着一只鲜明的35码脚印。

路漫漫一副挡我者死的气势冲回教室，谁想教室里没几个人，做习题的做习题，睡觉的睡觉，气氛有些诡异。

平常这时候，班里的基调不该是像蜜蜂嗡嗡一样的吗？

路漫漫走回座位，惊喜地发现程思媛正趴在桌上发呆。

她赶紧戳戳程思媛，低声问：“今儿这是怎么啦？班里人呢？”

程思媛眼皮一掀：“有人在跳楼，大家去围观了。”然后，懒洋洋抬头，换了个方向继续趴下。

路漫漫完美复制出树懒睁大眼的表情，不可思议地问：“那你怎么还在这儿？”

按照程思媛的八卦程度和多管闲事的热情，她绝对是冲到现场的第一人。

程思媛又换了一侧头，路漫漫跟着凑上去：“我们学校的吗？”

“看……朋友圈。”程思媛有力无气地回。

路漫漫赶紧打开微信，上下一拉——

果然，满屏都是青蒲女生宿舍楼的照片。

暗黄的照片里，五层高的阳台上，站着一个黑黑的人影。

还有人发了小视频——

路漫漫点开，现场混乱一片，楼下站满了人，喊楼顶的人下来。

消防员也来了，正忙着冲气垫，镜头一闪，路漫漫看到了人群里，穿着单衣秃顶的钱书熙，他双手举着手电筒，一边用力挥舞，一边喊着什么。

青蒲奶茶群突然有人更新了一条消息：

“跳楼的是高三三班的班长庄棣棠，我就是隔壁宿舍的，亲耳听见她们宿舍吵起来了，吵得不可开交的，后来说要去找‘地中海’，后来，庄就跳上阳台了！”

“天哪，这是校园霸凌吗？”

“屁！庄自己有问题！表面上装得跟大小姐似的，私底下总喜欢偷偷用人家东西，什么面霜、沐浴露、洗衣液啊，不知道都被人撞见多少次了！”

“就为了这事儿跳楼啊？生命诚可贵啊！”

“嘁！她要跳早跳了！”

“喂喂！好歹都是咱们青蒲高中的学生，能劝都去劝劝呗！我看高三三班大部分人都去女生宿舍楼下了，说明人家班长还是好的，比起你们这些在手机上说风凉话的好多了！”

“+1。”

“+1。”

……

群里渐渐安静下来，路漫漫看了程思媛一眼，程思媛假装没看见，低头玩起手机。

“思媛，我们去看一下好吗，好歹是前后座和同桌。”路漫漫拉起程思媛手臂，撒娇。

果不其然，程思媛翻了个大白眼：“不去，要跳早跳了，兜着冷风陪她演戏啊！”然后，把脑袋闷在胳膊里装死——

路漫漫摇了摇头，刚站起来，胳膊就被人拉住了。她笑着回头：“一起去吧？”

“路漫漫，你最好别去！”程思媛递过手机。

路漫漫一看，还是青蒲奶茶群的消息。

发消息的叫“晴天娃娃”：“伙伴们！我们一直在场！你们知道庄要跳楼的最大原因是什么吗？”

然后，晴天娃娃迅速发了一张图片：一张发皱的笔记本内页，鉴于是高清原图，即便拍的时候灯光昏暗，看的人还是能清晰地辨别出纸上的字迹。

路漫漫点开大图一看，整个人汗毛倒竖。

上面写明了她和祁远什么时候见面、干什么、吃了什么东西，甚至说了什么话，都一一用不同颜色的笔标记说明。

所有人都以为写举报信的是某个爱搞事的学生家长，没想到最后却是她身边的同桌，那个每天早上笑着说一声“漫漫来啦”的同桌。

路漫漫本以为庄棣棠只是内向、害羞，不善于表达自己的情感，以为她跟祁远一样，都是没有得到过完整的爱的孩子。自己那么小心翼翼地替她着想，看她眼色，帮她说话，没想到，最后，她竟然为了一个保送资格，做出这样让人寒心的事！

群里的晴天娃娃继续发消息：“大家不要说出去啊！”

“本来她舍友扫地，好心帮她扫了一下柜底，结果扫出这张纸来，那时候她刚好打水去了，舍友们就凑上去看一眼，虽然都觉得很变态，也没多想，可是……”

“可是什么？”

“可是什么？”

“@晴天娃娃，不要卖关子了，给你点了一杯奶茶。”

晴天娃娃：“可是，刚好庄就回来了——顿时吵开了。庄怪舍友乱翻她东西，其他舍友这么一听，那还得了，本来就对她不满，说实话，大家放在公共洗漱间的东西，哪一个没被她用过？我们后来都拿回自己屋了，庄的舍友就惨了，总之成天防着她，这倒好，贼喊捉贼了！”

“她们就闹着说，要去教导主任那里说理！”

“结果你们知道庄说什么吗？”

“又来了，你又不是说书的！”

“她说，举报信又不是我写的，再说，他们早恋是事实！”

“这下子，全宿舍的人都知道，原来祁大仙儿早恋那事儿是庄捅出来的。你们想，和这么一个老在背后捅人刀子的人住在一起多瘆人。所以，不管庄说什么，宿舍其他人都一定要去见‘地中海’——

“庄眼看着实在没法儿啦，就往阳台上一爬，一开始是坐在上面的，后面宿舍里的人激她，让她有本事就跳，这才站了上去。”

“哇！我们学校还有这种人，真是人才啊！应该学情报科！”

群里又发了一连串照片。

路漫漫一一点开。

第一张是祁远卷子的复印件，左上角某一处，用红笔画了个圈，“李代桃僵”——那是路漫漫没了的卷子。

第二张是一张稿纸，被揉得很厉害，上面写着歪歪扭扭几个大字“祁远，你信佛吗”——那是路漫漫扔在垃圾袋里的纸。

第三张……第三张是……是期中试卷的答案！

原来监控里的那个背影是庄棣棠，那次期中考试，庄棣棠考的是第三！路漫漫渗出一身冷汗，难道……难道期中考试的作弊检举信也是庄棣棠写的吗？

“漫漫！你看！这个一串红，本来是祁远给你的！当时你不在，我就是有一次碰见庄棣棠拿这个之后，觉得她人有点奇怪！”程思媛尖叫着点开一张都烂干了的冰糖葫芦照，“她跟我说生虫子了，要扔了的！”

程思媛一张一张点下去，一声接着一声尖叫：“哎！这不是祁远送你的奶糖吗，怎么都在她宿舍里？”

路漫漫觉得整个人都有些恍惚。

庄棣棠喜欢祁远？那么保送的事其实是……

路漫漫愣神的工夫，程思媛接了个电话，然后尖叫：

“漫漫，天哪，庄棣棠指名要见你和祁远！”

（11）

三月初的夜格外冷，路漫漫的心更冷。

路漫漫一路裹着寒风到现场时，楼已经封了。

地面上黑压压挤着一群人。

老师学生不用说，消防员就来了一车，充气垫也已经铺好，被消防员们四头拽着，时刻跟着阳台上庄棣棠的方向调整位置。

祁远已经在人群中央，周围是钱书熙、仲博仁、骆一济，人手一只小黄喇叭。

路漫漫一声不吭地挤进人群，挤到祁远身边，站定。

“来啦！来啦！”仲博仁拉住路漫漫很急地叮嘱，“事情我们都知道了，待会儿无论她说什么，你们俩都担待些，不要激怒她，看消防员叔叔的手势回应哈！”

只比路漫漫和祁远大了五六岁的“消防员叔叔们”：“……”

救人要紧。

可楼上的人要跳不跳，要下来不下来。这才尴尬。

“要不，让这两个孩子试着说两句？”消防员叔叔提示。

于是，祁远接过小喇叭冷漠道：“我们都来了，你可以下来了吧！”

路漫漫接过小喇叭面无表情道："你有话想跟我说吗，我没有话想跟你说。"

钱书熙一把抢过小喇叭，这两孩子，是来救人，还是催命啊！

庄棣棠往下望，茫茫人群中，那个叫祁远的少年站在消防车的大灯前，身骨是那样挺拔，她不由自主地想往前走，拉住那个身影。

楼上的女孩晃了晃，弯着腰大喊："祁远，我喜欢你！"女孩的声音呛着寒风，带着撕心裂肺的疼痛，"你那么聪明，怎么看不出来呢！"

消防员见状，对祁远叮嘱："先顺着她的心意来，把人哄下来再说。"

钱书熙拉住祁远："对对，你说你也喜欢她，事有缓急，老师理解不会处分的！"

祁远冷笑一声，举起喇叭回道："全天下的女生都喜欢我，我难道一一喜欢回去不成？"

祁远这展露无遗的自信，让班主任骆一济捂住了脸，钱书熙气得直跺脚，仲博仁拧着两条眉毛，有些发愁。

只有路漫漫一人，依然面无表情。

"还有，偷窥、跟踪、写举报信、挤掉我的保送资格，如果这是你的喜欢，那我可承受不起！"

话一说完，祁远的小喇叭就被彻底夺去。

"那是你应得的！谁让你早恋！"庄棣棠声嘶力竭地大吼。

祁远给气笑了："怎么，你的意思是，只准我和你早恋，就不准我和路漫漫早恋了？更何况，说了多少遍了，我们并没有早恋。"

没了喇叭，祁远依旧声清气足。

"你敢说，你和路漫漫没有早恋？"庄棣棠红着眼转身，从舍友手里扯过什么东西，由于反作用力的缘故，整个人晃荡了一下，眼看着就要掉下来了——

楼上楼下一阵哗然。

路漫漫觉得楼上的女孩子彻底疯了。

好在庄棣棠稳住了，然后，扯开怀里的东西，一件一件地往下扔，一边扔一边喊：“你看，这些，这些都是证据，你们敢说你们没有早恋！”

卷子、稿纸、烂了的糖葫芦串、奶糖……

一股脑儿全砸下来。

楼下的人轰然散开，只有祁远站在原地不动。

“我有证据！这些，这些！都是证据！证据！”

“我也有证据，证明我们没有早恋，你要看吗？”祁远从口袋中掏出手机，向楼上挥了挥。

“你们让他上来，还有她！让他们都上来！”庄棣棠指着楼下的祁远和路漫漫大吼。

楼下老师们和消防员立马聚到一团，讨论不停。

“现在！现在就让他们上来，不然我立马跳下去！”庄棣棠把一只脚伸出阳台。

“准备！”消防队长一声口哨，气垫床被拉起，全员警戒。

“不要动！我……我马上让祁远上楼跟你说话！”钱书熙拍着大腿，心惊胆战地劝。他嗓子已经喊破音了，狼狈又疲惫，像是一下子老了二十岁，从一个威风凛凛的教导主任，缩水成一个干瘦的小老头。

（12）

路漫漫和祁远在两个消防队员的护送下，来到了五楼的宿舍阳台。

青蒲的女生宿舍是复古的筒子楼设计，阳台并不是隔开的，而是从头铺到尾。

楼道里灯火通明，户户门窗紧闭，每个窗口却上下依次挤着六个人头，什么都挡不住吃瓜群众的热情。

一，二，三，四，五，六——

他们在第七个窗口前停下，光晰如镜的窗玻璃上倒映着阳台上女孩孤倔的背影。

背影微微转过身，往阳台里侧前倾，冲祁远伸出手：“证据呢？”

祁远低头摆弄手机的空隙，一位站在庄棣棠侧后方的消防员悄悄逼近，伸长手——

普通阳台，即便有人站上去，阳台底下的人顺手一抱，或者拼命拉住，跳楼的人怎么都跳不成。

青蒲特别照顾到学生安全，宿舍阳台都设计得特别高，基本上到普通女生脖子那里。如今，这样的高度却给营救带来了许多困难。

现在好不容易有了拉人的机会，前后几个消防队员打了眼色，准备一击即中。

两只手越来越近，就在庄棣棠碰到手机壳的时候，她突然缩手，身体猛地后倾，眼看着就要掉下去了，庄棣棠却扒着阳台内侧蹲下来——又是一场虚惊。

庄棣棠自己显然也吓得不轻。

即便如此，她还是冲着身后的消防员哭吼道：“我都看见了，你不要过来，你过来我就……就跳下去——还有你，把手机放到阳台上来！我自己拿！”

庄棣棠扭回头，浑身发抖地冲祁远喊。

手机被小心翼翼地放在女孩不远处，女孩一手扒紧阳台，一手去够手机，因为手抖，好几次都没有拿起手机。

等手机到手时，已经锁屏了。

“密码！”庄棣棠喊。

“001017。”祁远应。

路漫漫猛地把视线转向祁远——001017，那是……她的生日。

祁远给了路漫漫一个安抚的笑。

路漫漫好似能从那笑里听出祁远漫不经心的话——有我在呢！怕个毛线啊！

在这句无声的话之前，路漫漫一直是麻木的。

她始终难以相信，那个每天坐在她身边的女孩，粉蔷薇一样温柔内敛的女孩，已经写了两封信污蔑她，然后，事情败露的一天，站在寒夜里，站在高高的阳台上，涕泪四溢，歇斯底里。

此时，那个歇斯底里的女孩正难以置信地盯着手机屏发呆。

庄棣棠无法相信一般，看向祁远。

祁远早就预料到了，从容地说："它就是证据。"

"你……你在开玩笑吗？"庄棣棠把手机屏反转给祁远，"这就是你们没有早恋的证据？"

路漫漫也看到了，微亮的屏幕上，是一个女孩趴在桌上睡觉的照片。

女孩身上披着一件男款灰色大衣，小小圆圆的脸，埋在胳膊里，刘海凌乱，眼下两团乌青。

那是集训时期的路漫漫。那时候被包公教练逼着没日没夜地刷题，路漫漫能随时随地睡着。

路漫漫再瞄一眼……呃……照片相当模糊，模样十分憔悴……

"这是什么证据？"庄棣棠尖叫着问祁远。

尖锐的声音划过路漫漫的耳膜，她也一脸疑问地看向祁远。

祁远蓦然笑了："这就是我的证据。因为我喜欢这个女孩，所以我不会做任何不利于她的事情，包括早恋。"

"我不信！"庄棣棠崩溃地哭喊。

"这有什么好不信的！"祁远嗤笑一声。

"反正到了大学，她会是我的女朋友，只是时间早晚而已。我又何必抢在高考前拉她下水，让她背一个早恋的处分，没办法好好学习，跟我考上同一所大学呢？"祁远牛气哄哄地摇头晃脑，自认为说得很有理。

怕影响孩子情绪、一直躲在楼道里偷听的教导主任惊呆了。

钱书熙抹一把额头上的汗，心想，这年头，孩子怎么都这么难管啊！简直像泥鳅！

无奈有的泥鳅刚刚保送到了全国知名学府，钱书熙气得想捶墙。

路漫漫也惊呆了——祁远同学，你别忘了你是来救人的啊！

她下意识地去看庄棣棠，目光上移的过程中，瞥见消防员叔叔抽搐的脸。

庄棣棠比路漫漫想象中的要顽强，她蹲在阳台上，甚至不发抖了。

刚刚祁远那番话，没有喊，也没有吼，只是笃定地陈述一个事实。

庄棣棠忽然觉得自己有点可怜，她到底为什么要喜欢这个叫祁远的男孩呢？她为他做了小偷，被同学鄙视；她为他爬上阳台，为他拿生命做赌注，害怕到眩晕、发抖——

他却站在一米远的地方，冷静地分析着他和另一个女孩的美好未来。

庄棣棠，你说说，你到底为什么要喜欢这个叫祁远的男孩呢？

寒风中，女孩不再歇斯底里，只是无声地流泪。

“你现在还喜欢我吗？”

一片沉默中，祁远这么问。

（13）

庄棣棠抬头看祁远，少年的目光像一把锋利的短刀，刺入她蒙眬的眼。

“即便是此时此刻，在你面前喜欢别人的我，你也喜欢吗？”祁远站在原地追问，目光却向前逼近。

“你什么意思？”庄棣棠哑着嗓子问。她觉得很累，很累，她已经不想再做争辩了。

祁远突然侧过头看路漫漫：

“喜欢一个人，就是哪怕她不喜欢你，她气得你想撞墙，她……她喜欢别人，你气得想要勒住她的脖子同归于尽——到最后，你还是抑制不住地喜欢她，还是叹一口气摇摇头，怎么都不忍心去伤害她。”

路漫漫在某人的高压注视下，脸不争气地红了。

几个消防员叔叔，觉得他们是被请来看偶像言情剧的。

祁远又补充了一句：“你口口声声说喜欢我，却站到阳台上威胁我。我想，你如果真的喜欢我，就下来。”

绕了一个圈子，终于点题，消防员叔叔们的手都已经张开，准备接人。

庄棣棠却拿着手机指向路漫漫：“她喜欢别人？”

路漫漫惊呆了，都这个时候了，庄棣棠这个重点抓得实在让人无语。

消防员叔叔们一脸蒙，这到底是什么剧情走向啊？

只有祁远——他忽然笑了，很放心的那种笑。

“你看，庄棣棠，你喜欢的不是我祁远，你喜欢的只是——”祁远特意停顿了一下，“喜欢着你同桌路漫漫的祁远。”

“你说什么？”庄棣棠觉得好笑，跟着重复了一遍，“什么叫喜欢着我同桌的祁远？你把话说清楚。”

“上次在文津桥，你跟我说羡慕路漫漫有那样的妈妈，你抱怨你的家庭，你说你母亲——”

“你不准说！”庄棣棠突然大喝，同时把一只脚伸出阳台外。

祁远摇头笑，这个女孩，真是永远懂得如何趋利避害！

在众人的高压目光下，祁远举起双手，做出投降的姿势：

“好，我不说。我们跳过这个，我想说的是，你其实不止羡慕路漫漫有一个好妈妈，你还羡慕她的成绩突飞猛进，还羡慕她被一个品学兼优的男生喜欢上了……”

祁远说这话时，路漫漫捂住了脸。

周围的消防员叔叔们一脸牙酸的表情，路漫漫坚信，等救下了人，他们一定会抓住祁远暴打一顿。

然而，祁远还在继续：“这些，你统统都没有。所以，你眼红了！你觉得，凭什么我庄棣棠辛辛苦苦孜孜以求的东西，都被你路漫漫轻而易举地坐享其成了？”

“你胡说！”像是被戳到了痛处，庄棣棠突然爆发，身体往前倾，试图抓住祁远。

本该是援救的最佳时机，但是当事人情绪太激动，消防员叔叔们只能眼巴巴地看着，祈祷张牙舞爪的小姑娘，自己掉到阳台里面来。

“更重要的是！”祁远后退一步，突然加重口气，“路漫漫是你同桌！是你熟悉的人！这才是让你难以忍受的原因。如果路漫漫是其他班的同学，你见都没见过的人，祁远和路漫漫早恋？估计这只是你听过就忘的玩笑话！”

“你胡说！”庄棣棠尖叫一声，猛地从阳台扑下，一个纵身，扑向祁远。

所有惨烈的结果，其发生的过程往往只是一瞬间。

祁远料到，庄棣棠被戳中心事，会恼羞成怒地跳下来，找他理论，甚至想揍他一顿——他都做好了被揪头发、挠花脸的准备。

他没有想到的是，这姑娘比想象中凶猛，她直接从一米六的阳台上扑下来——对准目标，扑到他身上！

祁远被扑倒的一瞬间，十分担心自己的后脑勺。手脚折了还是小事，可是脑袋坏了，路漫漫怕是要抛弃他了吧！

惨烈的结果，转危为安，往往也只是一瞬间。

被祁远以小人之心相度的路漫漫，就在他倒地的一瞬间，蹭着地面，张开双臂迎了上去——

最后一秒，祁远的脑袋稳稳地落在软软的胳膊上，虽然，这胳膊的肉有点少，骨头有点硬，但好歹缓冲了不少冲击力。

路漫漫可惨了，因为祁远脑袋的冲击力，她的胳膊被拖着在地面上亲密摩擦，好在冬天衣服厚，虽然快疼死了，但应该没流血。

她的手背可没那么幸运了，当手背与手指上的皮肉“刺啦”划过地面的一瞬间，她硬生生感受到了灵与肉的质壁分离。

祁远倒在地面，蒙了两秒，睁开眼就看到路漫漫皱巴巴的小脸。然后，一滴温热的液体砸中他。

（14）

祁远瞬间清醒了，想要起身，却发现庄棣棠趴在他怀里瑟瑟发抖。

他冲一边愣住的消防员皱起了好看的眉，对方这才后知后觉，上前拉开了庄棣棠。

另一边的消防员趁祁远起身，立马扶起路漫漫的手，小心翼翼地检查。

左臂是着力点，左手背已然血肉模糊。

右手背情况好一些，但也破了皮，手腕以肉眼可见的速度肿了起来。

周围人都倒吸了一口气，路漫漫自己看了一眼就闭上了，眼泪哗啦哗啦地流，疼得她想爆粗口。

只有祁远一个人死死盯着她的伤口，双眼通红。他颤抖着想握住路漫漫的手，手伸到跟前，却又缩了回去，一滴泪狠狠地砸向地面。

一时间，气氛有些凝重。

“能动吗？”消防员稍微弯了一下路漫漫的左臂。

路漫漫拧着眉点了点头。

“目前看来，没有骨折，小姑娘就先保持这个姿势，不要乱动。待会儿去医院，手臂内外侧都要检查一下，里面肯定也有擦伤。”消防员叔叔对祁远叮嘱。

路漫漫有些纠结，发问：“嗯……这个姿势，站起来岂不是僵尸？”

“都这时候了……”祁远一开口竟然带了些哭音，他咬住牙，瞪了路漫漫一眼，双手扶住路漫漫站起，路漫漫乖乖地闭嘴当僵尸。

谁想，祁远腿一软，两个人又同时摔倒。

“你没事儿吧！”祁远马上紧张地去扶路漫漫。

路漫漫摇了摇头，唇色惨白。

“小伙子，你先别动。”一个国字脸的消防员突然按住祁远的肩膀，另一个矮一些的蹲在祁远右腿边，稍微压了一下祁远的腿。

祁远闷哼一声，一滴豆大的冷汗从额头滚下。

“小伙子，别顾着旁人了，你自己的腿都骨折了！赶紧的，救护车来了吗？我们一起帮忙，把人送上去。”

“来了来了！就在楼下！”刚松了一口气的钱书熙立马迎上前来，安抚人心。

忙活了一个晚上，这个结果已经很让他满意了。

路漫漫伤的是左手，右手还能写字；祁远呢，反正提前录取了，折个腿也没什么，还能少折腾些；至于庄棣棠嘛……想到这里，钱书熙的脸沉了下来，不能退学，也要让这孩子休学，这心理状态得好好调整一下！

这家子都是什么人哪，女儿站在阳台上一个晚上了，爸爸妈妈没一个接电话！

折腾了一个晚上的闹剧终于落幕。

荒唐的一切恍若从未发生过，只有地面上一道暗灰色的血痕，提醒着庄棣棠，她不得不直视的事实。

最后那一扑，庄棣棠对祁远无疑是心怀怨恨的。

如果不是祁远，她或许可以在自己编织的少女心事里，自欺欺人地活下去，可是祁远指出了她最真实的动机，让她想逃避都无从选择。

的确，她从头到尾都没有纯粹地喜欢过祁远。

她只是见不得路漫漫活得比她好，她只是见不得身边的人活得比她好，从小到大，一直都是这样。

可是，从小到大，不是也一直只有她一个人活得最痛苦吗？

尽管那么痛苦，她还是那么认真，那么较劲地活着，她那么认真地活着，可是那些人，她的老师、同学，就连消防队员，他们临走前，都没有看她一眼。

没有一个人回过头来问一问“庄棣棠，你还好吗”。

庄棣棠，你还好吗？

漆黑冰冷的夜里，女孩独自一个人，对着扁扁的弯月，问。

Chapter 10 成人礼

祁远冲路漫漫伸出一只手："来，重新认识一下，我叫祁远，路漫漫其修远兮的祁远。"

路漫漫嫣然一笑，俏皮地歪头："你好，我叫路漫漫，路漫漫其修远兮的路漫漫。"

（1）

737病房应该是三院有史以来最热闹的病房了。

自从祁远住院以来，才真实体会到自己的人气。

因为三院离青蒲高中近，所以同学们一有时间就赶过来，上午下午大课间一次，午饭、晚饭一次，也有同学晚修之后过来。

鲜花、水果、牛奶，以及各种小吃，填满了祁远的病房。

只是唯一让祁远纳闷儿的是，来探望他的都是男同胞。

祁远好不容易找到一个机会，单独问梁文康。

梁文康差点没笑出声来："我说，你都在全校师生面前预定了路漫漫为你大学女朋友，那姓庄的拿跳楼威胁你，你都没松口，谁还来看你？高三时间那么宝贵，将来上了大学优秀人才多的是，她们又不傻，哪来这么多闲工夫看你！"

祁远讪讪地摸鼻子，还是男同胞们讲义气……

男同胞们块头大，嗓门大，一进门，不到十分钟，就把病房挤成春运现场，把氛围嗨到春晚现场。

棒球队一个细长眼、扁圆脸的队员拉开祁远床侧的隔帘，对面床上放着一件粉红色的大衣，扁圆脸长眼一眯，露出意味深长的笑来：“哟！老大，双人间哪！”

一群看热闹不怕事大的少年集体嗷呜一声，笑歪一片，暧昧的目光在祁远和路漫漫二人身上来回游移。

路漫漫被调戏惯了，脸皮也厚了，举起那包成馒头似的左手，郑重声明：“同志们，站好了，给你们普及一下医学常识，我这只是皮外伤，不用住院的，OK？”

“是，大嫂说得对！”

“嫂子说什么都对！”

“嫂子都不用住院，还天天来探望老大，真是……是‘鸟鱼情深’啊！”

“什么鸟鱼情深，谁是鱼，谁是鸟？”

“一个天上飞，一个水里游，这不分居吗？哪来什么情深！”

“天上飞的和地上游的在一起了，那不是奇迹吗？所以这样的爱情才最可贵！”

“……”

路漫漫和祁远实在听不下去了，同时吼道：“鹣鲽情深！”

“间谍？”

“史密斯夫妇？”

一圈人又七嘴八舌地讨论开来。

路漫漫用受轻伤的右手扶住抽搐的下巴，问祁远：“这群人文化课是怎么过的？”

祁远眨了眨眼，摇了摇头：“还没考呢？”

路漫漫歪头看向门口：“那让他们回去学习啊，这都什么时候了！”

祁远笑眯眯道：“遵命。”

小小的房间突然安静下来，路漫漫和祁远诧异地调回目光——一群戴着棒球帽的脑袋层层叠叠凑上来，像观察放大镜下的昆虫一样观察他俩。

“喂喂喂！他们俩这是在眉目传情吗？”

路漫漫：“……”

祁远：“嘻嘻嘻……对呀，你们不回去写卷子吗？”

这样的日子是祁远最开心的日子。

当然，也有极其郁闷的日子，譬如保送到T大的夏寒来探病，祁远真是一万个不希望他过来。

（2）

夏寒一进来，就形容夸张地捧住路漫漫的包子手：“怎么样？疼吗？肯定很疼。”

“我没事，只是小伤，他比我严重，都骨折了。”路漫漫指着祁远高高吊起的右小腿。

祁远听了，满意地点了点头，还特配合地掀起被子，露出伤脚。

“他？”夏寒冷笑一声，“他自己欠下的风流债，不自己还干净，还连累到别人，他还委屈了？”

祁远：“……”这个人什么时候走？

这个人非但没走，还在病房转了一圈儿，捡起祁远床边的一本书：“《柏拉图对话集》？你喜欢看这个？”语气里是满满的惊讶，好像是突然发现一个莽夫会读《论语》一样。

祁远本来没看过这书，被这恼人的语气一激，昂起脖子：“怎么？我就不能看吗？”

夏寒随手翻了几页，读出声来：“节制确实被定义为控制我们的快乐和情欲的力量，而世上没有一种快乐和欲望能比爱情更强大……哎！小时候被家庭教师逼着看的书，现在看起来还是想睡觉，你竟然看得下去？”

夏寒把书扔给祁远，顺便竖起大拇指，给他点了个赞。

祁远：“……”其实这是路漫漫的书。

路漫漫给夏寒递上一杯茶：“你刚刚读的是会饮篇，是我最喜欢的一篇，没想到你也喜欢啊？”

夏寒一口水呛住，好不容易顺了口气，才说：“小姑娘家，思想不要这么复杂！”

路漫漫不理他，继续追问：“你看过福斯特的小说吗？”

夏寒点点头。

“我最喜欢《莫里斯》，里面也谈到了会饮篇哎，你看过吗？”

夏寒忙摇头，小和尚念经一样说：“我只看过他的《霍华德庄园》。”

“那真可惜。”路漫漫一脸懊丧，丧失了谈话的欲望。

夏寒连扯了几个话题，路漫漫都有些心不在焉。

祁远在一边看着直乐，插嘴道：“我虽然没看过福斯特的小说，但我看过福斯特的电影哦！《沉默的羔羊》……”

沉默。

可怕的沉默。

“我们说的福斯特是男的。”夏寒面无表情地回头。

“是E.M.福斯特，英国作家。”路漫漫尴尬地解释。

如果可以的话，一向以“学仙儿”闻名的祁远很想一头蒙进被子里，数羔羊，装睡。

“其实比起福斯特，你们女孩子不是应该更喜欢简·奥斯汀吗？”夏寒再度扯起话题。

简·奥斯汀？这个祁远知道。

祁远很想说两句，然而想起刚刚的福斯特，一开口便成了：“那个……路漫漫，我想吃个橘子。”

路漫漫拿过橘子，正要给祁远剥。

夏寒一把抢过，扔给祁远：“他又不是手骨折了，倒是你自己，手包成这样，少折腾。”

祁远：“……”

姓夏的，你什么时候走？

就这么被无视了一小时二十五分零七秒，眼看着夏寒已经从椅子上站起身来，往门口走去，门从外边打开了。

（3）

周雅和路振华拎着大包小包进了病房。

自从祁远动完手术住院后，路漫漫的妈和梁文康的妈就商议好，两家轮流送营养餐。

白天呢，因为路漫漫自个儿每天还得换药，就由路漫漫负责看护。

梁文康呢，负责晚上看护。反正学校的课早就上完了，剩下的也只是复习，在哪儿复习也一样。加上医院离学校太近，走个十分钟就到，有什么事儿跑回学校就行。

一般梁文康会在晚上六点左右过来蹭一顿晚饭，可是今天也不知道怎的，梁文康已经迟到半小时了。

周雅一开门，就看一个漂漂亮亮、干干净净的男孩子站床边给她鞠躬。

“阿姨好，我是夏寒，是漫漫小学时的同学。”夏寒调笑，葡萄眼格外讨喜。

周雅微愣，随即笑逐颜开：“夏寒对吧！我记得，小时候就长得跟画儿里的娃娃似的，现在可不得了了，真是越长越好看，还没吃饭吧？一起？”

于是，夏寒顺便蹭了一顿路家爸妈送来的排骨汤、糖醋肉等一系列家常菜。

席间，夏寒一句句漂亮话把这对夫妇哄得心花怒放。

然而，这大概是住院以来，祁远吃过的最丧的一顿晚饭。

据祁远不完全统计，周雅饭间给夏寒夹了五次菜，而给他只夹过三次菜。

路振华的视线几乎完全黏在夏寒身上，中间特意瞟了一眼祁远，是一种挑衅、嘚瑟、你活该的目光。

一直到最后，刚出病房门，路振华就大着嗓门嚷嚷：“这个小孩好，嘴甜，人长得还漂亮，我觉得比那瘸腿的好。”

分明是刻意说给祁远听的。

祁远："……"

从他穿上路振华那件墨绿色外套开始，一切都是错。

病房内，新闻联播的提示音徐徐响起，祁远鼻子不是鼻子，眼睛不是眼睛地斜看夏寒："你打算什么时候走？"

夏寒露出惊讶的表情："梁文康还没跟你说吗？"

"说什么？"祁远蓦然生出一股不祥的预感。

"我是来换班的，今天晚上我陪你。"夏寒笑眯眯地坐在祁远床边，贴心地给祁远掖了掖被角。

这个动作做完，两个人都分别起了一身鸡皮疙瘩。

祁远心想，我去，杀了我吧！

与此同时，夏寒想的是，坚持一晚就好。

两个人以相互厌恶的眼神瞪视片刻，然后同时开口：

"你让梁文康过来！"

"梁文康说他一周都没睡过好觉了。我也不想来啊，可是他让我还恩情，上次我住院……"

病房很小，陪护人员只能蜷在沙发上凑合，梁文康就这么睡了一周，祁远也觉得很不好意思，早想让他回去了。其实只要有拐杖，他一个人能处理大部分事情。

"我一个人也可以。"祁远一抬下巴，冲门口指了指。

"那为什么梁文康特别叮嘱了我一些你一个人不能做的事呢？你要听吗？"夏寒一边说一边靠近祁远。

祁远整个人被半固定在床上，让也让不了多少。

路漫漫送完爸妈回来，看到的第一幕就是——

两个容貌俊美的少年头挨在一处，夏寒的嘴就贴在祁远耳朵一厘米开外，悄悄说着什么，祁远低垂长睫，白皙的面颊渐红。

"咔——"

两位美少年同时回头。

路漫漫捂住手机摄像头，吐吐舌头："不好意思，忘了关静音，你们继续啊！"边说边退出房门。

（4）

祁远住院第三周的时候，眼见着来探望的人越来越少了。

病房里一天比一天安静，祁远也是，一天比一天沉默，总是望着房门口出神。

路漫漫知道原因，某一天，趁祁远午睡，她偷偷摸过祁远的手机。

001017，OK！密码果然是她的生日。

路漫漫便不客气地翻了一下祁某人的微信通讯录，并没有发现类似妈妈的字眼。

路漫漫皱眉，继续翻电话通讯录，翻了很久，才在Q那一列，第一排，找到一位特殊的ID：QADMM。

QADMM？谁的英文名吗？也不像。

MM？妈妈？那QAD是什么？

路漫漫试着用拼音拼了一下，亲爱的妈妈。

她鼻腔陡然一酸，泪水夺眶而出。

躺在床上的那个少年，看上去很酷，对什么都毫不在意，因为受伤住院瘦了一圈，棱角越发分明，还总爱装腔作势，但心底却异常柔软……有多少无人的时刻，他会盯着这几个字母发呆？

窗外微风拂过，杏花落了一地。路漫漫把手机调成静音，打开短信框，认真写道：

“祁妈妈，你好，我是祁远的同学。他腿骨折住院了，X医三院B栋住院楼737室。您如果方便的话，可以过来看一下他吗？谢谢。PS：不用太担心，他正在复原中。”

短信发送成功，短信被删除。

路漫漫正想放回手机，突然想起了一件事，立即上滑屏幕，在“L”那一列并没有找到自己的名字，她又滑回“Q”，心跳加速地一行行看下去，还是没有自己的名字，直到“W”那一列，她发现了一个ID，然后烫手似的把手机扔到床上，捂住了自己红彤彤的脸颊。

暮春的阳光透过细细的纱窗，洒落在洁白的床单上，同时打亮手机屏幕：

我的百分之百女孩。

八个字，没用缩写，光明正大，堂堂正正，甜蜜傲娇。

（5）

和祁远住在一个病房的，是一个同样骨折的七岁小男孩。

他的妈妈和他五岁大的妹妹每天都来看他，却从来没看到他的爸爸来过。尽管如此，母子三人在一起总是很开心。

每天中午，为了哄小男孩睡觉，隔壁床的妈妈都会读一个童话故事。

一般，祁远也会乖乖听着，一起睡着。

只是自从夏寒来了之后，祁远就有意见了。

他觉得，作为一个十八岁已经成年的男子，他已经过了听童话故事的年纪了。

因此，祁远强烈要求路漫漫给他读一些具有深度的文章，并且还有指定书目——《柏拉图对话集》。

路漫漫本来是拒绝的，没想到试着读了一页后，效果奇佳。

某个风清日朗的午后，路漫漫继续拿起那本薄薄的小册子，祁远同学已经提前进入昏然欲睡状态。

女孩的读书声在静谧的午后，温馨的病房，沙沙流淌——

“那么他们为什么这样处心积虑地不让你得到快乐，不许你随意行动呢？——教你一天到晚听从别人的管束，并且，总而言之，不许你做你要做的任何事情。从这情况看来，尽管他们有巨大财产，可是那些财产归别人掌管而不归你掌管，似乎对你没有一点好处；你那俊秀的人品，对你也丝毫无用，因为你是受别人看护着、管束着的；而你呢，莱西斯呀，你却不能主宰任何人，不能做你愿意做的任何事情，这是什么缘故呢？

“他说，我想，苏格拉底，原因在于我还没有到年龄吧。

“我说，我可怀疑真正的原因是不是在这里；因为我猜想，你父亲德谟克拉特，还有你母亲，一定已经允许你去做某些事情、而不是等你成年之后再让你去做的：比如，他们要读什么或者写什么，我想在你们全家总是第一个找到你去担起这任务的吧。

“一点不错。

“你可以随你的高兴，不管用什么方法来写信或者读信，也可以完全随你的高兴拿起竖琴来，调整任何一条琴弦，用手指弹或者用拨子弹，你的父母谁也不会来干预你吧。

“他说，确实如此。

“我说，那么，莱西斯呀，他们准许你做这件事而不准许你做那件事，究竟是什么缘故呢？

“他说，我想大概是因为我只懂得这件事而不懂得那件事吧。

“我说，对呀，亲爱的年轻人，照这样说来，原因不在于年龄上有不足，而在于知识上有不足啊；到了有一天你父亲认为你的知识胜过了他，那时他马上就会听信你的话，并且把他的财产交付给你的。

“我料想会这样。”

路漫漫读到这里时，门轻轻响了三下。

（6）

午后的阳光把病房照成半透明，路漫漫看着坐在对面的女人，还是有些慌神。

她完全没有想到，祁远的妈妈竟然是远山寺的妙玉姐姐。

袅袅的尘光中，关于红围巾的记忆渐渐鲜活。

其实，早在妙玉姐姐说自己有个一直考第一的儿子时，路漫漫就应该知道，她是祁远的妈妈。

织坏了的红围巾，路漫漫笑了笑，原来是她这么长的时间，一直霸占着祁远的生日礼物。

病床上的少年，下巴冒出些许胡楂，显得有些憔悴。

“他，还好吗？”柳淳匆匆看了一眼祁远，又像是做了亏心事一般，匆匆扭过头。

"恢复得很好，下周就能拆石膏了，只是……"路漫漫特意停顿了一下。

"只是什么？"柳淳拉过路漫漫的手，急切地问，杏仁眼里闪过泪光。

"只是……想妈妈想得紧。"路漫漫笑得天真无邪，"还死要面子，什么都不肯说，阿姨可千万别告诉他是我喊你来的呀！"

路漫漫眼见着柳淳松了一口气，眼波一横，嗔怪似的瞥了她一眼，心里不由得嘀咕，这么美的人儿？祁远爸爸是眼瞎了吗？

柳淳突然开口："我……我不是个好妈妈，小时候为了讨他爸爸开心，逼着他学了不少东西，离婚之后，总觉得愧对他，因为愧疚，越发不知道怎么好好对他，离开也是一种逃避吧……"

柳淳的眼泪无声而落："我总是担心，他越长越大，越大越清楚，自己的妈妈是怎样差劲，越清楚就越不想见我……"

室内安静一片，只剩下祁远绵长的呼吸。

路漫漫拾起床上的《柏拉图对话集》，轻轻放到柳淳手里。

"阿姨，我刚刚给祁远读书，读到一段：

"苏格拉底问一个年轻人，为什么他的父母不让他管家又不让他独自出游？

"年轻人一开始说，是年龄不足，后来苏格拉底反问他，那为什么让他读书识字，又让他熟习音律呢？

"年轻人后来明白了，不是年龄不足的原因，而是知识不足——

"阿姨，我读到这段的时候，我就在想，可是年龄和知识根本不挂钩啊？

"我又想，年龄和感情也不挂钩啊！"

"年龄和感情不挂钩？"柳淳摸着书封面上的古希腊人像，有些疑惑地重复。

"很多事情，我们都认为是年龄的问题。事实上并非如此，祁远他……"路漫漫一咬牙，脸微微红道，"他一直是有爱人的能力的，他知道怎样去爱一个人，也渴望被一个人所热爱。小时候的经历，留给他的并不是阴影，只是一份没有回应，越来越强的渴望。"

柳淳的目光又落在祁远身上，她儿子的头发、面庞、眼睛、鼻子、嘴、喉结、肩膀、手臂，还有受了伤的腿，一一确认。时光荏苒，原来她的小祁远已经长成这样大了……

路漫漫的视线追随着柳淳："阿姨，我是担心，如果我不说出来，那您可能永远不知道祁远有多爱您。"

路漫漫说完，就悄悄地出了房门。

柳淳缓缓站起身，坐到床边，第一次，不用慌张，仔细而专注地看自己的儿子。她的儿子，她从小就辜负了、却依旧成长得这么好的孩子。

柳淳伸手抚摸祁远的面庞，轻轻地、轻轻地在他额头上留下一吻……

安宁的木香中，少年的睫微湿。

祁远好像做了一个美梦，美到他永远不想睁开眼醒来。

（7）

从那以后，柳淳隔两天就过来看一次祁远，虽然母子二人的相处方式略尴尬。

因此，祁远和柳淳之间必须存在一个路漫漫。作用是，准确翻译二人冷淡言语中压抑的真实情感。

一般，柳淳每次来，都会带些点心和素菜，然后生硬地问祁远："吃了吗？"

祁远同样别扭地回："吃了。"末了，加上一句，"还没吃饱。"

这时路漫漫就相当热情洋溢地附和："阿姨又给祁远带了什么新鲜好吃的？我和祁远都超想吃哎！上次那个梅花糕，阿姨你一走，祁远就全抢过去了，一个人吃噎住了，也一点都不给我剩的！"

祁远粗脖子红脸地喊："路漫漫，你胡说！"

"我哪有！"路漫漫冲祁远比了个鬼脸，然后亲热地拉过柳淳，"阿姨，我还拍了视频做证据呢！我给您看！"

祁远："……"

日子这样欢快地过去，马上就到了拆石膏的日子了。

拆完石膏，祁远再留院观察一个晚上，就能出院了。

吃完午饭，祁远坐在床边，动了动那双没了石膏的脚，总是觉得不自在。他索性往床上一瘫："路漫漫，今天给我讲个童话故事吧！"

路漫漫搬过板凳，给祁远盖上薄被："好哇！"

"从前——"

"又开始从前了，不许讲我听过的——"

"好啦好啦，你先闭上眼睛。"

"从前哪，有一只蓝色的熊——"

"蓝色的熊。"

"不要学舌，好好听哪！"路漫漫打了一下祁远，继续讲故事，"这只蓝熊的爸爸妈妈在他很小的时候就分开了。"

祁远突然安静下来。

路漫漫像是哄小孩一样轻轻拍着祁远："蓝熊呢，跟着熊爸爸住，可惜熊爸爸是一个粗心的爸爸，他并没有把蓝熊照顾得很好，因此，蓝熊很想妈妈，很想很想。

"可惜呢，熊妈妈住在一个与世隔绝的山洞里，蓝熊怎么都见不到她。

"在蓝熊十岁生日那年，机会来了。蓝熊一家要在野兔餐馆，给他办生日派对。

"可是那天，蓝熊为了帮怀孕的山羊迟到了。等他赶到野兔餐馆的时候，爸爸妈妈都不在了。

"蓝熊很伤心，他觉得这是自己的错。

"这时候，一只小野兔跑出来，拉住蓝熊的手，说：'蓝熊蓝熊我们做朋友吧，做了朋友就能一起玩儿了。'

"蓝熊很生气地推了野兔，野兔跌倒了，脖子上的红围巾掉在地上了。

“蓝熊很不好意思，捡起围巾还给野兔。

“野兔把围巾往蓝熊脖子上一圈，说：‘我把围巾送给你，你跟我做朋友好不好？’

“蓝熊嘴上没答应，可还是陪着野兔一起玩了。

“红围巾在蓝熊的脖子上迎风飘扬，好看极了。”

路漫漫一边讲，一边从自己的脖子上解下围巾，轻柔地给祁远圈上——

“蓝熊不知道的是，那条围巾其实是熊妈妈特意给他做的生日礼物，只是……熊妈妈以为蓝熊不愿意见她，又担心围巾织得太丑，只能送给和自己孩子一样大的野兔啦！”

路漫漫笑着拉过红围巾的一角，稀疏的针脚、杂乱的花纹，她笑出声：“真的挺丑的，可是暖和不就行了吗？”

祁远闭着眼没有回答，一滴泪从他眼角滑落。他侧身，哼唧道：“好无聊的故事……”

路漫漫没有反驳，折腾了许久，她也累啦，她半枕着脑袋斜趴在床上，睡着了。

祁远睁开眼时，女孩睡得正酣，她的左手已生出新的皮肉，粉嫩光滑，好像昭示着，这世上没有愈合不好的伤疤。

林荫下的阳光透过纱窗，一点点跃动在女孩脸上。女孩的嘴角甜甜地翘起，少年俯身侧头，伸手轻轻点了点。

床对面的隔帘一角，两个小孩，脑袋挨着脑袋，瞪大眼睛，好奇地看着光圈中的这一幕。

（8）

祁远完全康复那天，刚好赶上青蒲高中的成人礼宣誓。

灰墙红瓦，青葱草地，蓝白校服。班得瑞的《童年》，舒缓且沉静，一遍又一遍地轮播，连空气里都渲染出一股怀旧的氛围。

礼台上话筒高高架起，几个衣着光鲜的师生在台上相互让座，握手致意，鲜艳的红旗迎风飘扬。

礼台下，真正的高三学生穿着灰不溜秋的校服，顶着圈圈发黑的熊猫眼，蔫不拉几地举起手挡住阳光，恍如隔世。

原来，不知不觉已经五月了。

柳絮飘过了，杏花凋谢了，青桃结果了。他们，也将迎来最后的审判，在那迷人的仲夏。

阳光灿烂，近乎灼人，每个站在草地上的人，背后都拉着一道长长的黑影。

路漫漫是担忧的，不再是为了肤浅的存在感，而是对于她想争取的。

祁远也是担忧的，因为身边的女孩，他不得不重新思考和规划一些事情。

梁文康也有自己的烦恼，学校附近的平房要拆迁了，那开心麻辣烫该怎么办？他的父母又该怎么办？

程思媛也很愁，她到底是要报S戏呢？还是要考Z戏呢？据说S戏帅哥超多，可是Z戏美女也多，她都超喜欢，该怎么选呢？

……

蓝白校服，青春心事，在阳光下变得透明，在草地上缩成阴影。

一道道的阴影，最终都汇作一股声音：

今天，面对国旗，我庄严宣誓

我已长大成人

永远做祖国忠诚的儿女

我宣誓

从今天开始

我以诚心对他人

以孝心对父母

以热心对社会

以忠心对国家

我宣誓

因为有我，人民将更加幸福

因为有我，家园将更加美好

因为有我，祖国将更加昌盛
天地为鉴，国旗为证
十八而志，青春万岁

十八而志，青春万岁，我们都成年啦！

（9）

一系列冗长的仪式结束后，青蒲的高三生们迎来了最后的自由时光。

按照青蒲的传统，成人礼后，老师不再上课，学生们自由备考，可以选择在家复习，也可以选择来校自习。当然，去肯德基、麦当劳自己觉得更能集中注意力，学校也不反对。

当然了，后果自负。

尽管高考的利刃悬在头顶，成人礼这一天，对高三学生来说，是一场例外的放假，解压的狂欢。

一望无垠的草场上，有家长陪着学生拍照，有人尖叫着相互追赶，有人带着蓝牙音箱，当场来了一段街舞，还有人从小卖部买来水枪互相扫射。

上一秒还庄严神圣的宣誓场，下一秒，就变成了彩虹般绚烂的游乐场。

祁远看了一眼这个画面，心里一动，拉住路漫漫："我带你去个好地方。"

梁文康凑上来："什么好地方，我也要去！"

程思媛也不落下："我也去！我也去！"

祁远有些犹疑，还有些脸红。

"不会吧！"梁文康突然后退一步，花容失色，"不会是我想象中的那种地方吧！祁远，你才刚成年哎！"

程思媛秒悟，一把拉住路漫漫："乖，听姐姐的话，不能跟着这个色狼走！"

祁远忙不迭解释："游乐场！游乐场！游乐场怎么了啊！你们脑子里成天想的什么呢！"

梁文康顿时失去兴趣："喊，结果是这种地方……"

程思媛白眼一翻，把路漫漫的手塞到祁远手中，温柔道："来，小朋友，牵好手，咱们出发喽！"

说完，把两人交叠的手往空中一抛，利落地转身，扬长而去。

祁远有些尴尬地想摸鼻子，手举到一半，才发现路漫漫的手还包在他掌心。他讪讪地放下："很幼稚吗？"

路漫漫神秘一笑："那要看你玩什么了。"

（10）

然而，去游乐场的路并不是那么顺利。

在操场入口，两人和庄棣棠狭路相逢。准确地说，是庄棣棠找上门来的。

三个人在操场门口进进退退，最终挪到了离门口不远的一处空地上。

"我是来跟你们道歉，顺便道别的。"庄棣棠像是鼓足了勇气，才开口打破沉默。

"你……休学了？"路漫漫有些震惊。她知道，功课和成绩是唯一能给庄棣棠带去成就感和自尊的东西。

"不是，人家那是去美国留学。"祁远抢答。

庄棣棠跟着点了点头。

路漫漫眼波一横，无声质问：你们俩私下联系了？

祁远重心左移，长长伸出才康复的伤腿，摆出一个吊儿郎当的姿势："我猜的，电视上都这么演的。"

路漫漫："……"

庄棣棠："对，我申请到了哥伦比亚大学的全额奖学金。"说完，不好意思地笑了笑。

路漫漫："……"

这道歉道得很有技巧。

沉默。

尴尬。

“哦，对了，这个是送给你们的，祝你们高考顺利！大学也……也在一起！”庄棣棠伸出手，递过一根红绳。

祁远一把搂过路漫漫：“我们大学当然会在一起，大学之后还要在一起！”

庄棣棠释然一笑：“那这个礼物我还真选对了！”

路漫漫和祁远顺着红绳往上看，红绳顶端，是两只氢气球。上面分别画着灰太狼和红太狼。

“……”

两人同时感到了侮辱。

其实祁远住院期间，有人送过一盆小向日葵，无名无姓，就在病房门外，说不准还是送给隔壁床小朋友的。但路漫漫和祁远心知肚明，那是庄棣棠送来的，只是两人默契地假装不知道。

到了第二天，向日葵盆栽就消失了，或许去了它更应该去的地方。路漫漫和祁远因此都默默松了一口气。

谁知道，这次庄棣棠来送礼物，是在大庭广众之下。

路漫漫面无表情地吸了吸鼻子，看祁远。

祁远同学呢，正四处观望风景，目光就是不落到眼前。

已有一大拨吃瓜群众正火速聚来。

路漫漫掐住祁远胳膊上的肉，逆时针180度一扭，祁远“啊”的一声叫出来。

这一叫，吸引来更多人。

“天上有只喜鹊飞过。”祁远指着湛蓝的天，惊讶地说。

一众人：“……”

最终，二人还是带着灰太狼和红太狼出了校门。

祁远刚出校门就问：“喂，她走了，我们要不要把这个扔了？”

路漫漫：“……”

祁远：“我总担心这个气球里有炸弹。”

路漫漫跳起来，捂住他的嘴。

祁远还在继续挣扎："我们扔了吧，扔了吧！"

最后，神不知鬼不觉地，灰太狼和红太狼被转移到某个小孩的书包链上了。

（11）

刚到游乐场门口，祁远就拉着路漫漫一起把校服外套脱下，塞寄存柜里。

路漫漫乐了："那校服裤子怎么办？难不成也脱了？"

正在锁箱子的祁远猛然抬头，发愁似的看向路漫漫，桃花眼秒变小鹿眼。

路漫漫有些发愁，心想，这孩子伤的是腿，怎么脑袋也不好使了？还好不用高考了。

路漫漫牵起祁远的手，忽视掉身边人的目光，大步往前走："怕什么，反正我们没早恋！"

粉嫩的卡通人物旋转四周，世界城正播着周杰伦的《告白气球》，空气里是浓郁的棉花糖的气息。

祁远就是被这该死的甜蜜，一路忽悠上大摆锤的。

然后在空中三百六十度里外自由旋转，加无限失重，加鬼哭狼嚎，最后，祁远是被路漫漫扶着从大摆锤上下来的，头发凌乱，目中含泪，唇色惨白。

路漫漫反而一副身轻如燕、精神抖擞的样子。

"还幼稚吗？"路漫漫有些好笑地问。

祁远摆摆手。

"去坐过山车吗？"

祁远一副生无可恋的样子，推开了路漫漫扶住他的手，颤颤巍巍地移步到小矮人灌木丛休息区。

路漫漫买了两支冰激凌回来时，一眼看见小木桩上坐着的少年，头发翘着，长腿瘫着，目光呆滞，神魂出窍中。

“吃点这个，会好一些的。”路漫漫把冰激凌递到祁远嘴边。

唇上冰凉的触感让祁远回神，他的目光再度定在路漫漫脸上。

女孩的刘海微微零乱，脸颊红润，眼睛黑亮，笑起来眼睛里像是有星星。这么娇小的姑娘，怎么会喜欢这么剽悍的游乐项目？

可惜，祁远现在连说一个字的力气都没有。

路漫漫看穿了祁远的心思，一边给他打理头发，一边解释：“其实，我也超害怕这种五脏六腑都失重的感觉，尤其是从顶端下落的时候，感觉身体都不是自己的了。”

祁远猛点头，本来都已经差不多服帖的头发又乱了。

路漫漫突然一把捏住祁远的下巴，凑近：“可是我在坐大摆锤时，发现了一个秘密。”

祁远的瞳孔骤然紧缩，呼吸间尽是女孩嘴边抹茶冰激凌的甜美气息。

“我发现，人们在最害怕的时候总会喊出自己最在意的人的名字。完全就是潜意识的，有喊爸爸的，也有喊妈妈的，还有喊易烊千玺、初音未来的！”

路漫漫笑眯眯地挠了挠祁远的下巴：“祁远你知道你喊的是谁吗？”

祁远的脸红了，他喊的是“妈妈，妈妈……妈……妈呀……妈妈救命救命啊”。

“刚刚你喊了二十一声妈妈哎！”路漫漫笑眯眯地补刀，“下次一定要带一支录音笔来。”

“路漫漫！”这是祁远人生第一次坐大摆锤后的惊吓（喜）发现。

（12）

路漫漫很惊讶，祁远在经历过大摆锤之后，还想坐摩天轮。她记得自己第一次坐完大摆锤后，真的是誓死拒绝任何空中项目。

祁远同学淡定地表示：“经历过大摆锤之后，什么都不是事儿了。”

路漫漫挽住祁远的胳膊：“那我们去坐3D过山车吧？”

那只被挽住的胳膊突然下垂，祁远耷肩四望，假装没有听见路漫漫的话。

摩天轮项目前排的队堪称九曲十八弯，显示屏上显示，还要等一小时三十九分，路漫漫对着祁远耸了耸肩，准备走人。

不料祁远变魔术般取出两张小票，揪着路漫漫的后衣领，就直接进了快速通道。

路漫漫这才明白，祁远坚持来游乐场过成人节的预谋——

摩天轮。

还是小号车厢的摩天轮。

而且，车厢对面没有人。

少年贴着少女坐下，车门关上了，嗡的一声，车厢缓缓移动，地面的灯光逐渐遥远。

车厢里静谧无比，谁也没有说话，只剩下轻到发颤的呼吸声。

座位很挤，两个人靠得很近。

少年身上炙热的温度不断地往少女身边侵袭，空气里弥漫着无花果青涩的气息。

路漫漫恍若到了汗蒸房，她红着脸用胳膊肘捅祁远：“你，坐对面去。”

祁远同学假装没听见，稳坐如山，专注地看风景。

分明脸已经红到耳根。

路漫漫恼了，直接起身，坐对面去。

谁知不一会儿，祁远也跟着站起来，车厢轻晃一下。

这样几个来回，祁远也不说话，就像一条红着脸的哈巴狗一样黏着路漫漫。

路漫漫放弃挣扎，刚好，摩天轮转到顶端。

路漫漫一抬头，漫天繁星，近手可摘。墨蓝的夜空，像被天针扎出一个个小孔来，漏出点点星辉。

路漫漫再也没见过比这还漂亮的夜景了。

“祁远，快看！快看！”

路漫漫一扭头，就看见祁远正双手合十，长睫紧闭，像在许愿。

就在这一秒，车厢上的霓虹灯同时变粉，摩天轮成了一个巨大的粉红色光圈。

传说，如果在摩天轮顶端许愿，那么这个愿望终有一天会实现。

少年的侧脸棱角分明，一副不信鬼神不信人的桀骜模样，却为了某个人、某个心愿，虔诚地双手合十，深埋期许。

路漫漫不由得跟着握手祈祷：“天上的星星们，我已经很幸福了啊，所以，不管我身边的少年许什么愿，麻烦你们帮他实现哦！”

路漫漫睁开眼时，祁远正呆呆地看着自己。

目光交触的一刹那，祁远的脸又红了。

路漫漫突然有些好奇，她凑上去问：“你许的什么愿？”

少年紧抿着唇，往旁边剩余无几的空间挪一挪，脸上那一抹红，瞬间蔓延到脖子。像被调戏了的良家妇女。

路漫漫见惯了祁远目中无人、嚣张不羁的姿态，这般小媳妇的模样，让她忍不住真调戏起来：“和我相关的愿望？”一边说，一边挽住祁远胳膊。

“你……你离远……远一点。”祁远虎躯一震，七窍生烟。

“我不，除非你告诉我你许的什么愿！”路漫漫开心死了，扭捏得这样好看的大男孩，真想拿手机拍下来。

正要合照时，祁远突然说：“我……我想吃……吃抹茶味的冰激凌……”

“哈？”路漫漫一头雾水。

“愿、愿望。”祁远飞快地瞟了一眼路漫漫，又飞快地收回视线，委屈巴巴地坐好。

“就这个？”路漫漫有些惊讶。之前梁文康说祁远喜欢香草口味的，哪里知道祁远也喜欢抹茶的。

路漫漫有些泄气，觉得一下子浪费掉了两个愿望。她气鼓鼓地说：“想吃，下去买就行了啊，这么好的——”

“我现在就想吃。”祁远一扭头，额心抵住路漫漫的眉心，一时间，四目相对，呼吸交闻。

香草和抹茶混合在一起的味道……

“咚咚——”的心跳声在车厢里被无限放大。

路漫漫脑中闪过一个画面，脸猛地涨红。她用力推开祁远：“待会儿下去，我就给你买。”

“路漫漫……”祁远小声喊。

“又、怎……怎么了？”路漫漫奓毛。

“周雅给过我口头批准了。”

周雅？路漫漫扭回头，祁远正垂着脑袋，玩她的衣角，白皙的后颈上也是一片通红。路漫漫有种不祥的预感：“周雅批准你什么了？”

祁远没有回答，终于鼓足勇气似的，抓住路漫漫的肩，桃花眼里水汽氤氲。

香草的味道蔓延在嘴边，轻淡的，却像烟花一样在路漫漫心里炸开。

“闭眼啦！笨蛋！”一双大掌盖住路漫漫的眼。

你看过摩天轮顶端的星空吗？

特别，特别美。

（13）

准备了那么多年的高考，从开考到考完不过是一瞬间的事，反而是等分的时间很漫长。

也正是这时候，学校附近一溜小商铺的拆迁通知下来了。

开心麻辣烫首当其冲，商铺没了，生意还是要做下去的呀！

所以趁着等分心烦的时候，路漫漫、祁远还有梁文康三人就负责打理起了小店，梁爸梁妈才好安心出去盘店面。

程思媛偶尔也会来帮忙，但大部分时候是来蹭吃的。

她有一次，不知道从哪里八卦来的消息，说是教育局有大领导来学校视察，还撺掇梁爸梁妈递请愿书。

虽然路漫漫和祁远都觉得不靠谱，但好歹那天还是赶到了学校门口。

也不知道消息是怎么扩散出去的，反正他们赶到时，正午烈阳下，校门口已经聚了二三十人，头戴红发带，手里举着纸箱拆成的请愿牌，脖子上挂着大喇叭，把校门口围成交通堵塞。

天气热得人发慌，不一会儿，斗志昂扬的小商贩们就随手扯一张报纸坐下来，闲聊。多是你家孩子考得怎样之类的，到后来，甚至有人掏出一把瓜子来嗑。

路漫漫和祁远站在不远处的树荫底下瞧着，哭笑不得。

可惜，坐下来容易，站起来就难了。

当一辆黑色小轿车徐徐开来时，动作快的人已经抢先拥了上去。梁爸梁妈一下子落在了后头。

“领导，您救救我们吧！”

“我们的家就要没了！”

“这边！这边！领导！

“我们可是在这儿住了十年啊，说拆就拆……”

一双双灰黄的手往前拥，而从轿车里出来的中年男子只是埋头，一直往前走。

学校不知道从哪里调来一排保安，硬生生拦住激动的商贩们。

梁妈妈一个不注意，被推搡在地。

路漫漫和祁远赶紧上前去扶，那边梁文康和他爸已经快挤到前排了，可惜那个戴眼镜的中年男子已经进了校门。

商贩们还在拼命地往前挤，阳光打在他们脸上的褶子上，打在他们被汗水浸透的衣服上，打在一张张焦灼却不放弃的剪影上。

路漫漫咬了咬牙，一边拼命往前挤，一边在脑海中回想刚刚那个中年男子的样貌体征——叶黄色POLO衫，黑色西裤，褐色皮鞋，金丝无框眼镜，低垂的头，严肃的嘴角……

“那个女孩！”保安突然冲人群挥手，路漫漫抬起头——

“对！就是你！穿绿色连衣裙的女孩，你进门，领导有话跟你说。”

所有人的视线都集中到路漫漫身上，并自动让出一条小道来。

路漫漫赶紧向前，从梁文康手里接过请愿书，给了他一个放心的手势。

“姑娘，帮我们好好说说啊，拜托你了！”

有人双手合十给路漫漫鞠躬，路漫漫坚定地点了点头。

（14）

校门外的一众人紧张地看着林荫道上的女孩和中年男人。

浓绿的梧桐在校道上打下深深的阴影，面前的男人给人一种不怒自威的压力。

路漫漫深深吸了一口气，开始自我介绍：“尊敬的领导，您好，我是——”

“路漫漫，对吧？”中年男子忽然接话。

“哎？”路漫漫摸摸后脑勺。

“你不记得我了？自主招生，记得吗？”男子忽然笑起来，眼角的鱼尾纹散开，威严的气场散去一半。

路漫漫仔细一看，原来是P大自主招生的面试官！当时她光顾着看主考官了，其他老师都只是匆匆掠过几眼，没想到他还记得她。

中年男子笑眯眯地问：“考得怎么样啊？”

路漫漫讪笑：“还可以，还可以……”

“小姑娘聪明，我觉得可以先收进来培养，可是陈老师不松口，说你还没想清楚呢。现在想清楚了吗？”中年男子关切地问。

路漫漫给自己鼓气，认真地回答：“老师，我想清楚了，我想报考中文系。”

“我们学校中文系？”中年男子惊讶道，“我记得没错的话，你可是拿了国际数学竞赛的大奖啊。我们数学系正缺人呢！你小心啊，他们搞文学的可挑剔了！”

“可是我想清楚了，我喜欢文学。”路漫漫的脸微红。

“不错啊！不错啊！那我们开学典礼上见！”

“哎！老师！这个，这个请愿书……”路漫漫话说到一半，有些不好意思说下去了。这个老师肯定是来学校招人的，怎么也管不到青蒲的拆迁上去。

这么想着，路漫漫伸出去的手，慢慢缩了回来。

“我刚刚也听了些，虽然帮不上忙，但是我可以把这些带给你们青蒲的校长，怎么样？”中年男子接过请愿书。

“谢谢老师！”路漫漫立刻深深鞠了一躬，“真的太谢谢您啦！”

就这样，一众人结束了迷糊的请愿历程。

学校那边也很快有了回复，还是要拆。但是，可以推迟三个月，到九月份再拆，这样商家就有了迁店的时间。

不管怎样，事情尘埃落定，大家都做了能做的，这已经是最优化的结果，就像大家的高考成绩。

路漫漫可以说是考得很不错，全市第七，尽管如此，比起P大中文系往年的分数线，还是差了十多分。

果然像那个招生老师所说，搞文学的都很挑剔啊！

路漫漫虽然很想争取一下，但又担心会滑档，所以干脆报了实力相当的N大中文系，稳打稳扎地进，心安。

祁远不开心了，因为N大和T大根本不在一个城市，还一个南一个北，他们俩还没谈恋爱呢，就要异地了。为此，他跟路漫漫冷战了几天，好歹给路漫漫软磨硬泡给哄回来了。

梁文康报了本市的大学，第一志愿是工商管理，据说他的梦想是要继承家业，把开心麻辣烫开成全球连锁店。

程思媛对此有精辟总结：“就一卖麻辣烫的，穷嘚瑟！”

她自己最后还是去了S大读编导，比起美女，帅哥还是更重要一些。

她将来的梦想，咳——是指挥一大堆美男拍戏，让他们都听从自己的指挥从左边跑到右边再从右边跑到左边，跑得气喘吁吁，跑得香汗淋淋，想想就来劲！

伴随着越来越聒噪的蝉鸣，各高校的录取线出来了，录取通知书飞雪一般，两三天的工夫，一户户飞往各家。

P大中文系的分数一反往常，直降了三十分，也就是说，路漫漫本应该稳稳地进，可惜她自信心不足，报了N大。

路漫漫着实懊悔了几天，但几天过后也就释怀了。毕竟，千千万万个考生，一年能进P大中文系的有几个呢？

她路漫漫从来不是什么百分之百存在体，一介凡人罢了，N大中文系也是很好的呀！

倒是祁远，分数线一出来，路漫漫就给他赔礼道歉，连撒娇都用上了。

祁远同学毫无反应，只是说："到时候你就知道了。"

路漫漫一头雾水。

谁知，没几天，P大的录取通知书过来了。

打开红彤彤印着湖塔的封面，白纸黑字清楚分明：路漫漫同学，祝贺你被录取为我校中国语言文学系全日制本科生，请于……

路漫漫的心跳得很快，手抖得厉害，有些怀疑自己是在做梦。

祁远的电话就是在这时候打来的："路漫漫，我们又能在一块读书了！"

祁远不知道，这是他开学前跟路漫漫说的最后一句话。

（15）

"你说你和她妈联手，瞒着她签了P大的预录取协议，直到录取通知书到手她才知道！"梁文康一激动，勺子里的酱全洒入麻辣烫碗里了。

"你小声点！"祁远指着店里面一颗颗因为好奇转过来的头。

正是暑假期间，来吃饭的多是青蒲的学生。

"这是重点吗？"梁文康简直要气笑了，他一手撑住桌台，从窗口探出头，"37号！不好意思，你的麻辣烫料放多了，你要不再重新调一下，不算钱，喜欢吃什么就挑什么，不好意思哈！"

说完，梁文康蹲下身，把废了的那碗倒进甜甜食盆里。

祁远也蹲下来，揉着甜甜的狗头，小声说：“重点是，她已经两周没有跟我联系了，我去她家堵人都堵不到。”

“你不知道啊？”梁文康抿着嘴，一副憋着笑又不敢笑的表情。

“什么啊？”祁远快急死了，“你知道什么啊？”

“路漫漫去澳洲了。”

“澳洲？什么澳洲？”祁远一把抓住梁文康的肩膀，差点又调坏了一碗麻辣烫，“她去澳洲读书了吗？她不去P大中文系了吗？”

梁文康看见祁远瞬间发红的双眼，无语道：“拜托！她只是去澳洲旅行啦！一周而已，昨天刚走！”

祁远丧气地垂下了头：“我还是想不通，她到底为什么生气了？”

“我们只是想给她一个惊喜啊！

“就是出分数的第二天上午，周阿姨打电话问我，P大招生组想要跟路漫漫签预录取协议，她担心是诓人的，就先带我去面谈，没想到就遇上了上次我们请愿时的那个领导。确认了是真的后，周阿姨当场就把协议签了，连专业都定的是漫漫最喜欢的现当代文学方向。”

祁远烦躁地抓头发：“到底是哪里出问题了呢？P大中文系，不是她一直想去的地方吗？”

梁文康被祁远这顽强的愚钝给激怒了，搁下菜篮子，卖力地替路漫漫声讨：“那她都已经下定了要去N大的决心，都准备好了要跟你异地恋四年，都已经安慰自己她已经竭尽全力做到最好——这时候，你们告诉她，哦，你老早就被P大录取了，只不过我们想跟你开个玩笑！这才是天大的玩笑话好不好！

“你有没有想过，她可能哭过、失眠过、后悔过，想着如果要是她能够多考几十分，能够下决心拼一次，她或许就能进P大了——她在这么伤心的时候，还得想办法去哄着你——哄一个明明知道她已经稳进P大，却为了一个所谓的惊喜而假装不知情，甚至因为她想报N大跟她闹别扭的、不省心的男朋友！”

祁远愣住了，他没想那么多，傻子一样地问：“她哭过？失眠过？”

“换位思考知不知道啊！大仙儿，用您那神仙脑袋设身处地地为路漫漫想一想，就知道这个玩笑开不开得起了！”

梁文康唱rap一样教训完祁远，推了这个傻小子一把：“离我远点，别把头屑挠到我家麻辣烫里面去！”

祁远有些发呆地看着厨房里忙来忙去的梁文康，回味起他刚刚说的话，第一次意识到，这个和自己一起长大的男孩子，或许比自己想象中更成熟。

而这一次，真的是他祁远错了。

（16）

一周过后，路漫漫人没回来，她写的一篇游记倒先回来了。

说是游记，还不如说是思乡记，准确地说，是“思·开心麻辣烫·记”。文章里讲了许多高三时期在开心麻辣烫度过的开心时光——

小店里，青涩少年们的争执、吵闹、和解、合作、耍闹，一一写尽，温暖抒怀，是那种一看就能让人笑起来的文章。

这篇游记在青蒲高中的贴吧里疯狂转载，后来直接刊登上了本市晚报。

路漫漫成了B城新一届高中生的代表：拿过国际数学奖，又拿了写作奖，考进P大中文系，重要的是，无论怎样，都积极阳光地面对生活。

就像那篇游记的最后一句话：每天笑一笑，开心麻辣烫，没有什么事情过不了。

于是，开心麻辣烫一下子成了B城的网红小店，不少学生家长看了晚报社的文章，又了解到路漫漫的辉煌经历，特意带着孩子过来吃饭。

祁远也是在这时候才知道，路漫漫去澳洲的一周旅行，是B城晚报安排的，原因是路漫漫随手投了一篇征文，中了个旅游大奖。

或许当时她正好在生他的气，索性避开他，去国外散心去了。

可是，两周过去了，她还是没从国外回来。

祁远又在开心麻辣烫卖了三天的苦力，梁文康这才告诉他，刚好路漫漫爸爸的船经过澳洲海港，就顺便搭了路漫漫来了一个海洋之旅，这两天听说在尼罗河上。

祁远听完，有些崩溃。

所以，路漫漫啊，你到底什么时候回来？

（17）

九月，P大开学典礼上，一个皮肤略黑、长相娇俏的女孩作为新生代表上台发言。

女孩中规中矩地介绍了自己，然后，表达了自己高中时期对P大的憧憬向往，以及对将来学习生涯的规划，最后鞠了个躬，悄然退下。

或许是女生的发言太无聊，又或许是第二位新生代表颜值太高——

直播大屏上的少年穿一身得体的白衬衫，纽扣系到第二颗，袖口挽到小臂，露出骨节分明的手腕。

少年从口袋里抽出演讲稿，对着镜头，抬头一笑，屏幕灿然生辉。

体育场内，上上下下、三百六十度环绕式、三十多层的阶座上，女学生们齐声尖叫。

“各位老师好，同学们下午好，我是新生代表祁远。刚刚上台发言的是我的女朋友路漫漫……”

台下一阵哗然，议论的议论，哄笑的哄笑。

摄影师特会搞事情，镜头一转，坐在台下第二排的路漫漫就呈现在了直播大屏上。

女孩的五官清晰标致，眼睛水灵，鼻子挺翘，鼻尖还有颗小小的黑痣，就是皮肤有点黑，像是从沈从文《边城》里，活生生走出来的翠翠。

女孩微微张开嘴，也是一脸的诧异与茫然。然后，猝然在屏幕上看到了自己，又回头看摄像头，最后，白嫩的双手捂住了脸。

这手，跟这脸完全不是一个色号的。

体育馆里又是一阵谜之哄笑。

祁远继续发言："各位都看到了，我女朋友这个暑假晒得有点黑，但我保证，她是黄种人，还是挺白的黄种人。"

哄笑。

"之所以晒成这样，都是我的错。因为我拿她最向往的P大中文系，开了一个不该开的玩笑，她一气之下，暑假去澳洲玩了一圈。我胆战心惊了一个暑假，幸运的是，她还好没'进口'一个外国小哥哥回来。"

台下的师生们又是一阵议论。

摄影师的镜头在祁远和路漫漫之间来回移动。

屏幕里，祁远神情严肃且紧张，他抓紧讲台两侧，继续："在这里，我为自己的幼稚言行，向路漫漫，诚挚道歉！我非但没有信任你，还利用了你对我的信任，犯了弥天大错。等一下台，我就找颗榴梿跪上。"

底下一阵哄然大笑。

镜头转向路漫漫，女孩平静的面容上有了丝丝的松动，黑漆漆的眼里笑意隐现，嘴角甚至微微往上翘，看得出来是在刻意压着。

"最后，"祁远正了正衣裳，"路漫漫，我想告诉你，不管何时何地，你都是我的百分之百女孩。永远尊重你，信任你。我会等着你，一直到你原谅我的那一天。"

祁远说完，向台下深深鞠了一躬，在一片能掀翻屋顶的欢呼与口哨中下了台。

接着，是学校的党委书记发言。

党委书记一开口，现场直接从《非诚勿扰》切换成《百家讲坛》，台下听众表示很想睡觉。

谁也没料到，领导发言到最后，抛出一颗炸雷："我们新时代的大学生，学术、恋爱一把抓！不像隔壁学校的，只顾埋头苦读，忘了人生幸福！”

台下掌声如雷，领导双手压了压，继续道：“所以，我们路漫漫同学原谅我们祁远同学了吗？”

路漫漫一抬头，这才注意到，这位发言的校领导竟然是六月份在青蒲高中，递请愿书时遇到的中年男子。

“原谅他！原谅他！原谅他！”

体育馆内，呼喊声顺着拍子，一波一波传开。

虽然大家不知道少年到底开了怎样一个玩笑，惹得女朋友生气了，但大家都愿意帮他一把。

屏幕上祁远的脸被放大，少年英俊的脸上，写满了紧张。

路漫漫眼眶陡然发热，她一直以为，祁远去了T大。

原来，在很早很早之前，他就为她改选了学校。

屏幕上的少年，隔着重重人海扭头，目光只定在一处。

那一处，路漫漫盯着屏幕上的男孩，用力地点了点头。

不是原谅，而是承诺——

我的百分之百男孩。

我会永远珍惜你。

（18）

远山寺的桃花又开了。

九百九十九层石阶，石阶左边是满山的桃花，右边是漫山的松林，中间是乌泱泱的人群。一层石阶一位香客，路漫漫和祁远赶到时，刚好攀上倒数第二层。

朝阳初升，半山粉红半山绿。

还没到山顶，路漫漫就对着佛寺拜了又拜。

“路漫漫，你昨天想我了吗？”祁远突然靠近，一手盖住女孩的小脑壳。

“喂，你小声点！”路漫漫怒目而视。

祁远俯身，凑到路漫漫跟前，小声道：“那——你前天想我了吗？”

路漫漫脸红着推开祁远：“你问这个干什么？”

“因为我每天都在想你啊！力的作用是相互的，有人说过，爱，让每一个被爱的人也要无可豁免地去爱。那么，爱的作用也是相互的，按道理，你也应该每天想我才是啊！”

祁远又弯着腰凑上去，桃花眼勾起，一副“你不回答，我就不让”的神情。

前面的人已经上了三层台阶，后面的人已经在小声议论。

“现在的这些年轻人啊，在佛祖面前都……哎！”

“他们不上去，我们先走！”

……

路漫漫急忙点头：“有！有！每天都想！行了吧！”

“可是，我这几天，脑海里——”祁远顿了一下，“没有出现过有关你的画面。”

路漫漫愣住了，结巴道：“你是说……是说，我想你时，你没有看到我？”

祁远挑了挑眉，顺手指了指前排一个大叔的背影：“你现在也可以试试啊！”

路漫漫顺着祁远的指尖看过去，深吸一口气，注意力集中在那个背影上——

五秒过去了，十秒过去了，一分钟过去了！

撑过五分钟，路漫漫又转移了目标，被她注视的人依旧毫无反应，她有些难以置信地看向祁远，祁远一脸神秘莫测地点头。

他揉着女孩细软的头发，心想，你是我的——百分之百女孩。

“喂！祁远！你可不能因为我没了百分之百存在感就不喜欢我哦！”路漫漫突然想到一层，握紧拳头威胁祁远。

祁远忍不住眉开眼笑，把女孩张牙舞爪的表情装进心底。

存在感？到底什么算是存在感呢？

他也曾经以为长相好，成绩好，事事领先于人是存在感，可是这么多事情过去了，他才明白，存在感不过在乎二字。

我在乎你，不管你是聪敏还是愚钝，是貌美还是无盐，是得意或是潦倒，你在我这里有存在感，只因为——你是你。

祁远揉乱路漫漫的刘海，掌心下的女孩还眼巴巴地等着他的答案。

“傻姑娘，顺序可不要倒了！我可不是因为你的百分之百存在感而喜欢你的，而是因为喜欢你，你才在我这里有百分之百存在感的。”

路漫漫被这话绕得有点头晕，然而，她很会抓重点：“你说的啊！你喜欢我的！桃树公公做证！”

路漫漫随手指了一棵桃树，却发觉桃树上挂满了红丝带。

“这是许愿树。”一个白胡子老爷爷从树后绕出，很应景地递出两根长长的红丝带，“把许的愿系在桃树上，等哪天神仙下凡，就会一一拆开，帮你们实现愿望。”

路漫漫下意识伸手去接。

老爷爷手一缩：“一条十块，现金、支付宝、微信支付都可以。”

这生意做得……真让人心甘情愿，祁远和路漫漫各买了一条。

少男少女并排站在桃树下，虔诚发愿。

“希望我的百分之百女孩能够越来越喜欢自己，好好地爱自己，明白她自己是怎样一个无可替代的好姑娘。”

“还是那句话，我一直都很幸福哒，麻烦让祁远的愿望实现吧！”

清风拂过，一树的红丝带迎风飘扬，漫山遍野的桃花簌簌而落，翩翩起舞。

祁远冲路漫漫伸出一只手：“来，重新认识一下，我叫祁远，路漫漫其修远兮的祁远。”

路漫漫嫣然一笑，俏皮地歪头：“你好，我叫路漫漫，路漫漫其修远兮的路漫漫。”

两手交叠的一瞬间，路漫漫感觉到祁远掌心有一张卡片，她有些好奇地摸过，对着初升的日光一照——

Destiny!

原来是，他们第一次见面时，她手上被风卷起，最终落到他脚下的单词卡。

明媚的朝霞中，少年和少女相视一笑，然后，牵起彼此的手，继续爬那漫漫山道。

END.

BAIFENBAI
XIHUAN
NI

番外一
夏寒落朝芙

（1）

路漫漫的大学生活基本过得很美满，只有一件事，让她很在意。

或许是高中被束缚得太紧，到了大学，大家都略显奔放，遇到喜欢的男孩女孩，都会主动上来要微信。

尽管开学典礼那次，路漫漫在全校师生面前被贴上“祁远女朋友”的标签，路漫漫还是被不少男生堵住要微信，而且每次被搭讪，这些男孩子的开场白大致都是：“虽然我知道你是祁大神的女朋友，但这并不能阻挡我行使自由追求的权利。”

鉴于这个开场白，祁远总是能在脑海中观看女友被表白的现场直播。

于是，不管路漫漫在哪儿，被谁告白，十分钟内，祁远同学必然杀气腾腾地赶来，驱蜂散蝶，掳回“压寨夫人”。

不久，跑来跟路漫漫告白的男生越来越少，以至于无。

路漫漫很不开心，当然不是因为没男生告白而不开心。

而是，她换位思考了一下，就她自己这样凑合看的，还有男生不停地追，那像祁远那样风光霁月的，该有多少女生前赴后继啊！

她被告白祁远就能看到，而祁远被告白，她却一无所知。这种信息的不对称感，让路漫漫颇为郁闷。

于是，某一日，路漫漫于学一食堂撞见一高挑女生堵住祁远的路时，真是又惊又喜，又急又怒，急吼吼跑去捍卫主权。

“祁远，让你打个糖醋排骨怎么这么久，久到人家都想你了。”

路漫漫一把扯过祁远的胳膊抱怀里，声音像在蜜糖里滚过似的。

路漫漫分明感觉到祁远的手臂抖了抖，她一边在内心憋住笑，一边抬头，气势汹汹地向对面的女生斜睨过去。

对面的女生高挑窈窕，一身石榴红的波希米亚长裙，一头浓密黑亮的波浪卷，五官立体，妆容精致，活脱脱一枝雍容清艳的红牡丹——不像是来食堂吃饭的，倒像是来海滩度假的。

祁远能够感觉到路漫漫呼吸一滞，他大力揽过路漫漫的肩，想开口解释，却被路漫漫挣脱了。

“哇！朝芙！你……你真的是太、太漂亮了！早该这样穿了，别一天到晚地穿运动服！”

路漫漫绕着牡丹一样明艳的女生转了一大圈，目光锃亮——完全把自己要捍卫主权的事抛在脑后。

“穿这样来食堂未免太招摇了吧？”祁远在路漫漫头顶不满地嘀咕。

食堂人多，基本上路过的人都要往这边看上一眼。

祁远的话点醒了路漫漫，她一把拉住女孩的手：“朝芙，你不是在宿舍修改大纲的吗？怎么穿成这样，跑到这里来了？”

韩朝芙是大路漫漫一届的学姐，也是校侦探社的社长，在百团大战中，慧眼识猪，揪住了路漫漫这只伪侦探迷。

路漫漫看侦探小说，只图美色与激情，并在此方面钻研颇深。因此，当被热情邀请加入侦探社时，她是拒绝的。她说明缘由，并再三表明，推理什么的，让她脑仁疼。

“我们需要的就是你这样的人才！”大美女韩朝芙隔着摊子握住路漫漫的手，热情澎湃。

路漫漫本来以为她们只是为了骗个五块钱的入社费，没想到一入社，才明白韩朝芙说的话都是认真的。

这次，社里准备一部侦探广播剧，韩朝芙负责推理线，路漫漫负责感情线，因为要磨合剧情，两人经常微信往来，一来二去，竟熟到不能再熟。

祁远还为此吃过好几次醋，他鼻子不是鼻子、眼睛不是眼睛地看了韩朝芙一眼，哼了一声："穿成这样，一看就不是来干好事的！"

路漫漫挡在祁远面前，一边默默踩了他一脚，一边对韩朝芙笑："别理他，狗脾气，天生的。"

韩朝芙红唇轻绽，笑眼如弯月："我找祁远谈点正事，气场上不能输，所以穿得正式一点。"

祁远冷笑："要正式，怎么不穿正装啊？"

韩朝芙嫣然一笑："那样就不浪漫了。"

路漫漫站在两人中间，听得一头雾水。突然，她脑中闪过一个想法，为了以防万一，她也不管会不会丢脸，呈大字形挡在祁远面前："你可别打他的主意！他是我的人！"

路漫漫的人——祁远同学站在路漫漫身后，得意地冲韩朝芙挑了挑眉。

韩朝芙笑而不语，一双美目倒映出路漫漫娇俏的身形。

"放心吧！我不会跟你抢祁远的。"韩朝芙高出了路漫漫半个头，她微微俯身，轻轻点了下路漫漫鼻尖的那颗灰痣，"记得把男一和男二的感情线写得浓烈一点。"

路漫漫得到保证后，拍拍胸脯："好说好说。"

"那我们这周末再对一下本子，顺便去郊个游怎么样？"韩朝芙挠挠路漫漫的下巴，红指甲衬在白皮肤上，犹如红太狼抓住小白兔。

祁远眉头一皱，不动声色地拉开路漫漫："她这个周末有约。"

"有约？跟谁？"路漫漫扭头反问。

祁远一脸黑线："跟我。"

"那你们一起来啊，郊游就是人多才好玩啊！"韩朝芙冲路漫漫眨了眨眼。

于是，那次郊游成了祁远永生难忘的记忆。

（2）

春末夏初，五月的天气好得直想让人吹口哨。

郊游的地点定在一处四面环湖的古园。

路漫漫还特意留了个心眼儿，拉了在隔壁学校读书的夏寒一块儿，凑成两男两女。

远远地看，一行四人，男的俊女的俏，观花赏鸟，走走歇歇，时不时谈笑几句，就像电影里的画面一样美好。

可是等镜头拉近，观众才发现两个女生走在前面，挽手搭臂，谈得眉飞色舞；两个男生走在后面，相互嫌弃，相顾无言。

日头逐渐变大，大家就找了个背阴处的草地坐下休息。

只见韩朝芙从书包里掏出一块草绿色的桌布，又陆续掏出草莓、三明治、糖果等零嘴，其他三个人都看傻了眼。

尤其是路漫漫，这么一对比，她才深觉自己是多么不贤惠。她偷偷看了祁远一眼，祁远正盯着桌布上的一块铜锣烧皱眉。

“朝芙，真不好意思啊！我什么都没带……”路漫漫有些心虚地开口。

“没关系啊！本来就是我提议郊游的啊！放心，我都备全了。”韩朝芙一把叉住一颗草莓，递到路漫漫跟前。

路漫漫刚想伸手接过草莓，韩朝芙手一动，直接喂到嘴边，路漫漫也不介意，一口包住。

“如果实在过意不去的话，可以麻烦你的男朋友去买些冰激凌回来吗？”韩朝芙冲祁远挑眉一笑。

“好说好说。”被投食的路漫漫就这么出卖了祁远。

等祁远拎着一袋冰激凌回来时，就看两个女生挤在一块，嘻嘻笑着说什么，韩朝芙时不时帮路漫漫擦一擦她嘴角的饼干屑。

夏寒则一脸兴味地看着这两个女生的互动。

祁远气不打一处来，他大步走到桌布前，扔下塑料袋，赌气似的背对着路漫漫坐下。

抹茶味的冰激凌在桌布上蹦了几蹦，挤翻了一块三明治。

路漫漫对着祁远怒气冲冲的后脑勺，一头雾水。她扭头用眼神问夏寒，这厮又怎么了？

夏寒环顾了一下四面的大好春色，最后目光顿在头顶那棵柳树上，笑道：“碧玉妆成一树高，万条垂下绿丝绦。”

哎？

“哟！绿色的冰激凌，抹茶味儿的啊！”夏寒吊儿郎当地叼起一根冰激凌，给韩朝芙抛了个媚眼儿。

韩朝芙则一脸严肃地瞪回去。

路漫漫更迷糊了。

为了不让气氛尬下去，路漫漫提议去划船。

一行人收拾好东西，租了一条脚踏船，在湖面上随意逛着。

四个人，两个女生坐一边，俩男生坐另一边，负责踩踏划船。

湖面开阔，清风徐来，波光粼粼。

“祁远你看，刚刚飞过一只白鹭！”

沉默。

“祁远你看，这边有红鲤鱼哎！”

沉默。

“祁远你背后有水怪！”

……

任路漫漫百般呼唤，祁某人只管埋头苦蹬，小船因此行得飞快，另一侧夏寒只管按自己的节奏优哉游哉，小船因此偏离直线，打了个弯儿，水箭一般冲进一团初生的荷叶里。

越往里行，荷叶越密，像一把把绿色的蓬伞盖住强烈的日光，其中夹着几朵粉白花苞，清风一吹，淡淡莲香徐徐散开。

真是一个心旷神怡的地方！

大家都愣住了，连祁远都忘了去蹬船，阳光透过莲叶，落了一层淡淡的金辉在少年的脸上。

路漫漫心里一动，冲祁远甜甜一笑。

那笑像是初夏的阳光，极具感染力，眼看着祁远的嘴角就要翘起，咔一声清脆声响，下一秒，一个水灵灵的莲蓬出现在路漫漫眼前。

莲蓬底下，素手红甲，好看得紧，一串串水珠滴在船板上。

“送给你。”韩朝芙咧嘴一笑，真诚的笑容里潋滟着妩媚，路漫漫一时看呆了。

路漫漫看呆了，对面的祁远的脸则看黑了。

路漫漫愣了半晌才接过莲蓬，傻呵呵直乐："谢谢你啊！不过朝芙，我们这样，算不算偷哇？"

"那我们就偷偷吃了莲子，再把它扔进湖里！"韩朝芙也压低声音，说悄悄话一般，"反正这也不是结莲蓬的季节，我也是运气好才捞着一个，别人不会发现的。"

两个女孩子头挨在一块儿，笑作一团，荷叶深处，一排水鸟惊起。

夏寒一扭头，果不其然，看到了祁远的包公脸。他深觉有必要提醒路漫漫一下，于是又吟起了一句诗："这一片碧波里，接天莲叶无穷碧啊！"

夏寒今天怎么老背古诗啊？路漫漫有些迷糊地想。

"漫漫，你吃。"一扭头，韩朝芙已经递过一颗雪白娇嫩的莲子，"已经拔过芯儿了。"

路漫漫喜笑颜开地接过，正要送入口中时，韩朝芙突然拦住她："吃了这个，就是我的人了。"口气是漫不经心，神色却万分认真。

路漫漫手一顿，下意识地去看祁远。祁远薄唇紧抿，就是不看对面。

那颗莲子在指尖转了几转，终究没有入口。

岸上传来蝉鸣声，像是叫早了季节，只几声，疏疏落落的，落在这宽阔的湖面上，好不尴尬。

"开玩笑呢，一个个这么认真干吗！"

夏寒突然夺过路漫漫手里的莲子，抛入口中，然后，一脸苦相，对着韩朝芙咧嘴："苦的！韩大美人！以后开玩笑也请你认真一点好不好哇！"

"我尽量。"韩朝芙勉强一笑，从莲蓬里又抠出一颗莲子，放入口中，又是一笑，"的确苦。"

"要甜还不简单？"夏寒变戏法一样掏出一根棒棒糖，剥开，递到韩朝芙嘴边。

小熊维尼脸的棒棒糖，笑容有些傻气。

半晌，韩朝芙才开口："甜橙味儿的。"

（3）

关于那次春游，夏寒有四字总结："绿意盎然。"

没眼力见的路漫漫被祁远单方面冷战一个月之久，直到韩朝芙成了夏寒的女朋友，两人秀恩爱秀到祁远跟前，祁远才跟路漫漫说了第一句话——

"滚。"

路漫漫黯然神伤地走开——

"还不滚到我这边来！"

番外二 十年平安果

（1）

大学第一年的平安夜，祁远和路漫漫决定回B市过。

有了路漫漫的良心宣传，加上梁文康爸妈的品质经营，梁家在大学城开了一家开心麻辣烫分店。

祁远和路漫漫直奔店里，梁妈妈忙里偷闲，有些不好意思地交代："小远啊，阿康应该是去你家那边了，你再好好劝劝他，做人不能这么死心眼……"

电视里正在播放新闻，外交部发言人阳博西装革履，儒雅刚直，直视镜头，从容发言："……所有的外国记者在中国都是我们的朋友，我们希望通过他们的笔和镜头来展示真实的、立体的、全面的……"

梁妈妈对着电视里的人叹了一口气："告诉阿康，那个女孩和我们不是一个世界的人。"

祁远一愣，想要开口辩驳，终于还是点了点头。

去祁远家的路上，路漫漫隐约意识到，她即将遇见另一个梁文康，不那么嘻嘻哈哈，不那么没心没肺。或许，有一些悲伤。

祁远并没有直接回家，相反地，他把路漫漫领到了他家对面的另一幢小洋楼前。

这一片的小洋楼都是一个风格，就连庭院里的格局也别无二致，草地、石桌、葡萄架、香樟树，铁质大门，大门前立着一个红漆小邮箱。

祁远领着路漫漫到小邮箱跟前，伸手直接摘了箱顶。

“这样不好吧！这是你邻居家的……”路漫漫一边说，一边探出脑袋，“哇！都是苹果哎！”

透明的月色下，箱子里分成两排，整整齐齐列着十颗苹果，只是从左到右，从上往下，苹果越来越小，越来越瘪。右下角的那一颗，皮肉萎缩，已经皱成一颗苹果核。

所有的苹果上都落满了灰，只有左上角那一颗，红彤彤的，新鲜水灵，像是刚放进去的。

“果然……”祁远兀自低喃，目光落在眼前黑黢黢的房子上。

“啧。”路漫漫摇摇头，“梁文康从小时候起就开始追女孩啦！有前途，有前途，只是这家女孩……”

祁远弹了弹路漫漫的脑门儿：“真是什么都瞒不过你。”

（2）

那是梁文康和祁远读小学三年级的时候，两个人一起学着棒球。

有一次，祁远手劲大了，直接把球扔到对面邻居家院子里了。

梁文康作为捕手，哼哧哼哧跑去找球。

谁知道，九岁的男孩球没找到，自己的魂儿倒是丢了。

对面庭院里，香樟树下，百合花丛里，坐着一个小女孩。

小女孩怀里抱着一把大提琴，花骨朵一般的脸蛋倚在琴颈处，手臂白皙纤长，张合自如地拉着琴弓，低沉悦耳的乐声从她指尖流出。

那一刻，所有的阳光，都打在女孩身上，那个穿一身鹅黄连衣裙，系着鹅黄发带的女孩。

这是第一次，梁文康意识到男孩和女孩的差别。

他就这么直勾勾地盯着人家，直到乐声停止，女孩弯腰捡起脚边的棒球，一步一步走近，隔着铁栅栏，把球递出。

女孩的手很干净，球在她手里显得很脏。梁文康想起自己指甲里的泥垢，把手掌别向身后。

“你知道S国总统佩克·鲁奇是怎么死的吗？”女孩问。

男孩摇摇头。

“1967年，在国家体育馆观看棒球比赛时，被时速167公里的棒球砸中脑袋，当场开瓢——是不是有点惨？”

女孩说完，就抓住男孩的手臂，拉出那只脏兮兮的手，把棒球放上去。

被女孩抓住手腕的那一瞬间，梁文康想，就算他像电视剧里的大侠被追杀到跳下悬崖失忆，他也不会忘记女孩的手搭在他手腕上的感觉。

女孩放下棒球就走了。

九岁的梁文康这才后知后觉地大喊：“喂！喂！你叫什么名字？”

那鹅黄色的背影一顿，便不再理他，走向绿荫深处。

“我叫梁文康，上梁揭瓦的梁，文武双全的文，福气安康的康！”

眼看女孩就要进屋了，梁文康灵光一闪，声嘶力竭地喊：“喂！你知道白雪公主是怎么死的吗？”

鹅黄色的背影突然转过来，走过葡萄藤架，走过百合花丛，走过茂密香樟，停在铁栅栏跟前。

“是被毒苹果毒死的。”女孩的语气波澜不惊。

“错！”梁文康得意地抖抖眉，“是被青蛙王子用苹果求婚，然后带回家，一辈子幸福快乐地生活下去。”

“老死的？”女孩皱了皱秀气的眉。

“错！”梁文康咧开一口白牙，“是幸福死的！”

男孩龇牙笑，眉眼俱开，仿佛天底下的开心事全都落在他一个身上了。

女孩的眉皱得更厉害了，白净的脸皮上有不解，有好奇，有羡慕，还有很多很多九岁男孩看不懂的表情。

“我要走了。”女孩转身。

“你还回来吗，我就住在你对面！”梁文康喊。

“我不知道。”女孩已经走开一步。

风轻轻吹，女孩鹅黄色的发带打了个旋儿，飘到男孩脸上，香香的，痒痒的，男孩着急了，伸长手，一把拉过小女孩。

轻轻拉了一下，就放开。

然后，男孩看到了女孩鹅黄色袖口上，五个鲜明的黑指印。

“我不……不是故意的。”九岁的梁文康结巴道。

“你还欠我一个苹果。”女孩乌黑的眸紧紧盯住男孩的眼，声音很轻，语气很坚定，“一个幸福到死的苹果。”

（3）

“那他们以后就再也没见过啊？”路漫漫没想到这十颗苹果还有这样的渊源。

“怎么可能，从那天以后，梁文康就一直跑过去骚扰人家小姑娘好不好，直到——”

“直到什么？”路漫漫扒住祁远的肩问。

“直到她家移民去瑞士。”祁远突然上前，抹了一下落满灰尘的门牌号，“偏偏不卖房子，害得梁文康总以为她哪一天会回来，傻傻地送了十年苹果。”

院子里的葡萄藤多年未有人打理，已经顺着铁栅栏爬出墙外，路漫漫揪住一片枯叶，问：“梁妈妈说的，不是一个世界的人，是什么意思？”

“那个阳博，是女孩的爸爸。”

“阳博？哪个阳博？你说的不会是外交部那个……”路漫漫惊讶地捂住嘴。

祁远点头。

路漫漫想起经常在新闻里出现的那个气质儒雅却不怒自威的发言人，不由得倒吸一口气：“那……那梁文康怎么办啊？”

“我也很头疼啊！谁想到他会喜欢上那样的女孩。”祁远揉揉眉心。

那样的女孩？

“怎样的女孩？是不是特别漂亮？特有气质？”路漫漫绕着祁远转圈儿，“奇怪了，这么优秀的女孩，你不喜欢吗？”

路漫漫问得很套路，祁远却答得很正经：“你会喜欢一个一上来就跟你谈印度海啸的女孩吗？我那时候才五岁哎！她就这么面无表情地站我跟前，问——知道印度洋马上要发生海啸了吗？海啸引起地震，二十多万条生命即将消失。”

一阵寒风吹来，路漫漫觉得脖子有些发凉，她字斟句酌：“这个时态用得……有点诡异啊！”

祁远哼哼道：“就是……谁会喜欢一个一见面就跟你聊国际新闻的女孩。”

“可是，梁文康为什么不害怕呀？”

祁远从鼻子里哼了一声：“首先，他得明白什么是海啸，以及什么是将来时。”

这是一个学仙对学渣的鄙视。

路漫漫这下更愁了，如果那个女孩是这样的话……

“那个女孩，她喜欢梁文康吗？”事情讲到这里，路漫漫问出了一个最关键的问题。

祁远的眉头拧成绳结，咕哝道：“鬼知道她——”

“喜欢。”

一道清脆的声音在两人背后响起，啪的一声，落灰的门灯嗞嗞亮开，洒下一圈光晕。

女孩从阴影中走出，踩着落了十年的枯叶，走到柔和的光晕里，向路漫漫伸出一只手。

“你好，我叫阳葵。”

那是路漫漫见过的最优雅、最有气质的女孩。

BAIFENBAI
XIHUAN
NI

番外三 我本风流少年郎，最喜红尘与美人

（1）

中文系的老师爱拖堂，并且拖堂拖得浑然不觉、物我两忘。

一般这种时候，祁远都会就近找个地儿自习。可自从某一次，某老师讲得太慷慨激昂了，整个走廊都回荡着他的声音——

“今天我从老中文系那边过来，原本想要横穿草坪抄个近路，结果越绕越远，要我说啊，这修草坪嘛！应该先不铺路，等大家在上面走个几轮儿，走的人多了，就成了路！这时候，再按照这个铺上路，这才自然嘛！我们静园前面那个草坪不知道是哪个傻瓜设计的！哪里绕就往哪里铺！”

这些吐槽的话，路漫漫他们中文系的学生听多了，老师们嘴毒起来，就连新图书馆也一起吐槽，说它像是个浓妆艳抹的铁怪兽！

偏偏祁远是第一次听，还一听就听进去了！

静园那个草坪小道，祁远也早就看得不顺眼了。他们航天工程系的学生，还特意实地踩点，画草图，分析这个，分析那个，前前后后折腾了一个星期，证明那条石子路铺得有多不合理。

中文系老师一句话，让理工男祁远醍醐灌顶：“走的人多了，就成了路！我们当初怎么没想到啊！”

“你们老师真厉害啊！”祁远激动得隔着教室门，给正在上课的路漫漫发微信。

路漫漫瞥一眼手机，心想，哼，无知的理工男，那是鲁迅先生的话！她正要给祁远好好补一下课时——

“那个穿桃红色外套的女生，对，别看别人，就是你，来来来，背一下庄子的《天道篇》……”

路漫漫：“……”

（2）

祁远自那以后，就经常跟着路漫漫来蹭课。

而中文系的课是有魔性的，一旦开了个头，祁远就再也停不下来了。

譬如，一个研究普鲁斯特的比较文学的老教授，《追思似水年华》大概读了十多遍，《尤利西斯》也看过原文，英语、法语、希腊语各种无缝切换的学术大牛，声称：“我可喜欢看网络小说了，看得老过瘾了！”

学生们大惊，老师竟然如此open！下一秒不禁感慨，老师也是人嘛！是人都喜欢读爽文，理解理解……

然而，老师下一句道——

“真的是‘差’得太过瘾了！每次看的时候，我都一边挑错别字，一边挑语病，一边盯着情节漏洞，你们不知道啊！看得可乐啦！”

众人：“……”

“不过他们的想象力却是没有边际的，我以前看金庸，他那个武侠，一掌劈死一堆人，我都觉得老神奇啦！现在这些玄幻文哪，可是一掌劈掉一个星球，不不不，星球还不够，我上星期看到，那什么，诛天神魔什么的，里面男主人公一剑劈掉了一个星系！”

老师喝了口水，然后把眼镜往头上一推，架成太阳镜的模样，手落下时，模仿劈剑的动作，一挥，感叹道：“你们能想象吗？一个星系哎！咻一下，没了，啧啧啧……”

祁远在下面笑岔了气。

还有一位古代文学老师，讲课时把鼠标移到Word文档里某个灰色高亮的词条：“大家不要看它是黑的，就觉得很重要，这是我去不掉了，我的电脑技术不太好……”

电脑技术很好的祁远硬生生把眼泪给憋出来了。

路漫漫这才明白，祁远同学的笑点全在中文系的课堂上。

当然，也有知识壁垒的时候，譬如，中文系老师板书都爱竖着写，祁远某次偷偷溜进教室旁听，对着黑板上的字研究了半天，总觉得单个字是认识的，怎么连起来就不懂了呢？直到路漫漫发了三个字“竖着读”，祁远才恍然大悟。

然而，等祁远看竖字看习惯了之后，又开始看不懂了。这次，路漫漫也看不懂了。

于是，下课时，一同学扭扭捏捏、很不好意思地上前，指着黑板上的板书，含羞带怯地说看不懂，某夫子大惊：“怎么会？我这写的可是标准的草书啊！”

一教室的学生：“……”

祁远还真回去研究草书了。下一节课，祁远跟着路漫漫去上莎士比亚原文精读课，某先生一边讲着“乌托邦”，一边反手在黑板上来了一个“鬼画符”。

祁远对着那个鬼画符看了半天，悄悄对路漫漫说：“我觉得你们这位老师草书写得不太标准。”

路漫漫给了他一个白眼：“那是‘乌托邦’的希腊文！”

祁远：“……”文科生就不能简单点儿吗？

（3）

路漫漫的导师是个武侠迷，祁远也听过他的课，然后给他取了一个别名——“浑身难受老师”。

那次课老师在讲《山海经》，结果讲到一处，顿了半天，然后大发感慨：“《山海经》虽然听起来很好玩，但你们可能上得很难受——

“我讲得也很难受，因为这和我的博士论文有关，我当时答辩的时候非常自信，后来发现有好多毛病，改来改去直到××××年才出版，结果出版之后又发现了很多毛病，很难受。

“可是上课又不能讲别人的书，我觉得别人书里也有很多毛病，唉，难受！

“讲自己的书又要接疮疤，对不起这里我说错了，那里我也说错了，唉，难受！”

那节课之后，祁远满脑子难受。

“浑身难受老师”最近刚写了一本半学术半娱乐的书稿，是关于金庸武侠的。

学校出版社给谈了一个插画师，想跟导师具体沟通下细节。

无奈导师出国开会去了，路漫漫作为本书成稿人员，参与颇多，加上师兄师姐一个个忙得逃窜，她只能赶鸭子上架，成了导师的沟通代表。

路漫漫准备好了一切，却怎么都没想到这位插画师竟然是祁远的爸爸——祁浮韫！

“哟，丫头！我们又见面了。”

男人习惯性地眯起桃花眼，笑意逶迤流出，一边打招呼，一边站起身走到对面，给路漫漫拉开座椅，动作行云流水，潇洒倜傥。

路漫漫一时间如坐针毡，准备好的说辞都忘得一干二净，反而对方很专业，跟她一个个商讨起人物细节来。

路漫漫这才知道原来祁浮韫也画国画，并且在画人上颇具功力。

谈着谈着，路漫漫渐渐放松下来，突然想起了一个问题，“那什么，您为什么要接这个活儿啊？”

这种学术书的插画一般要价不高，而路漫漫隐约记得，祁浮韫的画一般是上五位数的，可是又不好问得那么明显……

“喜欢哪！”祈浮韫一眨眼，“就像我家那小子喜欢你一样喜欢哪！”

路漫漫从脖子到脸，噌噌噌红透。

“你瞧！这样的人物，怎么可能不喜欢！”一张A4纸摆到路漫漫眼前。

素白的纸面上，简笔勾勒出一个少年郎的模样，乌发高竖，剑眉星目，薄唇微启，露出一截闪眼的白牙。

少年郎虽一身青布麻衣，但朗朗而立，尽显江湖风流。

“令狐冲？”路漫漫下意识猜到。

“怎么样？像吧？”祁浮韫得意地吹了声口哨。

路漫漫迎声抬头，只见男人眼尾弯起，瞳仁略往上斜，黑白并不分明，眼神似醉非醉。一样的桃花眼，却有什么和祁远不一样……

“丫头，我好看吗？”祈浮韫笑嘻嘻地问，“和祁远那小子比，谁更好看？”

路漫漫的脸又是一红，她扯过纸：“这边……再加个酒壶。”

路漫漫指了指令狐冲的腰间。

“小姑娘厉害呀！”祈浮韫提笔就画。

趁着这个工夫，路漫漫赶紧发了个定位给祁远，本来还想加上一句“你爸爸在这儿”，突然想起，祁远或许早知道了。

一定神，路漫漫发现茶舍隔间，祁浮韫的背面，正是她熟悉的背影。

祁远……早就来了。

“你……为什么这么喜欢令狐冲？”

“潇洒自由，无拘无束！多好啊！”祁浮韫正在画葫芦身的阴影，“还有，走到哪里都有美人相伴！”

“那韦小宝更好吧？”路漫漫嘴急，给怼了回去。

“韦小宝？”祁浮韫皱了皱好看的眉，连连摇头，“不雅，不雅。”

透过镂花的竹隔，路漫漫瞧见了祁远微微耸动的肩头。

“都有美人做伴，怎么不雅了？难不成因为韦小宝出身花楼，您就歧视他不成？”路漫漫追问。

“令狐冲一次只喜欢一个，这才是君子之道。韦小宝一对七，难堪难堪。”祁浮韫又摇头。

路漫漫陷入沉默。

这么说，祁浮韫，他喜欢柳淳时，只喜欢柳淳。

“丫头，你最喜欢哪个？”

“啊？”

“金庸的这些大侠？”

“郭靖。”

“怎么是那个笨小子啊！丫头没眼光。”

“因为郭靖自始至终，只喜欢过一个人。”路漫漫盯着祁浮韫身后的那个人影，坚定道。

“那你可算找对人啦！别人我不敢说，我儿子，你可以放一百个心，死轴！”

祁浮韫身后的人影一顿。

路漫漫看着祁浮韫落下最后一笔，酒葫芦别在令狐冲腰间，完整熨帖。

我本风流少年郎，最喜红尘与美人。

人物小像旁，写了这两列字。